Brünn
Wien
Bratislava
Budapest
raz

Ulrich Metzner

Geschichten, die der Wald schrieb

Impressum

Bibliografische Information der Deutschen Nationalbibliothek
Die Deutsche Nationalbibliothek verzeichnet diese Publikation
in der Deutschen Nationalbibliografie; detaillierte bibliografische
Daten sind im Internet über http://dnb.d-nb.de abrufbar.

Lektorat: Anja Zachhuber
Grafik und Produktion: Nadine Löbel
Coverfoto: Armin Hofmann
gedruckt in der EU
ISBN 978-3-7025-0830-2
1 2 3 4 5 6 7 / 21 20 19 18 17 16

www.pustet.at

Geschichten, die der Wald schrieb

Von Räubern, Volkshelden und Vogelfreien

VERLAG ANTON PUSTET

Inhalt

Der Dom zu Halberstadt.

Flusslandschaft der Ruhr bei Ergste.

Der Räuber mit dem Adler.

Geliebt, gefürchtet, verfolgt

Sagen, Legenden und aufsehenerregende Räubergeschichten

Schicksale von Abenteurern und Gesetzlosen, die im Volksglauben zu Berühmtheiten erhoben wurden. Geliebt und bewundert. Gefürchtet und verfolgt. Verdammt und gnadenlos vom Diesseits ins Jenseits befördert. All das traf in Jahrhunderten auf Verwegene, Verzweifelte, Verfemte und Verlorene zu, die aus unterschiedlichen Gründen außerhalb einer nicht selten von der Obrigkeit drangsalierten Gesellschaft standen. Schutz und Trutz boten ihnen zumeist die wilden, urwüchsigen, schier undurchdringlichen Wälder, in die sich kaum jemand wagte. Sie waren und sind der Hort der Mythen und Märchen, der zu Dichtung und Wahrheit gewordenen Legenden. Sie ließen eine besondere Romantik aufkommen, geboren aus dem Empfinden der Bevölkerung fürs Außergewöhnliche, für ein unerschrockenes Handeln von nicht immer selbstlosen Taten, die man liebend gern auch für sich in Anspruch genommen hätte. Was blieb, war die tiefe Sympathie für die außerhalb der Gesetze Stehenden, ebenso für das Abenteuerliche, das mit der Wildheit der gefahrvollen Wälder so eng verwoben war. So träumte sich mancher hinein ins vermeintlich ungebundene, von aller Not befreiende Dasein eines Räuberhauptmanns. Friedrich von Schiller (1759–1805), der Dichter und Historiker, lässt in seinem Drama „Die Räuber" eben jene voller Inbrunst singen: „Ein freies Leben führen wir, ein Leben voller Wonne; der Wald ist unser Nachtquartier, bei Sturm und Wind hantieren wir, der Mond ist unsre Sonne." An anderer Stelle heißt es sinngemäß, dass ein Räuberleben besser sei, als im Turm zu schmoren. Und die Aufforderung folgt auf dem Fuße: „Komm mit uns in die böhmischen Wälder! Wir wollen eine Räuberbande sammeln."

Raubritter und Deserteure

Schon Robin Hood, so erzählt die spätmittelalterliche Sage, war von fröhlichen Gefährten, von „merry men", umgeben. Der historisch nicht belegte Volksheld englischer Balladenzyklen seit dem 13. Jahrhundert wandelte sich von einem geldgierige Geistliche und Adlige ausraubenden Wegelagerer zu einer Lichtgestalt, die den Reichen nahm, um den Armen zu geben. Raubritter wiederum, auch „Plackerer" genannt, plünderten in der Regel nach Herzenslust zur eigenen Bereicherung. Das galt auch zum Teil für mit einem ordentlichen Auskommen versehene Bürger, denen die eigene Ehrbarkeit zu einem Doppelleben aus Habgier nicht im Wege stand. Hoch war die Zahl derer, die aus den Armeen des 18. Jahrhunderts desertierten, ausgenommen die Brandenburger Friedrichs des Großen (1712–1786), focht doch die preußische Majestät an vorderster Front mit ihren Landeskindern. Höchst menschenunwürdige Strafen selbst bei geringfügigen Vergehen führten zur Fahnenflucht der geschundenen Soldaten, die den Feldwebel oder den Korporal mehr fürchteten als den Feind. Sie fanden sich bald wieder im Zusammenschluss von Banden in der Unerreichbarkeit der dunklen Wälder. Dass sie so oft den Häschern entgingen, das lag an der territorialen Zersplitterung, der Kleinstaaterei. Man floh von einem Ländchen ins andere, ins „Ausland", und war in Sicherheit. Die verheerenden Folgen des Dreißigjährigen (1618–1648) und des Siebenjährigen

Krieges (1756–1763) verursachten in der Bevölkerung ein Übriges. Viele hatten alles verloren und nahmen sich nun mit Gewalt, um als Marodeure zu überleben – brandschatzend, raubend, erpressend, auch mordend. Deren zweifelhafter Ruf verbreitete sich wie Donnerhall, und für die Berühmtheit der oft gnadenlos Handelnden sorgte landauf, landab der Volksmund, der Vernommenes vom Hörensagen um vermeintlich Heldenhaftes hervorzuheben verstand. Selbst dann noch, wenn sie der Verbrechen wegen geköpft oder aufs Rad geflochten worden waren.

Obrigkeit und Wilderei

Besondere Verehrung genossen seit jeher die Wilderer, die Wilddiebe. Es waren Unverzagte, die allen Verboten trotzten, die sich auf das ungeschriebene Recht der Jagd aus germanischer Zeit beriefen. Ein Recht, das noch im Mittelalter den freien Bauern zustand, doch die allmählich einsetzende Abhängigkeit von der jeweiligen Landesherrschaft setzte der „hohen Jagd", der nunmehr dem Adel vorbehaltenen Pirsch auf Hochwild, ein Ende. Den Landleuten war somit die Möglichkeit des Schutzes vor Wildschäden genommen, ebenso, weit wichtiger, eine überlebenswichtige Nahrungsquelle. Was blieb, war das ohnmächtige Zusehen beim Zeitvertreib der Hochwohlgeborenen. Jeder Verstoß der einst Freien war fortan unter Strafe gestellt. Wer dennoch jagte, galt nunmehr als Wilddieb, als Verbrecher, der sich am Besitz der Herrschaft vergriffen hatte. Mancher der von den Forstbeamten gejagten Wilderer kam noch vor dem Ergreifen zu Tode. Entweder durch einen Schusswechsel oder auf der Flucht oder durch einen Absturz von einem der steilen Pfade des Wildwechsels, von den Wagemutigen auch zum Schmuggeln vornehmlich im bayerisch-österreichischen Grenzraum genutzt. Das Begehen der sogenannten „Wildererpfade" setzte ein gerüttelt Maß an Kühnheit und Kenntnis der natürlichen Gegebenheiten voraus, lange bevor in den Alpen die eigentliche Bergsteigerei begann. Jagte der Wilddieb waidgerecht mit der Büchse und nicht

Friedrich Schiller liest seinen Freunden Hoven, Heideloff, Dannecker, Kapf und Schlotterbeck im Bopser Wald „Die Räuber" vor. Das Titelblatt des Erstdrucks von 1791 noch ohne Angabe des Autors.

als Schlingensteller, dann war ihm die verklärende Bewunderung der armen Leute auf dem Land sicher, hatte er doch der höchst unbeliebten Obrigkeit ein Schnippchen geschlagen. Das fand sich schon zu Beginn der Romantik-Epoche um 1800 in Kunst und Literatur wieder. Noch in den 1950er-Jahren stand der Wilddieb im Mittelpunkt manchen Heimatfilms, so auch im „Förster vom Silberwald" und 2003 im „Jennerwein", gewidmet dem gleichnamigen Wilderer aus Oberbayern.

Pranger und Galgen

Strafen schreckten die Wilderer kaum, weder der demütigende Pranger auf dem Dorfplatz noch das auf dem Kopf tagelang zu tragende Hirschgeweih. Eine Weiterung des Strafmaßes sah das Aufsetzen der sogenannten „Wildererkappe" vor, einer eisernen Kopfbedeckung, die nur unter schwerstem Schmerz zu ertragen war. Wiederholungstäter hatten mit der Todesstrafe durch Erhängen zu rechnen. Für jedermann zur Abschreckung sichtbar, erhöhten die Vollstrecker den Galgen noch mit einem Hirschgeweih oder überzogen ihn mit einem Fell als Hinweis auf die Taten des Strangulierten. Heutzutage wird „Jagdwilderei" in der Schweiz, Österreich und Deutschland mit Geld- und Haftstrafen bis zu fünf Jahren geahndet.

Dichtung und Wahrheit

Wilde Wälder, Hort der Sagen, Legenden und atemberaubenden Geschichten mit teilweise historischem Hintergrund. All das gleicht einem Schatz an Mythen und Überliefertem zwischen Dichtung und Wahrheit. Manches müsste erst erfunden werden, wenn nicht schon in so vielen Erzählungen aus alter Zeit ein historischer Kern zu finden wäre. Das trifft auch für einen Propheten aus dem Bayerischen Wald zu, den Mühlhiasl, der dem Klerus ganz und gar nicht zur Freude gereichte. Nicht zu vergessen ist das sogenannte anthropomorphe, das menschenähnliche, das mit Riesenkräften versehene Wesen, der im europäischen Volksglauben fest verankerte Wald- und Berggeist, der Wilde Mann, in diesem Buch ein Kapitel für sich.

Verborgen im dunklen Tann

Der Wald in seiner Vielfalt, gleich einer Kathedrale der Natur, war in allen Epochen den Menschen Seelentrost und Sinnbild des Unvergänglichen und zugleich Unergründlichen als Hort unsterblicher Mythen, Sagen und Märchen – von Siegfried dem Drachentöter bis hin zu Hänsel und Gretel, deren Vater sich als Holzfäller durchs Leben schlug. Der Wald, das war auch der Schauplatz umwälzender Ereignisse im Zeichen der Eroberung durch riesige Rodungen, ausgehend von den Klöstern des hohen Mittelalters, um Platz für Siedler zu schaffen, für die Waldbauern, Köhler, Glasbläser, für die nach Silber- und Eisenerz schürfenden Bergmänner; und auch fürs Raub- und Mordgesindel bis hinein ins 19. Jahrhundert. Dieses scherte sich dabei aber nicht um die Schönheit der lichten Laubwälder, geprägt von Buchen, Eichen, Eschen und Ahorn. Die Gesetzlosen schätzten vornehmlich die Abgeschiedenheit, das Unzugängliche als Schutz vor Verfolgung und Entdeckung. Von Spalten und Brüchen durchzogene, vom dunklen Tann der Nadelbäume und dichtem Unterholz umgebene Felsenformationen in den höheren Lagen erwiesen sich zudem als ideale Refugien, von denen es zu Quellen und Bächen nicht weit war. „In des Waldes finstern Gründen/Und in Höhlen tief versteckt/Ruht der Räuber allerkühnster/Bis ihn seine Rosa weckt", verherrlichte noch der Goethe-Schwager Christian August Vulpius (1762–1827) in seinem Hauptwerk „Rinaldo Rinaldini, der Räuberhauptmann" das Befinden des Vogelfreien. In einem alten deutschen Volkslied heißt es: „'s giebt kein schöner Leben als das Räuberleben in dem dustern, dustern, dustern Wald." Doch das Leben in der Höhle, vor allem in den vor Kälte klirrenden Wintern, machte selbst Hartgesottenen zu schaffen. Der Rauch der Feuerstellen durfte sich nur allmählich durch die Risse in den feuchten Wänden verflüchtigen, um nicht zwischen den dicht stehenden

Tannen und Fichten entdeckt zu werden. Die von manchem Poeten schwärmerisch gepriesene Romantik kam da schwerlich auf. Auch die meisten der legendären, der von der Obrigkeit als Räuber gejagten Wilderer hielten es selten lange in ihren Verstecken im Dickicht der Wälder aus und zogen auf Dauer den Unterschlupf bei Zugeneigten und Hehlern in versteckt liegenden und verhältnismäßig sicheren (Wald-)Spelunken vor. Eine der berühmtesten in der Literatur ist das Wirtshaus im Spessart, beschrieben im Märchen-Almanach von Wilhelm Hauff (1802–1827). Abgesehen von fiktiv dramatischen Handlungen in Film und Fernsehen, wird der Wald von heute als ein als Geschenk zu bewahrendes Erbe bewertet. Sanfter Waldtourismus mit Fernwanderwegen, vor allem der in aller Welt gerühmte im baden-württembergischen Schwarzwald, dient der Erholung, dem Herz und Seele erleichterndem Durchatmen. Dass zunehmend Kindergärten in den Wald verlegt werden, um den Jüngsten das Spielen (vielleicht auch als Räuber und Gendarm?) in der freien Natur zu ermöglichen, ist da mehr als nur eine schöne Randnotiz.

Der Raubritter Eppelein
Legendärer Sprung von Ross und Reiter von der Nürnberger Burgmauer

Beutezüge auf der Fränkischen Alb zum Schaden der reichen Kaufleute

Noch heute verspottet der fränkische Volksmund die Obrigkeit im Falle von Verfehlung und Missgeschick mit diesen Worten: „Die Nürnberger hängen keinen, sie hätten ihn denn zuvor!“ Zurückzuführen ist die stehende Redensart auf den Raubritter Apollonius von Gailingen (um 1320–1381), genannt Eppelein, aus Illesheim nahe Bad Windsheim. Es war 1372, als er nach der Zerstörung seiner Burg Dramaus in der Fränkischen Schweiz gefasst und bald darauf in Nürnberg zum Tode verurteilt wurde. Der Legende nach bat er um die Gewährung eines letzten Wunsches, um einen kurzen Ritt mit seinem treuen Rappen auf der eigens hierfür abgesperrten Burgmauer. Kaum im Sattel, sprang er vom Sims über den Stadtgraben und entkam dem Henker mit dem genannten legendären Ausruf in die Freiheit, die er bis zum Jahr 1381 als Anführer Gleichgesinnter in vollen Zügen mit Plünderungen und Überfällen genoss.

Eppelein-Abbild nach einem Kupferstich des 18. Jahrhunderts, aquarelliert von Christof Bemmerl.

Söldner fassten den Adligen

Ein Zechgelage im Gasthaus „Zum Schwarzen Kreuz“ im oberpfälzischen Postbauer bei Neumarkt fand ein jähes Ende, als eine von den Nürnberger Patriziern aufgestellte Söldnertruppe die feuchtfröhliche Raubritter-Runde sprengte, gefangen nahm und umgehend in der auf einem hohen Bergsporn gelegenen Burg Thann in ausbruchssicheren Verliesen für eine Nacht einkerkerte. Tags darauf erfolgte die erneute Verurteilung aller zum Tod durch den Neumarkter Scharfrichter. Eppelein selbst wurde aufs Rad geflochten und anschließend enthauptet, wie zwei seiner Neffen auch. Die Freie Reichsstadt Nürnberg kostete die gesamte Unternehmung von der Festsetzung der Raubritter bis zur Hinrichtung die beachtliche Summe von knapp 1 000 Gulden. Nicht nur die hiesigen Kaufleute atmeten auf, ebenso die der Städte Rothenburg, Windsheim und Weißenburg, die Eppelein innerhalb und außerhalb mit seinem Gefolge um so manches erleichtert hatte.

Ritter und Ross sprangen von der Mauer der Kaiserstallung der Nürnberger Burg und entkamen unverletzt.

Der Kuss des Räubers

Eppelein von Gailingen zählte zu den Verlierern einer Zeit, die den Ritterstand nach den Kreuzzügen verarmen ließ, bedingt auch durch den abnehmenden Rückhalt der an Einfluss einbüßenden deutschen Kaiser. Die aufblühenden und mit Reichtum gesegneten Städte und deren Stand der Kaufleute, sie waren für den niederen Adel der Grund allen Niedergangs, den sie mit den Verlockungen der Raubritterschaft vornehmlich mit Plünderungen und Überfällen begegneten. Der Einfallsreichtum kannte kaum Grenzen. Der nicht selten in unauffälliger Kleidung auftretende Eppelein soll beispielsweise einmal mitten in Nürnberg ein goldenes Vogelhaus unbemerkt mitgehen haben lassen. Ein anderes Mal überfiel er eine betuchte Patrizierbraut am Tag ihrer Hochzeit und küsste sie herzhaft zum Abschied nach erfolgtem Raubzug in ihrem Haus. In dem Gedicht „Eppelein von Geilingen" würdigt Ernst Weber (1873–1948) des Raubritters Sprung von der Nürnberger Burgmauer versöhnlich mit diesen Zeilen: „Zur rechten Zeit ein scharfer Sporn! Es geht kein Reitersmann verlorn, wenn unter ihm ein Rösslein schnaubt und er noch an sich selber glaubt." Das Gedicht mit 66 Zeilen war übrigens ehemals fränkischen Schulkindern zum Auswendiglernen verordnet; der Länge wegen nicht unbedingt zur reinen Freude.

Quelle: „Mein Lesebuch für das fünfte und sechste Schuljahr", München, Bayerischer Schulbuchverlag, 1958.

Seit der Uraufführung im Jahr 2005 stellt Achim Schwarzkopf den Raubritter dar.
Die nachgestellte Szenerie: Eppelein im Verlies der Burg Thann, in der er die Nacht vor der Hinrichtung verbrachte.

Das Fest in Emskirchen

Auf der Mauer der Kleinen Freyung auf der Nürnberger Burg erinnern die sorgsam nachgemeißelten Hufabdrücke an den berühmten „Eppelein-Sprung". Ein feinwürziger Kräuterlikör aus der Getränke-Fabrik schmückt den Namen des Raubritters. Stets zu Pfingsten findet seit 1965 das „Eppelein-Fest" in Emskirchen statt, eine Veranstaltung rund um den Burggraben der Ruine Schauerburg, der „Eppala", aus dem 14. Jahrhundert. Der „Eppeleinsweg" von 1930 führt über die bewaldeten Höhen der Fränkischen Alb, durchquert den Sebalder und Lorenzer Reichswald, eben dort, wo die Spießgesellen des Raubritters den Kaufmannszügen auflauerten. Nach der Uraufführung von 2005 steht im Drei-Jahres-Rhythmus das Eppelein-Festspiel des Autors Werner Müller auf der restaurierten Burganlage bei Burgthann an. Helmut Buchner, der Regisseur und langjährige Spielleiter der Altdorfer Wallenstein-Festspiele, initiierte das Volksschauspiel unter der Trägerschaft der Fördergemeinschaft Burgthann. Der Reiz der Aufführung liegt allein darin begründet, dass der Herr von Gailingen nicht nur frei von Gewalttaten ist, sondern vielmehr ein Opfer von Verrätern, an denen er sich mit Witz und Verstand zu rächen weiß. Der letzte Verrat im Gasthof des Dorfes Postbauer allerdings kostete ihn am 15. Mai 1381 das Leben. Der Eppelein des Autors Müller nimmt die Borniertheit und den Dünkel der Nürnberger Stadtregenten aufs Korn, treibt derbe Späße mit ihnen und erklärt hintersinnig: „Ihr sagt, dass ich ein asozialer Kerl bin. Nun gut, so will ich für euch einer sein." All das ist wieder zu hören und zu sehen 2017 in Burgthann.

Nikol List und der Kirchenschatz

Er tarnt sich im Erzgebirge als Wirt eines Gasthauses, um sein Unwesen außerhalb des Kurfürstentums Sachsen treiben zu können

Unterdessen leistete er sich als selbst ernannter Freiherr von der Mosel einen kleinen Hofstaat

Er war eine schillernde Persönlichkeit, dieser Nickel oder auch Nikol List (1654/56–1699), geboren im sächsischen Waldenburg nördlich von Zwickau. Bestens als Pächter des Gasthofes „Grüne Tanne" in der erzgebirgischen Ortschaft Beutha nahe Stollberg getarnt, plante er von hier aus seine Raubzüge außerhalb des Kurfürstentums. Ahnen konnte er nicht, dass sein Treiben ansatzweise einmal dem Dichter Friedrich von Schiller (1759–1805) als Vorlage für das Drama „Die Räuber" dienen sollte. Angelastet wurden ihm vor allem Dom- und Kirchenraub, Mordtaten und 40 Diebstähle. Das Unwesen, versilbert in bare Münze, war so erfolgreich, dass er sich einen kleinen Hofstaat leistete, dem er als Johann Rudolph Freiherr von der Mosel, „standesgemäß" mit wallend langlockiger Allongeperücke, anführte. Wiederum eine perfekte Tarnung, die ihn mit seiner Bande lange Zeit durch die Landstriche und Wälder Norddeutschlands streifen ließ. Dazwischen wieder einmal nach Beutha zurückgekehrt, stellten ihn in der Johannisnacht zum 24. Juni 1696 Landschöffen der Schönburgischen Herrschaft zu Hartenstein. Nikol List erschoss zwei von ihnen und entkam. Im Jahr darauf ereilte ihn die Ächtung, er war nunmehr vogelfrei.

Gold, Silber, Edelsteine

Ins Blickfeld des Räubers geraten war 1698 die prachtvolle Hallenkirche St. Michaelis mit dem 79 Meter hohen Turm im niedersächsischen Lüneburg, die einen außergewöhnlichen Schatz barg. Es war die den Hauptaltar schmückende „Goldene Tafel" mit Kostbarkeiten von unermesslichem Wert, zusammengetragen seit der Gründung des Gotteshauses anno 956 von Herzögen, Bürgern und Mönchen. Am 6. März zu nächtlicher Stunde verschaffte sich die Diebesbande um Nikol List mittels eines Nachschlüssels den unbemerkten Zugang zum Hochaltar mit dem Reliquienschrein, dem Klappaltar und den einmaligen Preziosen aus Gold, Silber und Edelsteinen. Sie brachen alles heraus, was ihnen von Wert erschien und verschwanden wieder im Schutz der Nacht. Der größte Kirchenraub aller Zeiten war Geschichte, ein Gesamtkunstwerk für immer verloren, die Kostbarkeiten aus dem Edelmetall eingeschmolzen. Der verbliebene Klappaltar und die Reliquien sind 1796 im Verlauf eines Umbaus im Inneren des Sakralbaus veräußert worden und zieren heute zwei Museen in Hannover.

In Raum, dem Nachbarort von Beutha, tarnte sich der Räuberhauptmann als Pächter des Wirtshauses „Grüne Tanne".

Die „Goldene Tafel" wurde aus der Lüneburger Kirche St. Michaelis geraubt.
Das Schandmal mit den Gedenksteinen der erschossenen Hartensteiner.

Die Schandsäule von Beutha

Vier Monate nach dem Raubzug in Lüneburg wurde ihm ein Einbruchsdiebstahl im bayerischen Vogtland gelegenen Hof zum Verhängnis. Der geächtete Anführer und seine Bande waren erkannt, verfolgt und festgesetzt worden. List selbst wurde bald darauf nach Celle, der Residenzstadt des Herzogtums Lüneburg, zur Verurteilung und Hinrichtung überstellt, vollzogen im Mai 1699 mit dem Zerschmettern der Arme und Beine, dem Köpfen und anschließendem Verbrennen. Im Jahr darauf folgte bis auf den letzten Grundstein die Beseitigung des List'schen Hauses in Beutha, ersetzt lediglich von einer sogenannten Schandsäule. Sie steht heute, flankiert von den Gedenksteinen der beiden von List erschossenen Hartensteinern, an der Innenseite der dortigen Friedhofsmauer. Die verwitterte Inschrift auf dem schiefernen Stein erhielt der Nachwelt Johann Christoph Neubert, Pfarrer zu Beutha, im 12. Band von „Sachsens Kirchen-Galerie: Die Schönburgischen Receßherrschaften nebst den Euphorien Annaberg, Marienberg und Frauenstein, Dresden, 1843". So heißt es auf der Vorderseite: „An diesem Ort hat gewohnt der weltbekannte Dieb, Kirchenräuber und Mörder Nicol List, welcher in der Johannisnacht 1696 von einer nach ihm geschickten Folge den eigenen Landschöppen Christoph Kneufflern und noch einen Bürger, Gottfried Eckarden, jämmerlich erschossen und darauf die Flucht ergriffen. Auf der Gnädigen Herrschaft Befehl ist das hier gestandene Listsche Haus niedergerissen und wider den flüchtigen Mörder mit der Acht versehen worden."

Der „furchtbare Abenteurer"

Seit nunmehr über 300 Jahren war der Verwegene für viele Autoren ein Thema, fußend auf den aktenmäßigen, akribischen Darstellungen wie beispielsweise „Leben und Gaunerstreiche Nickel List's und seiner Räuberbande" von 1802, Verlag Penig Leich, Leipzig. Selbst einem Friedrich von Schiller (1759–1805), dem Dichter und Historiker, soll die kriminelle Karriere des skrupellosen Sachsen Inspiration für sein Werk „Die Räuber" gewesen sein. 1806 war es Gottlieb Bertrand, der mit „Der furchtbare Abenteurer Nickel List, genannt von der Mosel" (Schröder, Braunschweig) Aufsehen erregte.

Die Oberlausitz, Karasek und der Räuber Kummer

Dem Prager Hansel stand der Böhmische Wenzel mit zuletzt drei Banden in nichts nach

Von der silbernen Spur der Taler und dem Sprung aus dem Turmfenster der Bautzener Festung

Es war eine Zeit voller Erschwernisse, in die an einem 10. September im Prager Stadtteil Smíchov ein gewisser Jan Nepomuk Johannes Karasek (1764–1809) hineingeboren wurde, auch eine Zeit des Niedergangs nach Kriegen und gesellschaftlichen Verwerfungen unter den Vorzeichen der 1789 ausbrechenden Französischen Revolution. Die Armen waren noch ärmer geworden, die ungeliebte Obrigkeit noch reicher. Somit hatte sich ein Nährboden gebildet für all das, was außerhalb der Gesetze stand: das Rauben, Schmuggeln, Wildern und Stehlen. Karasek, später als „Prager Hansel“ berühmt-berüchtigt geworden, erlernte zuvor die ehrenwerten Handwerke des Tischlers und Fleischhauers. Mehrfach von den Österreichern zum Militär gepresst, verweigerte er alsbald den Gehorsam, desertierte und war somit zum Gesetzlosen geworden. Schutz fand Karasek schließlich in der böhmischen Enklave Neuwalde bei Ober- und Niederleutersdorf inmitten der von dichten Wäldern umgebenen Dörfer der sächsischen Oberlausitz, wo er sich einem Räuberhauptmann namens Palme anschloss. Nach dessen Tod, er war im Verlauf eines Überfalls erschlagen worden, erhob die Bande Karasek zu ihrem neuen Anführer. Die Gerichtsbarkeit hatte er kaum zu fürchten; Häscher verliefen sich selten in dem unwegsamen wie unsicheren sächsisch-böhmischen Grenzgebiet.

Der getarnte Späher

Johannes Karasek raubte grundsätzlich nicht im eigenen engeren Umfeld. Als bestens getarnter und redegewandter Ausspäher ertragreicher Ziele, wie beispielsweise begüterte Patrizier, Manufakturen und Handelshäuser, fiel er nicht auf. Zu verdanken war das zudem seinem eleganten Auftreten in der schmucken Tracht eines Jägers, was die entsprechende Wirkung auf die holde Weiblichkeit in Schirgiswalde, Friedland, Sebnitz und anderswo nicht verfehlte. Dass er manch erbeutetes Geldstück an die Armen weitergab, brachte ihm bald den schmeichelhaften Ruf vom edlen Räuber ein, der allerdings den Löwenanteil für sich und seine Spießgesellen behielt.

Der gnädige Kurfürst

Entgegen der erklärten Absicht, nicht räuberisch im eigenen Revier umtriebig zu werden, ließ er sich doch von der Bande umstimmen, das Rittergut von Oberleutersdorf in

Botschafter der Oberlausitz: Heiner Haschke als Johannes Karasek in der Weberstube des Museums in Seifhennersdorf.

der Nacht zum 1. August 1800 zu überfallen. Berauscht vom reichhaltigen Beutegut an Talern und in der Eile der Tat nur locker in Tücher gerafft, verloren die Räuber einige auf der Flucht und legten somit die Spur in ihr tief im Wald verborgenes Räubernest namens „Greibichschenke“, die schon Karaseks Vorgänger als sicherer Standort diente. Die am Tag danach in Marsch gesetzten Dragoner stießen bald auf die ersten Münzen und brauchten nur noch der silbernen Spur der Taler zu folgen, um Karasek zu fassen. Unter schwerer Bewachung nach Bautzen verbracht, ereilte ihn dort nach kurzem Prozess das Todesurteil. Nach mehreren Revisionen und der dreijährigen Verbringung in ein Verlies des Wasserturms der Bautzener Ortenburg begnadigte ihn Sachsens Kurfürst Friedrich August III. (1750–1827) zu lebenslanger Festungshaft in Dresden. Am 14. September 1809 verstarb er an den Folgen des Kerkerdaseins und der zusätzlich auferlegten schweren Arbeit. Bereits 1804 kam es zum Abriss der Greibichschenke, um sie nicht neuerdings zum Fluchtpunkt von Gesetzesbrechern werden zu lassen.

Der kaiserliche Befehl

Damit aber hatten die Räubereien in der Region noch kein Ende gefunden. An die Stelle der Karasek-Bande trat die des Wenzel Kummer (1767–1843), genannt der „Böhmische Wenzel“, in der Exklave Neuschirgiswalde, heute Schirgiswalde. Der Sohn eines deutschen Ehepaares im böhmischen Víska, deutsch Dörfel, einst eine Exklave in der Oberlausitz im kurfürstlichen Sachsen, wurde bereits mit fünfzehn als Wilddieb auffällig. Im Verlauf der in Schloss Weißwasser eingerichteten Strafanstalt, als „Spinnhaus“ bekannt, soll er Lesen und Schreiben gelernt haben. Nach Erkenntnissen von Klaus Hoffmann-Reicker, Sächsische Zeitung, Dresden, Autor von „Der Bischof und der Räuberhauptmann“ (Lovely Books, 2014), sprach er fließend

Gefesselt an Händen und Füßen gelang Wenzel Kummer die Flucht aus einem der Fenster der Bautzener Festung Ortenburg.
Karasek und die entführte Verlobte des Freiherrn von Kyar im Laienspiel.

Der Überfall der Bande auf Schloss Hainewalde.

Deutsch, Sorbisch und Tschechisch. Im Archiv der mittelböhmischen Stadt Mladá Boleslav, deutsch Jungbunzlau, sind diverse Hinweise auf Festnahmen, Desertionen und aufsehenerregende Ausbrüche zu finden. So sprang der an Händen und Füßen gefesselte Wenzel aus dem Turmfenster der Bautzener Festung Ortenburg und entkam, ohne Schaden genommen zu haben. Vom nahe gelegenen Städtchen Schirgiswalde befehligte er geradezu generalsstabsmäßig die dortige Räuberbande wie auch eine böhmische und schlesische. Erst 1822 konnte ihm auf kaiserlichen Befehl wegen des einstigen Desertierens aus dem Regiment Königgrätz endgültig der Prozess gemacht werden. Das Urteil: 20 Jahre Festungshaft in schwerem Eisen in Josefstadt, seit 1850 Teil des Wiener Stadtgebietes. Schon 1869 setzte ihm Gustav Adolph Berthold mit seinem „Seitenstück zu Johannes Karaseck/Der Räuberhauptmann Wenzel Kummer" (Verlag der Deutschen Export-Buchhandlung, Dresden) ein Denkmal.

Museum in Seifhennersdorf

Ganz im Zeichen der räuberischen Historie steht das Karasek-Museum in Seifhennersdorf. In den Mittelpunkt gerückt sind das bewegte Leben des „Prager Hansels" und die Zeit der böhmischen Enklave von 1635 bis 1849. Ein Blickfang ist die original eingerichtete Bauern-, Schlaf- und Weberstube von 1800. In einem Kreuzgewölberaum beeindruckt eine Dokumentation

Blick auf das idyllisch gelegene Seifhennersdorf im Landkreis Görlitz.

zur europaweit einzigartigen Polierschieferlagerstätte mit bis zu 32 Millionen Jahre alten Fossilien. Die jüngere Vergangenheit beinhaltet die Dauerausstellung „Damals in der DDR – das tägliche Leben".
Von 1991 bis 2011 agierte die „Karasek-Theatergruppe", ein Laienspiel-Ensemble unter der Leitung des Lehrer- und Ehrenbürger-Ehepaares Renate und Hartmut Hofmann, in der Kleinstadt Neusalza-Spremberg. Die Aufführungen fußten auf literarischen Vorlagen des Oberlausitzer Heimatdichters Oskar Schwär (1890–1968).
Auf der Waldbühne des im Zittauer Gebirge gelegenen Luftkurortes Jonsdorf nahe der tschechisch-böhmischen Grenze kam es 2014 zur Uraufführung des Stücks „Karasek – Ein Schurke und Held" von Axel Stöcker, inszeniert vom Gerhart-Hauptmann-Theater Görlitz-Zittau. Der Tatort des abenteuerlichen Spektakels entsprach den landschaftlichen Gegebenheiten der historischen Ereignisse, wozu auch die sogenannte „Jonsdorfer Felsenstadt" zählt, eine Formation bizarrer Erhebungen aus Sandstein. Zum Ort wie auch zum benachbarten Oybin und dem gleichnamigen Berg führt die dampfbetriebene Schmalspurbahn aus Zittau auf rund 12 Kilometern bei einer Höchstgeschwindigkeit von 25 km/h.

Lips Tullians Schwarze Garde

Nach einem Duell mit tödlichem Ausgang desertiert, räuberte er in Prag und formierte in Sachsen eine schlagkräftige Bande

Mehrfach gefasst, zu schweren Strafen verurteilt, gelang dem „Kavalier" und „Wachtmeister" dennoch immer wieder die Flucht

Er nannte sich Lips Tullian. Wie er tatsächlich hieß, bleibt umstritten. Von Elias Erasmus Schönknecht ist ebenso die Rede wie von Philipp („Lips") Mengstein. Das Geburtsjahr wird etwa zwischen 1675 und 1683 vermutet; als Geburtsort Straßburg, wo sein Vater als lothringischer Leutnant gedient haben soll. Selbst hatte er es in jungen Jahren zu einem dem heutigen Unteroffizier entsprechenden Dienstgrad in einem kaiserlichen Dragonerregiment in den Niederlanden geschafft, was ihn aufgrund seiner Führungsqualitäten im Bandenleben den späteren Beinamen „Der Wachtmeister" einbrachte. Nicht belegt ist, dass er 1702 einen Kameraden im Duell getötet haben soll. Was blieb, war die Flucht, die kreuz und quer durch deutsche Länder nach Prag führte, wo er noch im selben Jahr als Einbrecher in Kirchen und Kramläden aktenkundig wurde.

Die Höhle als Hort

Als ihm der Boden in der „Goldenen Stadt" an der Moldau zu heiß wurde, wechselte er ins Kurfürstentum Sachsen, wo er sich an den dort erfolgreich operierenden Banden ein Beispiel nahm. Zielgerecht versammelte Lips Tullian Entrechtete um sich, die er zur „Schwarzen Garde" formte, zeitweilig bis zu 60 Männern stark, vermutlich nach dem Vorbild des gleichnamigen holländischen Regiments aus Landsknechten. Tullians Räubernest fand sich in einer Höhle im Tännichtgrund im südlichen Tharandter Wald vor Dresden, gerühmt als Sachsens schönster. Später war der auch als Hort fürs Diebesgut genutzte Unterschlupf mit einem unterirdischen Gang zu einem von der Bande belegten Haus im nahe gelegenen Dorf Niederbobritzsch verbunden. Das Hauptquartier, zufällig auch der geografische Mittelpunkt Sachsens, lag überaus günstig an den zu Überfällen verlockenden Handelsrouten, der Salz- und der Silberstraße, siehe hierzu auch das Buch „Silberland Erzgebirge", Verlag Anton Pustet, Salzburg.

Flucht aus der Festung

Ein schwerer Einbruch in Dresden wurde Lips Tullian zum ersten Verhängnis. Er hatte sich ausgerechnet unter anderem das wertvolle wappengeschmückte Service des Grafen von Beichlingen, seines Zeichens Großkanzler und Oberhofmarschall des Kurfürsten, angeeignet. Aufgeflogen, gefasst, verurteilt und in die vermeintlich ausbruchssichere Festung der Stadt verbracht, gelang ihm dennoch die Flucht mit sieben weiteren Gefangenen. Des räuberischen Mannes weitere Wege führten in den Harz, nach Thüringen, in die Lausitz, nach Böhmen und wieder einmal nach Prag. Eine neuerliche Festnahme blieb nicht aus, diesmal in Leipzig. „Lebenslänglich Zuchthaus" lautete das Urteil. Obwohl nach der täglichen Zwangsarbeit an der Gefängnismauer angeschmiedet,

Die verschüttete Diebeskammer des Lips Tullian mit der Stele vom geografischen Mittelpunkt Sachsens im Tharandter Wald vor Dresden.

Lips Tullian (re.) in „feinem Staate" als begütert auftretender Kavalier, darunter in Gewahrsam. Links: Nikol List.

entkam er mit Hilfe eines Nachschlüssels erneut. Er, der für die Obrigkeit längst zu den gefährlichsten Verbrechern des Kurfürstentums zählte, stand nun wieder seiner „Schwarzen Garde" vor, mit der er Kirchen und Herrenhäuser im östlichen Erzgebirge zwischen Freiberg und dem Dresden nahen Müglitztal ausplünderte.

Der Tod des Torwächters

Das Leipziger Brockhaus Bilder-Conversations-Lexikon (Band 2) von 1838 fasste Tullians Bedeutung mit diesem einen Satz zusammen: „Körperkraft, Scharfblick, Waghalsigkeit und Geistesgegenwart eigneten ihn zum gefürchteten Stifter und Befehlshaber einer vorzüglich Sachsen beunruhigenden großen Diebsbande." Damit nicht genug. Er war auch ein Meister der Tarnung, wie es ihm später der Räuber Johannes Karasek gegen Ende des Jahrhunderts in der Oberlausitz nachtat. Als begütert auftretender Kavalier verstand sich Tullian auch als Kundschafter neuer Ziele; die Räubereien selbst überließ er dann seinen Hauptleuten. Bei besonders aussichtsreicher Beute führte er die Bande wieder selbst. In den Zwischenzeiten gab er sich mit seiner Geliebten zum Schein einem geruhsamen bürgerlichen Leben hin, bevorzugt in Dresden wie auch anderswo. So auch in Freiberg im Erzgebirge, wo er sich eines Tages nach reiflicher Überlegung entschloss, neue Pfründe in Frankreich aufzutun. Da er am Stadttor keinen Pass vorzeigen konnte, kam es zu Handgreiflichkeiten, die mit dem Tod des Wächters endeten: Tullian hatte ihn erstochen, war aber von Herbeigeeilten überwältigt und sofort arretiert worden. Da er die Tat als Mord bestritt und sie nicht schlüssig bewiesen werden konnte, blieb es bei lebenslänglicher Festungshaft in Dresden. Erst als er der Anzettelung einer Gefängnisrevolte überführt wurde, legte er nach Folter und Dauerfesselung ein umfassendes Geständnis über all seine Taten ab, benannte die Männer der „Garde" wie auch die Hehler, was zum Todesurteil führte, gefällt vom Schöppenstuhl zu Leipzig, dem amtlichen Schöffengericht.

Der Tod durchs Schwert

Die Hinrichtung fand am 8. März 1715 vor rund 20 000 Zuschauern vor dem Schwarzen Tor auf Dresdens Marktplatz statt; selbst Friedrich August I. (1670–1733), genannt August der Starke, Sachsens Kurfürst und König von Polen, war zugegen. Die Majestät hatte das ursprünglich vorgesehene qualvolle Rädern in die Enthauptung durchs Schwert abgemildert, da der Delinquent letztlich umfassend geständig war. Nachdem das Urteil verlesen war, legte Tullian die Beichte ab und erhielt die Absolution, das religiöse Vergeben seiner Sünden nach dem Schuldbekenntnis. Danach soll er noch die anwesende Menge mit der Ermahnung zu einem tugendhaften Lebenswandel angesprochen haben. Mit ihm starben an diesem Tag vier seiner Spießgesellen. Die Letzten der „Schwarzen Garde" gingen den Fahndern erst drei Jahre später ins Netz, wurden verurteilt und ebenfalls hingerichtet. Deren und Tullians Schicksal soll schließlich ein Nachlassen des Räuberunwesens in Sachsen bewirkt haben.

Der Raub der Prinzen

Der Junker Kunz von Kauffungen wollte Gerechtigkeit. Doch sie wurde ihm nicht zuteil. Das bewog ihn zur Entführung zweier hochadliger Sprösslinge

Eine Geschichte voller Abenteuer, die im Altenburger Schloss in Thüringen begann und auf dem Markt der sächsischen Silberstadt Freiberg endete

Alles nahm seinen Anfang mit dem „Sächsischen Bruderkrieg" um die wettinischen Herrschaftsgebiete von 1446 bis 1451. Die Brüder, das waren Herzog Wilhelm III. (1425–1482), genannt der „Tapfere", und Kurfürst Friedrich II. (1412–1482), der „Sanftmütige". Vorausgegangen war ein Plan zur Teilung der Gesamtlande, den Friedrich III. (1415–1493), der römisch-deutsche König und späterer Kaiser, bestätigt hatte. Doch Herzog Wilhelm, jung und ungestüm, fühlte sich benachteiligt, lehnte ab und brach mit

Der „Gaffkopf" des 1455 hingerichteten Kunz von Kauffungen, angebracht 1578 am Erker des Freiberger Rathauses.

seinem älteren Bruder, was schließlich zur kriegerischen Auseinandersetzung führte. In diesem Zusammenhang sorgte ein gewisser Kunz von Kauffungen (um 1410–1455), geboren auf dem gleichnamigen Gut, heute ein Stadtteil von Limbach-Oberfrohna im Vorland des Erzgebirges, für Aufsehen. Der Junker, fälschlich als Ritter oder Raubritter (da den Ritterschlag noch nicht erhalten) in die sächsisch-thüringische Geschichte eingegangen, focht tapfer an der Seite des Kurfürsten gegen dessen Bruder, den Herzog. Eine Schrift des Burgmuseums Stein („Die Burg Stein bei Hartenstein und ihre Umgebung") charakterisiert den Recken mit diesen Worten: „Obwohl Kunz nur zum niederen Adel gehörte und nur Ritterdienst tat, war er seinen ritterlichen Standesgenossen an Bildung weit überlegen. Seine Kriegstüchtigkeit, sein kluges und kühnes Auftreten, gepaart mit Gerechtigkeitssinn und seinem sensiblen Ehrgefühl, machten ihn zum überall gern gesehenen Kriegsmann."

Gedemütigt und erpresst

Nachdem des Kauffungers Gut von der gegnerischen Seite verwüstet worden war, entschädigte ihn der Kurfürst mit Gut Schweikershain bei Mittweida im sächsischen Burgen- und Heideland. Kunz, selbst einmal Vogt auf der Burg Altenburg, dem späteren Schloss, Herr auf Schloss Wolkenburg und auf dem Lehen Burg Stein zu Hartenstein, auch mit Ländereien in Böhmen versehen, überfiel als seines Kurfürsten getreuer Gefolgsmann manche Handelskarawane zum Schaden des Herzogs. Das geschah im Rahmen des sogenannten „lauteren Kriegsrechts". In der Folge der „Lindenauer Nahme", einem Zugriff in der Nähe eines Dorfes bei Leipzig, verbrachte der Kauffunger die gefangen genommenen Kaufleute nebst der Beute auf der Hartensteiner Burg Stein, ganz in der Hoffnung, ein Lösegeld zu erzielen, was nicht geschah. Mehr noch, der Kurfürst, sein Kriegsherr, verurteilte die Tat völlig überraschend als gemeinen Raubüberfall und kündigte Kunz das Lehen Burg Stein. Zu allem Überdruss geriet der Gedemütigte in Böhmen in die Gefangenschaft von Gefolgsmännern des Herzogs, die ihm das überaus beachtliche Lösegeld von 4 000 Gulden abpressten.

Der Fehdebrief, die Kriegserklärung

Mit dem Ende des Bruderkriegs zwischen Herzog Wilhelm und Kurfürst Friedrich sollte der Junker das ihm ehemals als Entschädigung übereignete Gut Schweikersheim ohne jeden Ausgleich abgeben; es hatte zuvor einem Kämpfer des Herzogs gehört. Das empörte den Kauffunger derart, dass er seinen Kurfürsten auf Entschädigung verklagte, zumal auch einige seiner thüringischen Güter zerstört worden waren. Die Gerichte in Magdeburg und Friedberg erkannten die Forderung

Festspielaufführung in Altenburg: Kurfürst Friedrich II. und Gemahlin Margaretha von Österreich.

Das Schloss zu Altenburg, Tatort der Prinzenentführung.

an. Doch zählte das Urteil in letzter Instanz von Leipzig zu Gunsten des Kurfürsten. Das wiederum nahm Kunz nicht hin, sandte dem Kurfürsten einen „Fehdebrief", damals eine Form der Kriegserklärung, um auf anderem Weg zu seinem Recht zu kommen.

Gefangen am Fürstenbrunnen

Was dann geschah, ist als der „Altenburger Prinzenraub" in die Annalen Thüringens und Sachsens eingegangen. Es war in der Nacht zum 8. Juli 1455, als Kunz von Kauffungen mit den Rittern Wilhelm von Mosen und Wilhelm von Schönfels nebst 30 Männern in die ihm bestens vertraute Burg des Kurfürsten, heute das Altenburger Schloss, eindrang. Im Handstreich überrumpelten sie dessen schlaftrunkene Söhne Ernst (14) und Albrecht (11), um sie als Faustpfand zur Lösegeldforderung und der Rückgabe von Grund und Boden der thüringischen Güter einzubringen, ohne ihnen ein Leid antun zu wollen. Die Kunde vom Prinzenraub verbreitete sich wie ein Lauffeuer. Weithin läuteten die Sturmglocken. Die Stadttore waren geschlossen, bewacht die Brücken, Straßen und Pässe. Als sich die

Verfolger den Entführern bedrohlich näherten, trennten sie sich. Mosen und Schönfels waren mit dem Prinzen Ernst in Richtung Vogtland unterwegs, während der Kauffunger mit dem Knaben Albrecht und einigen Knechten die Route in Richtung Böhmen über Stollberg gewählt hatte. Doch sie kamen nicht weit. Als sie im Wald an einer Quelle, dem späteren „Fürstenbrunnen", unweit des Zisterzienserklosters Grünhain östlich von Aue rasteten, wurden sie von dem „Triller" genannten Köhler Georg Schmidt, einem Mönch, und von hinzugekommenen Dörflern gestellt. Ein realistisches Werk von der „Gefangennahme des Prinzenräubers Kunz von Kauffungen" schuf 1934 der Annaberger Paul Schneider (1892–1975), einer der bedeutendsten Holzschnitzkünstler des Erzgebirges. Zu sehen ist es hinter Panzerglas im Romantik Hotel Jagdhaus Waldidyll in Hartenstein.

Versteckt in einem Stollen

Mosen und Schönfels wiederum hatten in Scharmützeln mit den nachsetzenden Reitern des Kurfürsten bereits 14 Mitstreiter verloren. Über Zwickau den Hartensteiner Forst mit Müh und Not erreicht, versteckten sie sich mit dem verängstigten Knaben in einem alten Bergbaustollen, berühmt geworden als „Prinzenhöhle", und blieben unentdeckt. Als sie am dritten Tag nach der Entführung von der Festnahme des Kauffungers erfuhren, verhandelten sie umgehend mit Graf Friedrich von Schönburg, dem Burg- und Schlossherrn von Hartenstein. Nach der Zusicherung von Straffreiheit und unbehelligtem Abzug ins Exil übergaben sie den Prinzen Ernst. Bei dieser Gelegenheit erfuhren sie, wie auch der Junker Kunz zuvor, dass sein „Fehdebrief" dem Kurfürsten erst am Morgen nach dem Raub übergeben worden war und somit zu spät, was nunmehr den Tatbestand des Rechts- und Landfriedensbruchs erfüllte.

Das Todesurteil von Freiberg

Ein Schnellverfahren ereilte Kunz von Kauffungen bereits am 13. Juli 1455, also am fünften Tag nach der missglückten Unternehmung. Umgehend für schuldig befunden und zum Tode verurteilt, folgte tags darauf die Hinrichtung – die Enthauptung durchs Schwert – auf dem Obermarkt der Silberstadt Freiberg. Ein blauer Pflasterstein kündet noch heute von der Stelle, an die Kunzens Kopf gerollt sein soll. Am 15. Juli unternahmen Kurfürst Friedrich und Gemahlin Margaretha von Österreich (1416–1486), eine Wallfahrt zur Stiftskirche nach Ebersdorf, heute ein Stadtteil von Chemnitz, zum Dank der Errettung der Söhne. Aufgehängt worden waren zu diesem Anlass die Kleider der Prinzen und die Kappe des Köhlers, der den (Raub-)Junker festgesetzt hatte. All das wird nach wie vor in dem Gotteshaus mit dem wundertätigen Marienbild aufbewahrt. Die Kurfürstin war übrigens auch maßgeblich an der Versöhnung der verfeindeten Brüder und damit an der Beilegung der Kriegshandlungen beteiligt. In Hartenstein zählt die „Prinzenhöhle" neben der Burg Stein zu den beliebten Ausflugszielen. Ein viereinhalb Kilometer langer Wanderweg führt vom Parkplatz der Schlossruine zur historischen Sehenswürdigkeit, gut erreichbar ebenso vom benachbarten Bad Schlema.

Die Grenzziehung zu Böhmen

Nach dem Tod des Kurfürsten anno 1464 übernahmen die Söhne Ernst (1441–1486) und Albrecht (1443–1500), die eigentlichen Begründer der Länder Sachsen und Thüringen, gemeinsam die Amtsgeschäfte. Noch zuvor hatten der Kurfürst und der böhmische König Georg von Podiebrad (1420–1471) eine verbindliche Grenzziehung zwischen Sachsen und Böhmen besprochen. Besiegelt wurde sie 1459 im Vertrag von Eger, tschechisch Cheb, unweit der Oberpfälzer Städte Waldsassen und Marktredwitz in Bayern. Die Grenze, sie führt über die Höhen des Erzgebirges und teilweise auf der Mitte des am Gipfel der Schneekoppe entspringenden Elbestroms, gilt noch heute als eine der ältesten Europas.

Jörgel Grasel und 200 Taten

Böhmen, Mähren und Österreich waren die Zielgebiete des Räuberhauptmanns, der mit 28 Jahren in Wien am Galgen endete

Bereits als Neunjähriger verbüßte er die erste Gefängnisstrafe wegen eines Diebstahls von Mehl

Schon sein amtlicher Name hätte nicht besser gewählt sein können, ließ er doch Rückschlüsse zu. Johann Georg Grasel (1790–1818), auch Graßl, tschechisch Grázl, stand früher in Mähren und Niederösterreich in der ursprünglichen Bedeutung für „Gauner"; im Tschechischen auch für „Bastard". Noch geläufig auch die Redensart „Ty grázle", übersetzt „Du Lump". Das wiederum lässt sich wörtlich nehmen, wenn auch in verstärktem Maße. Der in Neu-Serowitz, heute Nové Syrovice bei Moravské Budějovice, Mährisch Budwitz, geborene Sohn eines armen Abdeckers, auch Wasenmeisters, eines Verwerters von Tierkadavern zu Fetten, Leim, Seife und anderem, war in seinem kurzen Leben mit kriminellen Höchstleistungen in Böhmen, Mähren und Österreich mehr als nur auffällig geworden: als Dieb, Betrüger, Hehler, Mörder und gefürchteter Räuberhauptmann mit einem Gefolge von bis zu 66 Spießgesellen. Rund 200 Delikte konnten ihm nachgewiesen werden. Hans Jörgel, wie der junge Grasel gerufen wurde, wuchs in einem nicht gerade üblichen Umfeld auf. Die Großväter bettelten oder stahlen. Die Mutter wurde aktenkundig wegen Fischdiebstahls und Landstreicherei. Der Vater verbüßte wegen Einbruchs sieben von zehn Jahren schweren Kerkers, tarnte sich nach der Entlassung mit neuem Namen als Bilderhändler und räuberte ungehemmt weiter.

Die Flucht nach Ungarn

Mit neun Jahren fand sich Hans Jörgel zum ersten Mal mit der Härte des Gesetzes konfrontiert und somit umgehend im Gefängnis wieder. Im niederösterreichischen Drosendorf bei Horn war er mit seinem Cousin Franz beim Diebstahl von Mehl erwischt worden. In Mautern an der Donau dann die erneute Verhaftung von Mutter und Sohn wegen ähnlicher Delikte. In Dobersberg nahe Waidhofen an der Thaya beging der Vater einen Mord, konnte entkommen und brachte sich mit der Familie im ungarischen Veszprém, deutsch Wesprim oder Weißbrunn, mit dem Kauf einer Wasenmeisterei in Sicherheit. Wegen neuerlichen Diebstahls verhaftet, hatte er nun die letzten drei Jahre der Haftstrafe von 1792 abzusitzen. Kaum entlassen, begab er sich dann mit dem Sohn schwerpunktmäßig auf ausgedehnte Einbruchstouren. Versucht haben soll der Jörgel aber

Er führte bis zu 66 Spießgesellen an: Johann Georg Grasel.

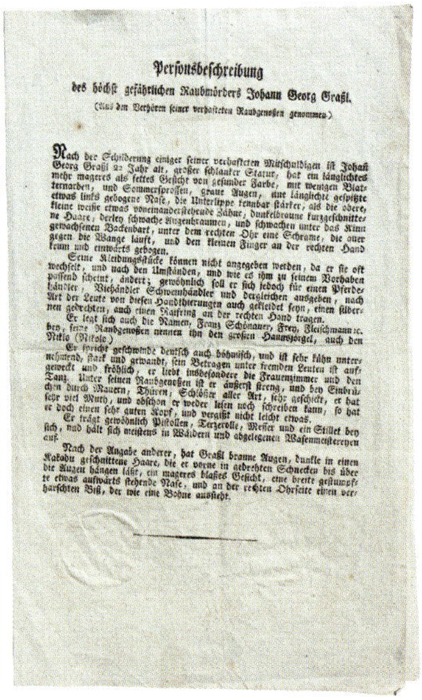

Personsbeschreibung

des höchst gefährlichen Raubmörders Johann Georg Grasl.

(Aus den Verhören seiner verhafteten Raubgenossen genommen.)

Nach der Schilderung einiger seiner verhafteten Mitschuldigen ist Johann Georg Grasl 2[illegible] Jahr alt, grosser schlanker Statur, hat ein länglichtes mehr mageres als fettes Gesicht von gesunder Farbe, mit wenigen Blatternarben, und Sommersprossen, graue Augen, eine länglichte gespitzte etwas links gebogene Nase, die Unterlippe kennbar stärker, als die obere, kleine weisse etwas voneinanderstehende Zähne, dunkelbraune kurzgeschnittene Haare, derley schwache Augenbraunen, und schwachen unter das Kinn gewachsenen Backenbart, unter dem rechten Ohr eine Schrame, die quer gegen die Wange läuft, und den kleinen Finger an der rechten Hand krumm und einwärts gebogen.

Seine Kleidungsstücke können nicht angegeben werden, da er sie oft wechselt, und nach den Umständen, und wie es ihm zu seinem Vorhaben passend scheint, ändert; gewöhnlich soll er sich jedoch für einen Pferdehändler, Viehändler Schweinhändler und dergleichen ausgeben, nach Art der Leute von diesen Handthierungen auch gekleidet seyn, einen silbernen gedrehten, auch einen Hafring an der rechten Hand tragen.

Er legt sich auch die Namen, Franz Schönauer, Frey, Fleischmann etc. bey, seine Raubgenossen nennen ihn den grossen Hansjörgel, auch den Niklo (Nikolo.)

Er spricht geschwinde deutsch auch böhmisch, und ist sehr kühn unternehmend, stark und gewandt, sein Betragen unter fremden Leuten ist aufgeweckt und fröhlich, er liebt insbesondere die Frauenzimmer und den Tanz. Unter seinen Raubgenossen ist er äusserst streng, und bey Einbrüchen durch Mauern, Thüren, Schlösser aller Art, sehr geschickt, er hat sehr viel Muth, und obschon er weder lesen noch schreiben kann, so hat er doch einen sehr guten Kopf, und vergißt nicht leicht etwas.

Er trägt gewöhnlich Pistollen, Terzerolle, Messer und ein Stillet bey sich, und hält sich meistens in Wäldern und abgelegenen Wasenmeistereyen auf.

Nach der Angabe anderer, hat Grasl braune Augen, dunkle in einen Kakadu geschnittene Haare, die er vorne in gedrehten Schnecken bis über die Augen hängen läßt, ein mageres blasses Gesicht, eine breite gestumpfte etwas aufwärts stehende Nase, und an der rechten Ohrseite einen verharschten Biß, der wie eine Bohne aussieht.

Die Dokumentation im Graselturm. Oben im Bild: Grasel, Fähding und Stangel in Ketten.
Eine Kundmachung zur „Personsbeschreibung" des höchst gefährlichen Raubmörders.

zwischendurch immer wieder einer ehrlichen Arbeit nachzukommen, was erfolglos blieb.

Der steckbrieflich Gesuchte

Diebstähle und Einbrüche wechselten mit Raub und räuberischem Totschlag. Der trinkfreudige Jüngling erwies sich in zunehmendem Maß auch als Streithansel, was immer häufiger zu Schlägereien in Gasthäusern führte. So fügte er einem Beamten mit einem Messer schwere Verletzungen zu, in einem ähnlichen Fall gelang seine Festnahme. Grasel, der nie beim Militär war, gab im Verhör vor, ein Deserteur zu sein, um der besseren Ausbruchsmöglichkeiten wegen in ein Militärgefängnis zu kommen, was auch geschah. Die Flucht des unerkannt steckbrieflich Gesuchten gelang. Auf seine Ergreifung waren mittlerweile 4 000 Gulden Wiener Währung ausgesetzt worden. Geschildert wird Grasel in einer Kundmachung des kaiserlich-königlichen Kreisamtes zu Krems an der Donau vom 7. November 1815 unter anderem als von großer und schlanker Statur mit eher magerem Gesicht, Blatternarben und Sommersprossen, längerer Nase, grauen Augen und einer Schramme unterm rechten Ohr. Die präzisen Angaben stammten von inhaftierten Bandenmitgliedern. In die Falle ging Grasel schließlich im Wirtshaus zu Mörtersdorf im niederösterreichischen Horn. Über Nacht nach Wien gebracht, umgehend vor Gericht gestellt, wurde er zum Tod durch den Strang verurteilt. Zur Hinrichtung kam es am 31. Januar 1818 vor einem Massenpublikum am Rossauer Glacis, der heutigen Türkenstraße. Zuvor hatte Grasel zur Überraschung aller den Henker, den Geistlichen und dessen Kruzifix geküsst. Sein letzter Ausruf soll mit Blick auf die Menge „Jessas, so vül Leit!" gewesen sein.

Von vergnüglichen Historchen

Damit war die „Karriere" des gefürchteten Räubers noch nicht beendet. Zunehmend kursierten in den Jahrzehnten danach vergnügliche Historchen, wie beispielsweise die Geschichte vom Vertrag mit den Mönchen im

Kloster Zwettl. Laut der lokalen Quelle Süß von 1922 wollten sich die Zisterzienser vor der Ausplünderung ihrer mit Waren oder der Ernte beladenen Fuhrwerke schützen und baten Grasel um die entsprechende Sicherung. Der versprach die Unbehelligtheit und erhielt statt eines Schutzgeldes immerhin eine stattliche Zahl von Eimern besten Stiftsweines. Das Kloster nahe Zwettl genießt heute den Ruf eines spirituellen Zentrums und Kulturdenkmals von hohem Rang. Eine andere Geschichte, erzählt von Eva Kilianová im Buch „Vom silbernen Hufeisen/O stribrné podkove" (Brno, Blok, 1986), handelt im mährischen Pisečná, deutsch Sandhübel. Dort hatte der als Jäger verkleidete Grasel bis zum Morgengrauen an einem Tanzvergnügen teilgenommen. Als es im Morgengrauen zu Ende ging, bat er die Musikanten um Begleitung, da er eine Menge Geldes bei sich trug. Am Saum des Waldes angekommen, zahlte er sie mit goldenen Dukaten aus und fragte scheinheilig zum Abschied: „Wisst ihr eigentlich, wem ihr aufgespielt habt?" Als sie nur mit den Schultern zuckten, zog er er blitzschnell aus der hinteren Hosentasche eine Pistole und schrie sie an: „Ich bin der Grasel, und wer mir an den Kragen will, soll es versuchen!" Blickte die vor Schreck wie Versteinerten noch einmal triumphierend an und verschwand im Wald.

Der andere, der edle Räuber

Im Waldviertel mit den Städten Gmünd, Horn, Zwettl und Waidhofen, der Flusslandschaft Wachau mit den Hauptorten Krems und Spitz an der Donau, ist der Räuberhauptmann von eher edler Anmutung gegenwärtig und somit einem Robin Hood gleich, der die Reichen bestraft und die Armen beschenkt. Gedichte, Erzählungen, Romane und Theaterstücke gehören zum Repertoire an Wissenswertem. Der zum Horner Höbarthmuseum gehörende „Graselturm", eine Befestigung aus den 1480er-Jahren, birgt im Erdgeschoß eine Dokumentation und ein Grasel-Spiel.

Im Lauf der Zeit ist manche Höhle als Versteck des Berüchtigten (mutmaßlich) entdeckt worden, so zum Beispiel im Wallfahrtsort Maria Dreieichen und am Mühlviertler Naturdenkmal „Zigeunermauer", einer markanten Felsenformation mit zeltförmigem Zugang bei St. Thomas am Blasenstein.

Das Gasthaus „Graselwirtin" der Anna Rehatschek in Mörtersdorf nahe Horn zum anderen beeindruckt nicht nur mit historischen Bildern, sondern gleichermaßen mit einem deftigen „Graselschmaus" und dem „Räuber-Pfandl". Da empfiehlt sich die Einkehr in die „Graselstube" dieses bodenständigen Waldviertler Wirtshauses.

Schillers Steine und die Höhle

1971 verfilmte das Österreichische Fernsehen (ORF) „Die Moritat vom Räuberhauptmann Johann Georg Grasel" mit dem aus München stammenden Schauspieler Peter Vogel (1937–1978) in der Hauptrolle. In der Umgebung der mährischen Stadt Slavonice, deutsch Zlabings, an der Grenze zu Österreich informiert der Lehrpfad „Graselova Stezka" über das Wirken des Verwegenen, der auch die holde Weiblichkeit für sich einzunehmen verstand. Eine Station am Weg der Sehenswürdigkeiten ist eines seiner vermuteten Verstecke namens „Graselhöhle", gelegen inmitten einer als „Schillers Steine" genannten Felsengruppe, womit Slavonice das Werk „Die Räuber" von Friedrich von Schiller (1759–1805) würdigt.

Der Museumshof in der Waldviertler Bezirkshauptstadt Horn.

Die Wahrheiten des Wenzel Babinsky

Für die einen war er der wohltätige Freund der Armen in Böhmen, für die anderen ein Räuber und Mörder

Die letzten Jahre verlebte der Bußfertige als Gärtner in einem Prager Frauengefängnis

Die tschechische Spätromantik sorgte bereits zu seinen Lebzeiten für einen verklärenden Nachruhm. Er, der wohltätige Freund der Armen und Beschützer vor der Obrigkeit, so hieß es, er habe doch nie einen Mord begangen. 1860 verfasste der Prager Jahrmarktsänger František Hais das weithin bekannt gewordene Bänkellied „Babinsky žije", deutsch „Babinsky lebt". Ein Heftroman verherrlichte ihn als den Führer der Räuber in den böhmischen Ländern. Weitere Lieder, lobpreisende Erzählungen und zur Sensation aufgebauschter Lesestoff folgten. Die Wahrheit allerdings, die war eine andere. Wenzel Babinsky (1796–1879), tschechisch Václav mit Vornamen, der Sohn eines Tagelöhners aus dem nordböhmischen Pokratitz bei Leitmeritz (Litoměrice), begann seine Laufbahn mit einer Täuschung. Kaum zum Soldatendienst einbestellt, erweckte er den Eindruck eines psychisch Kranken, was die erhoffte Einweisung ins Prager Militärkrankenhaus zur Folge hatte. Vermeintlich auskuriert und entlassen, zog er als Dieb durch die Lande.

Die Pistolen der Geliebten

Bald versammelte er eine kleine Bande von Wegelagerern um sich, der auch seine Geliebte Apolena Hoffmann angehörte. Babinsky tarnte sich in der Regel erfolgreich unter falschen Namen wie Josef Schmidt, Franz Mall oder Anton Müller. Doch im Kummergebirge gelegenen Dorf Hühnerwasser, tschechisch Kuřivady, fiel dem Dorfschulzen bei einer Personenkontrolle der gefälschte Pass auf. Als dann noch der unbedarften Apolena zwei geladene Pistolen aus der Unterwäsche rauschten und sie umgehend mit fliegenden Rockschößen die Flucht ergriff, war es erst einmal um den Räuberhauptmann geschehen: Festnahme und Haft. Nach vier Monaten entkam er aus dem Prager Gefängnis und orientierte sich wieder vereint mit der Herzallerliebsten in Böhmisch Kamnitz, Česká Kamenice, einer Stadt am Übergang der Böhmischen Schweiz, des tschechischen Teils des sächsischen Elbsandsteingebirges, zum Lausitzer Gebirge. Im Wald von Oberkamnitz überfiel und ermordete er mit acht Messerstichen den Webereifaktor Johann Gottfried Blumberg aus dem heute zu Zittau gehörenden Dorf Hirschfelde. Die Beute waren 200 Taler, Kaffee und diverse Stoffe. Die Fahndung verlief erfolglos. Babinsky war rechtzeitig ins polnische Łodz geflüchtet.

Der verhängnisvolle Fehler

Seinen folgenschwersten Fehler beging er 1835 unter dem Namen Anton Müller. Als es ihn vermutlich aus Heimweh nach Leitmeritz zog wurde er prompt erkannt und mit Apolena und vier Bandenmitgliedern vor das Kriminalgericht in Prag gestellt. Die Anklage umfasste zwölf Verbrechen, doch nur sechs konnten nachgewiesen werden, da Babinsky in der Regel als Planer im Hintergrund seine Leute rauben ließ, also selten selbst in Erscheinung trat. Beispielhaft war hierfür der Einbruch der Bande bei Jan Krejza in Brozany bei Leitmeritz. Babinsky hatte erfahren, dass der Fährmann 2500 Goldmünzen, seine gesamten Ersparnisse zum Kauf einer Gastwirtschaft, im Haus aufbewahrte; hinzu kamen noch Los-Coupons im Wert von 380 Goldstücken. Das

Eine Aufnahme von Babinsky um das Jahr 1860.

Urteil: 20 Jahre schwerstes Zuchthaus; Apolena wurden zwölf zuerkannt. Gerade 41 geworden, starb sie allerdings zwei Wochen nach der Gerichtsverhandlung an einer Organblutung, einem sogenannten Bluthusten.

Der Reuige mit dem Rosenkranz

Babinsky wurde 1841 als Häftling mit der Nummer 11402 in den Kasematten der Festung Spielberg bei Brünn eingeliefert, die seinerzeit den gefährlichsten Verbrechern der Habsburgermonarchie vorbehalten war. Stets einen Rosenkranz bei sich tragend und häufig betend, trat er ruhig und bescheiden auf, was ihm das Vertrauen der Direktion und des Kaplans, die Krankenbetreuung und damit verbundene Vergünstigungen bescherte. Nach der Auflösung der Gefängnis-Festung im Jahr 1855 und der Verlegung in die Strafanstalt von Kartouzy-Valdice, deutsch Karthaus Walditz, bei Jičín, Jitschin, nahmen sich die Barmherzigen Schwestern des Borromäer-Ordens seiner wie auch anderer Inhaftierter an. Die angenehme Art des einstigen Räuberhauptmanns belohnten sie 1861 am Tag seiner Entlassung mit der Einstellung als Gärtner im Frauengefängnis von Repy im Prager Kloster Karl Borromäus, wo er am 1. August 1879 friedlich von dieser Welt ging.

Wenn Heimweh zum Verhängnis wird: Im nordböhmischen Leitmeritz (Litomerice) wurde Babinsky 1835 gefasst. Im Bild der St. Stephansdom.

Karl Stülpner, Sachsens Robin Hood

Der Lebensweg führte den Grenzgänger aus dem Erzgebirge quer durch Europa

Mit Wildbret und Schmuggelware versorgte er die Bedürftigen, wenn die Not am größten war

Er war vielseitig wie kaum ein anderer: Wildschütz, Schmuggler, Soldat, Fabrikant (!), Familienvater und Lebenskünstler. Er gilt als Sachsens Robin Hood, der Karl Stülpner (1762–1841), geboren und getauft als Carl Heinrich Stilpner in Scharfenstein bei Drebach im Erzgebirge, als achtes Kind eines Tagelöhners. Früh flügge geworden, verließ er mit 16 das Elternhaus, um die Familie zu entlasten, und verdingte sich in Chemnitz als königlich-sächsischer Musketier für acht Jahre, wovon er immerhin fünf durchhielt, dann desertierte er und befand sich fortan auf der Flucht. Sie führte ihn über die Höhen des Gebirges seiner Heimat nach Böhmen, Österreich, Ungarn, Hessen, Baden und Hannover, wo er ergriffen und in ein Dragonerregiment des dortigen Kurfürstentums gepresst wurde. Bald erneut fahnenflüchtig geworden, lief er den Preußen in die Arme, mit denen er als Infanterist im Ersten Koalitionskrieg (1792–1797) gegen das revolutionäre Frankreich zu kämpfen hatte. Eine bei Kaiserslautern erlittene Verwundung bewog den erprobten Deserteur, das Militär endgültig zu verlassen und 1794 nach Scharfenstein heimzukehren.

Unterm Schutz der Scharfensteiner

In den Jahren danach erfreute sich Karl Stülpner eines unbehelligten Daseins, obwohl längst als Wilddieb, Schmuggler und Räuber auf den Fahndungslisten der die Wälder durchkämmenden Kürassiere und Forstbeamten verzeichnet, ausgeschwärmt ganz auf die „Habhaftwerdung des Raubschützen Carl Stülpner“. Des Mannes Treiben gelang insofern erfolgreich, da er sich längst den Ruf des Beschützers und Unterstützers der Armen erworben hatte. Als unverwundbar galt der zum Volkshelden Erhobene, dem selbst die Kugeln nichts anhaben konnten, was ihn einmal angeblich hat sagen lassen, so die Legende: „Mich schießt keiner tot!“ Die

Stülpner-Porträt: Kupferstich von H. Fincke, 1835.

Scharfensteiner deckten und versteckten ihn, wo und wann immer sie konnten, versorgte er sie doch, unterstützt von treuen Gefolgsleuten, mit Wildbret und Schmuggelware, wenn die Not am größten war. Ihnen hatte er es auch zu verdanken, dass ihm mehrmals die drohende Verhaftung erspart blieb.

Die Tochter des Ortsrichters

In dieser Zeit verschaute er sich auch in seine spätere Frau Johanna Christiane Wolf, die Tochter des Ortsrichters, der sich aber vehement gegen die Eheschließung ausgesprochen hatte. Die „Wölfin", wie sie genannt wurde, blieb Stülpner dennoch treu verbunden und schenkte ihm 1799 eine Tochter, getauft auf Johanna Eleonora. Um vermutlich als Familienvater Ruhe und Sicherheit in sein bewegtes Leben zu bringen, trat er wieder in die sächsische Armee ein. In der Doppelschlacht bei Jena und Auerstedt anno 1806 gegen die napoleonischen Truppen geriet er in Gefangenschaft, aus der er bald darauf entkam. Um seine inzwischen schwer erkrankte Mutter in Scharfenstein pflegen zu können, ersuchte er beim sächsischen Standortkommandanten um Entlassung, was abschlägig beschieden wurde. Daraufhin floh er ins böhmische Daubitz, heute Doubice. Die „Wölfin" blieb zurück und pflegte die Mutter bis zu deren Tod, um dann nachzukommen und ihren Karl endlich zu heiraten.

Vom Fabrikanten zum Verarmten

Der nicht untätig Gebliebene hatte es in der Zwischenzeit zu einigem Wohlstand gebracht; so mit diversen Handelsunternehmungen und einer gut gehenden

Beschützt von der Bevölkerung: So konnte sich der Wildschütz stets sicher fühlen.

Zwirnsfabrik. Die 1813 erfolgte Generalamnestie ermöglichte die Heimkehr nach Scharfenstein und den Kauf des Geburtshauses. 1820 traf ihn der plötzliche Tod der geliebten „Wölfin" schwer. Damit nicht genug, wenn auch aus eigenem Verschulden: Da an einer Schmuggelei beteiligt und überführt, folgte die Ausweisung. Zurück in Böhmen, ehelichte er Anna Veronika Ventzora, die er 1828 verließ, um für immer nach Scharfenstein zurückzukehren, da die Ausweisung aufgehoben war. Von Altersschwäche gezeichnet, kränkelnd und zuletzt an Grauem Star fast erblindet, musste er aus der Armenkasse versorgt werden. In den letzten Lebensjahren resümierte der begnadete Geschichtenerzähler, der Wahrheit stets mit Legenden und der Romantik des Wilderns verwob, sein Leben, wie beispielsweise der folgende ungewöhnliche Fall zeigt: In der Nähe von Marienberg stellte Stülpners Truppe eine Gruppe von königlich-sächsischen Jägern, die zuvor Wilddiebe ertappt und deren Beute beschlagnahmt hatten. Dann geschah das für die Vertreter der Obrigkeit bislang Unvorstellbare: Sie wurden mit vorgehaltenen Gewehren gezwungen, das erlegte Wild auf die böhmische Seite der nahen Grenze zu tragen und dort abzulegen. Anschließend durften sie den geordneten Rückzug ins ureigene Hoheitsgebiet antreten.

Dem Sohn der Wälder

Am 24. September 1841 schloss Karl Stülpner im „Gänsewinkel" genannten Ortsteil unterhalb der Burg Scharfenstein auf einem Strohlager für immer die Augen. Die stets mit Blumen geschmückte Grabstätte mit der Inschrift „Dem Sohn unserer Wälder – Karl Stülpner" befindet sich auf dem evangelischen Friedhof von Großolbersdorf nahe der Stadt Zschopau. Im dortigen „Schnitzerheim" ist ein in den 1930er-Jahren geschaffener Berg mit geschnitzten Szenen aus dem Leben des Wildschützen zu sehen. Wenn ein Darsteller des Überlebenskünstlers auf der Burg Scharfenstein durch die Räume des Karl-Stülpner-Museums führt und von den Geschichten um und über den Volkshelden zu erzählen weiß, dann lebt die Historie erst richtig auf, von der über 800-jährigen Burggeschichte ganz zu schweigen.
Noch zu DDR-Zeiten verkörperte Manfred Krug, der Schauspieler, Sänger und Schriftsteller, den Wildschütz 1973 in der TV-Serie „Stülpner-Legende". Im Dezember 2012 hatte der Mitteldeutsche Rundfunk (Fernsehen) den Film in sieben Folgen im Programm. Bereits in der Ankündigung würdigte der Sender den Hauptdarsteller: „Mit Mutterwitz, leiser Ironie und deftigem Charme verlieh Manfred Krug dem legendären erzgebirgischen Volkshelden Karl Stülpner Gestalt."
Eine besondere Ehrung erfuhr Scharfensteins berühmter Sohn posthum nach der Entdeckung eines von der Volkssternwarte entdeckten Planetoiden im Jahr 2000. Der Himmelskörper bewegt sich zwischen Mars und Jupiter um die Sonne und trägt die offizielle Bezeichnung „13816 Stülpner".

Ein Salutschuss auf Burg Scharfenstein zum Gedenken an den im „Gänsewinkel" Verstorbenen.

Der Holzknechtseppl

Angst und Schrecken im Dreiländereck von Niederösterreich, Steiermark und Westungarn, dem heutigen Burgenland

Steil war die kriminelle Karriere des einst braven Knechts, Hirten und Gehilfen der Holzfäller vor fast 200 Jahren

Mit dem Tagesheiligen Nikolaus, auf dessen Namen er am 6. Dezember 1794 getauft wurde, hatte er später nichts gemein. Statt guter Taten erwuchs er im Grenzgebiet von Steiermark, Niederösterreich und Westungarn, wenn auch nur wenige Jahre lang, zu einer Landplage höchst gefürchteten Ausmaßes. Nikolaus Schmidhofer, zu zivileren Zeiten in der steirischen Heimat auch als „Schelmnikl" bekannt, erblickte das Licht der Welt in dem Graz nahen Tyrnau bei Frohnleiten. Die Eltern waren einfache Leute mit fünf Kindern, die als sogenannte „Inwohner", als Untermieter in verschiedenen Bauernhäusern, zumindest ein Dach über den Kopf hatten, ansonsten aber in der Nachrede der Nachbarn in ungeordneten Verhältnissen lebten. Daher soll er, der Sohn, der Legende nach, Pflegeeltern im niederösterreichischen Dorf Edlitz mit der Maßgabe zugeführt worden sein, dass ihm die nötige Erziehung zukommen möge. Mal arbeitete er als Knecht auf den Bauernhöfen, mal als „Halterbub", als Hirte, und auch in den Wäldern unter den Holzfällern, bei denen er zu seinem Spitznamen kam, zum „Holzknechtseppl".

Das verhängnisvolle Glücksspiel

Die Wandlung vom braven und tüchtigen Gehilfen zum Straftäter vollzog sich offensichtlich an dem Tag, an dem ihm sein Edlitzer Ziehvater einen nicht geringen Betrag anvertraute, damit er in Mönichkirchen an der Grenze zur Steiermark eine Kuh kaufe. Doch dort geriet er in einem Wirtshaus in eine Runde von Glücksspielern und verlor alles bis aufs letzte Geldstück. Um das Geschehene gegenstandslos werden zu lassen, stahl er kurzerhand eine Kuh, übergab sie den Pflegeeltern und ward in Edlitz fortan nicht mehr zu sehen. Sein Verschwinden könnte auch als Flucht vor dem bevorstehenden, bis zu zwölf Jahren dauernden Militärdienst verstanden werden.

Die moderne „Holzknechtseppl"-Version der Pinkafelder „Stradafiassler" (oben).
Der Pranger am Alten Rathaus als Symbol der Rechtsprechung.

Der Marktplatz der burgenländischen Stadtgemeinde Pinkafeld mit der 1757 erstmals erwähnten Mariensäule.

Die Kommission der Majestät

Die weitere Lebensgeschichte erweist sich als eine Mischung aus Dichtung und Wahrheit, die Johann Anton Laschober, einer Fundgrube gleich, zusammentrug: „Aus dem Leben eines Räuberhauptmanns aus Edlitz – unserer Heimatgemeinde", Edlitz 1992, Marktgemeinde Edlitz. Danach schloss sich der Nikolaus Schmidhofer 1822 der „Stradafüßler" genannten Bande an, benannt vom Volksmund als „Leute, die sich auf der Landstraße herumtreiben", also Diebe, Wegelagerer, Deserteure und Landstreicher. Kaum deren Anführer geworden – mindestens 30 Mitglieder sind aktenkundig – versetzte er die Bevölkerung in noch mehr Angst und Schrecken als bisher. Und das in einem Maße, dass sich Österreichs Kaiser Franz I. (1768–1835), die Majestät in Wien, veranlasst sah, eine Kommission zu berufen, damit dem Treiben Einhalt geboten werde. Allein der materielle Schaden belief sich nach Schätzungen der Ermittler bereits auf 24 000 Gulden. Zum Vergleich: Für eine Kuh waren seinerzeit zwischen 100 und 150 Gulden zu berappen.

Die Liebe der Wirtinnen

Im Gegensatz zu Räubern in anderen Regionen überfielen die „Stradafüßler" das eher einfache Volk, bevorzugt Bürger und Bauern, zur Sicherung des Lebensunterhalts in Form von Naturalien und Bekleidung. War ihnen die Obrigkeit zu dicht auf den Fersen, zogen sie sich nach Westungarn zurück, das sich damals von Wildon über Eisenstadt bis nach Preßburg, heute die slowakische Metropole Bratislava, erstreckte. Dort konnten sie sich in einigen Gasthäusern sicher fühlen, pflegten doch die Unterführer der Bande Liebesbeziehungen mit den Wirtinnen, was auch für ihren Hauptmann zutraf. Gäste erwiesen sich gern als gefügig und zugeneigt dank der Spendierfreudigkeit der fröhlich zechenden Räuberrunde. Kam es zu Reibereien, soll es meistens durchaus glimpflich ausgegangen sein. Von Missetaten ist nichts überliefert. Die ihnen nachgesagte Brutalität und die Freude am Foltern lebten sie anderswo aus.

Die Glaserer auf den Bäumen

Noch heute sind schaurige Geschichten im Umlauf und teilweise nahe am tatsächlichen Geschehen der unterschiedlichsten Beutezüge. Einer Bauersfrau beispielsweise pressten sie den durch den Verkauf von Ochsen erzielten Erlös ab, indem sie ihre Hände gewaltsam in siedendes Fett tauchten. Mit besonderer Heimtücke nahm sich die Bande die von Dorf zu Dorf ziehenden Glaserer mit ihren Kraxen genannten Tragegestellen an, in denen sie Glasteile für anfallende Reparaturen auf den Bauernhöfen transportierten. Waren die Handwerker überrumpelt, mussten sie auf Bäume klettern und wurden dann samt ihrer Ware heruntergeschossen. Gefesselt auf einen Ameisenhaufen gelegt zu werden, auch das zählte zu den Torturen. Regte sich Widerstand, kam es zu Mordbrennereien. Wer sich ihnen in den Weg stellte, musste mit der tödlichen Kugel rechnen, wie ein Korporal der Schildwache oder ein Pinkafelder Siebmachermeister.

Die Verhaftung und Hinrichtung

Zur ersten Verhaftung der Bande um den Holzknechtseppl kam es im Mai 1827. Den Ausbruch aus dem Gefängnis wiederum ermöglichten bestochene Wachsoldaten. Innerhalb von zwei Wochen jedoch waren die Verbrecher allesamt wieder in Gewahrsam. Der Steckbrief und die ausgelobte Belohnung von 50 Dukaten für jeden Einzelnen hatten Wirkung gezeigt. Die Petition der Stadtväter von Pinkafeld im Burgenland und den umgebenden Gemeinden zur sofortigen Hinrichtung lehnte der Kaiser ab und bestand auf getrennte Gerichtsverfahren. Verurteilt und hingerichtet wurde Nikolaus Schmidhofer am 20. November 1828. Dem Holzknechtseppl war eine Vielzahl von Verbrechen zur Last gelegt worden: Beteiligung an 14 Morden, fünf von eigener Hand; drei Brandlegungen, 54 Raubfälle, 48 Diebstähle, zwei öffentliche Gewalttätigkeiten, vier Vergewaltigungen und sogenannte feuergefährliche Brandlegungen. Der Hinrichtung auf dem Gerichtsberg von Pinkafeld wohnten um die 20 000 Schaulustige bei. Noch vor dem Erhängen betete er inbrünstig vor dem Kruzifix, bat um Verzeihung und mahnte die Menge noch beim Heraufziehen auf den Galgen, sich an ihm ein warnendes Beispiel zu nehmen. Damit hatte der bislang bedeutendste Kriminalfall im Dreiländereck sein Ende gefunden. Ein Eintrag in der Pfarrchronik von Edlitz setzte den Schlusspunkt: „Der Schelmnikl, Holzknechtseppl, ein Scheusal, ein Schurke, wie hier Jahrhunderte nicht vorgekommen.“

Die Laientheatergruppe „Pinkafelder Stradafiassler“ nahm sich 2014 des Stücks „Der Holzknechtseppl“ von Dieter Hoffmann an und führte es vor dem Stadtmuseum auf. Von Christian Putz überarbeitet und aktualisiert, überraschte es in einer modernen Form und modisch perfekten Ausstattung.

Der Gerichtsberg, auf dem Nikolaus Schmidhofer am Galgen zu Tode kam.

Simon Kramer, Juraj Jánošik und Nikola Šuhaj
Der „Krapfenbäck" aus Kärnten, der Berghirte aus Slowenien und der Deserteur aus Transkarpatien

Der eine verbreitete Angst und Schrecken, die anderen teilten mit den Armen

Es war die Zeit der Koalitionskriege, als napoleonische Heeresverbände Kärnten besetzt hielten. Eine Zeit der Wirrungen und Unsicherheiten, die an dem jungen Simon Kramer (1785–1809), geboren in Möderndorf bei Klagenfurt, nicht spurlos vorüberging, woran Vater Sebastian, ein „Krapfenbäck" genannter Kleinbauer, niedergelassen in St. Veit an der Glan, einen nicht unerheblichen Anteil hatte. Zum einen gewährte er Stehlern, Hehlern und Landstreichern Unterschlupf, zum anderen befleißigte er sich selbst des Diebeshandwerks. Das blieb bei Simon, dem Sohn, Spitzname „Krapfenbäck Simerle", nicht ohne die Eingebung, es doch dem Vater gleich zu tun. Das gelang aus dem Stand, allerdings mit Raubüberfällen zumeist auf Bauernhöfe.

Raub der Kriegskasse

Bald aber soll er sich, der Legenden und dem Volksmund nach, zum „Robin Hood von Kärnten" gewandelt haben. Mit Komplizen überfiel er fahrende Kaufleute in den Wäldern, entriss in einem Fall den verhassten Besatzern die Kriegskasse und verteilte die Beute, ohne sich selbst zu bereichern, unter den Bedürftigen. Von des Franzosenkaisers Häschern verfolgt, bot ihm eine gewisse Juliana Regenfelder ein Versteck an, wo der Wald am dichtesten war. Fasziniert von Simon, wurde sie ihm zur treuen Weggefährtin. Inzwischen steckbrieflich gesucht, gelang die erste Festnahme 1807 bei Weitensfeld, doch Simon entkam. 1809 wieder gestellt, stand er für nunmehr 35 Straftaten vor Gericht. Das Urteil: Kerker, lebenslänglich. Doch auch diesmal gelang die Flucht direkt aus dem Klagenfurter Kriminalgericht. Die Berühmtheit des 24-Jährigen hatte zuvor noch einen Höhepunkt erreicht: Ihm war es gelungen, seine Lebensgefährtin Juliana aus den Verliesen des Schlosses Mageregg zu befreien.

Das wundersame Messer

Das Ende nahte am Abend des 17. September 1809, als ihn eine Streife des Landgerichtspflegers in Zojach bei St. Veit stellte. Simon Kramer soll heftigen Widerstand geleistet haben und daraufhin erschossen worden sein. Der tödliche Vorfall wurde nicht untersucht. Der französische General Jean-Baptiste Dominique Rusca ließ drei Tage später den Leichnam am Galgen in Annabichl bei Klagenfurt zur Abschreckung aufknüpfen. Die Grabstätte ist nicht bekannt. Gehalten hat sich über die Zeit die Legende von Simons wundersamem Messer, das sich ihm bei heraufziehender Gefahr stets warnend zudrehte. Stunden vor der Festnahme soll das der Fall gewesen sein.

Schullers begnadeter Bandit

Die für Aufführungen genutzte Arena der Burgruine Finkenstein am Faaker See in Kärnten stand 2010 im Blickpunkt des Räubermusicals „Simon Kramer, ein begnadeter Bandit" von Gerd Schuller, dem Komponisten, und den Kärntner Dichtern Heimo Töfferl und Adolf Ulbing. Karin Schuller beeindruckte mit dem Bühnenbild und der Vielfalt der Kostüme. Schuller, der sich schon mit fünf Jahren(!) am Akkordeon versuchte, zeichnet fürs Musikalische einer stattlichen Zahl erfolgreicher TV- und Filmproduktionen verantwortlich, zum Beispiel auch für die Bühnenversion des Fellini-Films „La Strada – Das Lied der Straße" im Alten Theater in Stuttgart. Angetan hat es dem Kulturpreisträger der Stadt Villach in jüngerer Zeit die Theatermusik, was beispielsweise das Räuber-Musical eindrucksvoll belegt. Im Schloss Mageregg im Norden von Klagenfurt residiert heute die Kärntner Jägerschaft und nutzt die Räume zu Repräsentationszwecken. Der Park ist teilweise einem Wildgehege vorbehalten. Zur Einkehr lädt das „GenussWirt im Schloss Mageregg" genannte Restaurant mit Terrasse der Familie Mlakar.

Der Tell aus Terchová

Einen dem Simon Kramer vergleichbaren Ruf als Beschützer und Unterstützer der Armen genoss Juraj Jánošik (1688–1713) schon ein Jahrhundert zuvor. Der aus Terchová Stammende, damals zum Königreich Ungarn gehörend und unweit der Grenzen zu Tschechien und Polen, wurde mit Wilhelm Tell verglichen. Der zum Nationalheld der Slowakei Erhobene kämpfte ursprünglich mit den aufständischen, den „Kuruzen" genannten antihabsburgischen Bauern, bis sie von den kaiserlichen Truppen besiegt wurden. Danach trat er als Hauptmann einer Waldräubergruppe in Erscheinung, der vor allem für die Rechte und das Auskommen der mittellosen Bergbewohner eintrat. 1713 in Liptovsky Mikuláš, deutsch Sankt Nikolaus in der Liptau, gestellt und verurteilt, wurde er bald darauf auf grausame Weise exekutiert: Er endete an einem Haken aufgehängt, der zuvor durch seine Rippen gebohrt worden war. Das Schicksal des vermutlichen Berghirten fand neunmal Berücksichtigung in slowakischen, polnischen und tschechischen Filmproduktionen. Benannt nach dem Heros, der aus den Bergen kam, ist Jánošiková, heute ein Ortsteil von Dunajská Lužná an der Donau nahe Bratislava.

Šuhajs tödlicher Schuss

Auf den Bergwiesen der früher zum Kaiserreich Österreich-Ungarn gehörenden Karpato-Ukraine sangen einst die Hirten vom Schicksal des berühmtesten Räubers der historischen Region. Ein Denkmal setzte ihm, dem 1898 geborenen Sohn eines Kleinbauern

Kärntens „Robin Hood" und seine Juliana:
Rettung aus dem Verlies des Schlosses Mageregg.

Räuber-Szenerie im Volksrock-Musical von Gerd Schuller: Simon Kramers Kumpane im Freudentaumel.

und Holzfällers aus Kolotschawa in Transkarpatien, der tschechische Schriftsteller Ivan Olbracht (1882–1952) mit dem Roman „Der Räuber Nikola Schuhaj". Im Ersten Weltkrieg als Soldat in Ungarn stationiert, desertierte er zweimal und schlug sich bis in sein Dorf durch. Dort entdeckt, erschoss er auf der Flucht zwei Polizisten und verbarg sich bis zum Kriegsende in den Wäldern. Ins inzwischen tschechoslowakisch gewordene Koločava heimgekehrt, heiratete er seine Jugendliebe Erzika Dracová und versuchte sich als Bauer. Doch die allüberall herrschende Not ließ ihn bald zum Räuber werden. Wieder gestellt, mit Hilfe seiner Frau entkommen, spürte sie ein Polizist auf und schoss irrtümlich auf Erzika. Daraufhin streckte ihn Nikola Šuhaj mit einem Schuss nieder.

Der Verrat der Kumpane

Zum Volkshelden werden ließen ihn samt seiner Bande die Überfälle auf Postkutschen, Warentransporte zu den Märkten und auf Wohlhabende. Die Beute wurde zum großen Teil umgehend an die Bedürftigen verteilt. Mittlerweile waren 3 000 Kronen auf Šuhajs Ergreifung ausgesetzt. Um sich die Belohnung zu sichern, erschlugen ihn drei der bislang treuen Kumpane am 16. August 1921 mit Beilen. Bald erklangen auf den Bergwiesen, so erzählt es noch heute der Volksmund, die einstrophigen Gesänge im Wechsel mit der Hirtenpfeife, wie beispielsweise: „Der Kuckuck hat gerufen, auf dürres Holz gesetzt. Getötet haben sie Suhaj, schwer sind die Tage jetzt." Die Bedeutung des Kuckucks erklärt sich aus der heidnischen Sicht der Slawen als die schützende Heimstätte verstorbener Seelen.

Des Wilderers Paradies: Sachsenwald-Impression zur Dämmerung.

Der Räuber Heigl und die „Rothe Res“

Die Oberpfalz, Niederbayern und Westungarn waren die bevorzugten Regionen ihrer Beutezüge

Mit der verwegenen Therese Pritzl verbunden, führte er ein freies Leben in der Höhle eines Bären

Er vergriff sich schon mal am Opferstock, was ihm die Aufsicht der Polizei einbrachte. Michael Heigl (1816–1857), der Sohn eines Tagelöhners aus Beckendorf, heute Bad Kötzting im Oberpfälzer Landkreis Cham, hatte seinen Lebensweg zuvor als Junghirte, Knecht und Schlosserlehrling in Furth im Wald im Sinne des Vaters durchaus ordentlich angetreten. Doch dann versuchte er sich als fahrender Händler, ohne allerdings im Besitz eines Gewerbescheins zu sein. Verhaftet und vor Gericht gestellt im niederbayerischen Straubing, gelang ihm 1843 die Flucht noch während der Verhandlung. Von nun an verübte er allein auf sich gestellt eine Reihe von Raubzügen, vornehmlich in den Gegenden um Kötzting, Viechtach und Landshut. Zwischendurch war er im Westen des Königreichs Ungarn, der heutigen Slowakei, untergetaucht, um schließlich auf dem über 1 100 Meter aufragenden Kaitersberg-Kamm im Bayerischen Wald sein „Hauptquartier“ in einer Höhle unterm Kreuzfelsen (999 m) aufzuschlagen. Zuvor hatte ein Bär im Versteck des allerorts Gesuchten gehaust.

Wildbret und Diebesgut

Der „Räuber Heigl“, wie er von der Not leidenden Bevölkerung genannt wurde, genoss deren Schutz und Zuspruch, wenn er in Bedrängnis war. Für sie längst zu einem Helden geworden, dankte er ihnen mit Wildbret und Notwendigem aus dem Diebesgut, das er zu nächtlicher Stunde vor die Türen der armen Häusler legte. Dass Heigl bevorzugt Reiche aus dem Bauernstand, betuchte Kaufleute und selbst bestens situierte Gottesmänner um einiges an Hab und Gut erleichterte, erhöhte noch den Zuspruch der Bevölkerung mit entsprechender Unterstützung. Da er stets aufs Neue mit Schurkenstücken und abenteuerlichen Fluchten aufwartete, hin und wieder begleitet von einigen wenigen Kumpanen, sorgte er an den Stammtischen der Wirtshäuser für einen schier unerschöpflichen Gesprächsstoff.

Unterm 999 Meter hohen Kreuzfelsen hatte Heigl sein Hauptquartier aufgeschlagen.

Die Gefährtin und Rebellin

Heigl lebte nicht allein in seiner Höhle. Zu ihm gestoßen war eines Tages eine gewisse Therese Pritzl, die sich Hals über Kopf in ihn verliebt hatte und ihm ansonsten in nichts an Tatendrang und Verwegenheit nachstand. Die „Rothe Res", so ob ihrer weithin leuchtenden Haarpracht genannt, verstand sich als eine Rebellin mit der Sehnsucht nach Freiheit und Gerechtigkeit gegenüber der ungeliebten Obrigkeit. In ihrem Roman „Freiwild", Droemer Verlag, München, 2012, würdigte die Münchner Schriftstellerin Monika Bittl deren Schicksal als Räuberbraut und setzte damit auch einen politischen Akzent zu ihrer Beziehung. Ein Auszug: „Haben wir jetzt nicht geradezu die Pflicht, das Land zu verlassen? Nein, sagt der Heigl, wir haben erst jetzt die Pflicht, nicht feige abzuhauen, sondern unseren Leuten zu zeigen, dass man sich gegen diese Willkür und Obrigkeit wehren kann." Die „Res" soll ihm manches Kind geboren haben, was umgehend zu den von ihnen unterstützten Kleinbauern gebracht wurde. Das geschah mit der Verpflichtung, die Neugeborenen zu versorgen und aufzuziehen.

Der Verrat und das Urteil

Zu verhängnisvoller Letzt setzte der Verrat eines einstigen Kumpanen dem Treiben der beiden ein Ende. Unterhalb der Höhle hatten Polizisten eine Art Sperrzone eingerichtet, die dem Räuberpaar die Versorgung mit Lebensmitteln und das Entkommen unmöglich machten. Halb verhungert stiegen sie nach Tagen herab und ließen sich festnehmen. 1854 in Straubing zum Tode verurteilt, entsprach Bayerns König Maximilian II. (1811–1864) dennoch einem Gnadengesuch und wandelte das Urteil in lebenslänglich in Ketten um. Die gute Führung des Gefangenen bewirkte die Verlegung ins Gefängnis der Münchner Vorstadt Au. 1857 erlag Heigl den schweren Verletzungen, die ihm ein Mitgefangener mit der Kugel seiner Fußkette zugefügt hatte.

Bunt verewigt auf Glas

Auf Glas verewigte Rudolf Schmid in der von ihm in Rauhbühl bei Viechtach geschaffenen „Gläsernen Scheune" Legenden aus dem Bayerwald, darunter der Prophet Mühlhiasl und eben auch der Michael Heigl auf sechs überdimensionalen Glaswänden von 200 Quadratmetern bemalter Fläche. Allein das Heigl-Gemälde umfasst sieben mal sechs Meter. Der Ausnahmekünstler, selbst in seiner Kindheit in größter Armut aufgewachsen, wurde 2006 für sein weltweit bekannt gewordenes Gesamtkunstwerk mit dem „Preis der Glasstraße", eine der reizvollsten deutschen Ferienstraßen, ausgezeichnet. Wiederholt aufgegriffen worden sind die Taten des vielseitigen Räubers in Erzählungen, Romanen und Theaterstücken. Die Münchner Hochschule für Fernsehen und Film (HFF) produzierte 1977 einen Streifen mit Laiendarstellern aus der niederbayerischen und Oberpfälzer Region.

Der Künstler Rudolf Schmid setzte Heigl auf einer überdimensionalen Wand in seiner Viechtacher „Gläsernen Scheune" ein Denkmal.
Das geräumige Räuberrefugium, zuvor eine Bärenhöhle.

Franz Troglauer, der Kirchenschänder

Die Große Fränkische Diebes- und Räuberbande und der Berühmteste der Rädelsführer

Die Flucht nach dem Verrat und der spektakuläre Einbruch beim Bamberger Fürstbischof

Franken mit Bamberg, Nürnberg und Fürth, die nördliche Oberpfalz, das bayerische Schwaben mit Augsburg und die thüringische Region um Hildburghausen: Das waren die Schauplätze und zugleich Refugien eines Bandenwesens, das so gut wie alles übertrumpfte, was die Bevölkerung vor über 200 Jahren in Atem hielt. Es tauchte um 1790 wie aus dem Nichts auf und ist erstaunlicherweise heutzutage so gut wie vergessen. Allen Gesetzen trotzend, formierten sich die Entrechteten in kleinen Gruppen mit eigenen Hauptleuten, somit nie in ihrer Gesamtheit von rund 180 Kumpanen auftretend, und verübten landauf, landab sorgsam geplante Überfälle, Diebstähle und Einbrüche, wie beispielsweise die Truppe des Jakob Meusel aus Lisberg bei Bamberg. All das stand im Gegensatz zur üblichen Führerschaft eines Räuberhauptmanns. Wie sie sich untereinander abstimmten, ist nicht bekannt. Zusammengefasst aktenkundig geworden sind sie daher in den betroffenen Gebieten als die „Große Fränkische Diebes- und Räuberbande“, auch als „die Fürther“, da sie in Nürnbergs Nachbarstadt zeitweilig ein geheimes Hauptquartier eingerichtet hatten.

Gastwirte als Hehler

Die Faszination der Banden in ihrer Gesamtheit war so groß, dass sie beachtlichen Zulauf erfuhren. So nicht nur aus Franken und der Oberpfalz, sondern ebenso aus anderen deutschen Landen, auch aus Frankreich und Polen. Da sie auf eine Namensnennung keinen Wert legten, war es für die Strafverfolgenden umso schwieriger, umfassend Steckbriefe in Umlauf zu bringen. Welcher Art die Verbindungen der Gruppen untereinander waren, blieb weithin unbekannt. Erst der Verrat eines Bandenmitglieds namens Philipp Schreier, gefasst in Lisberg bei Bamberg, offenbarte das straff organisierte Vorgehen und das dichte Netz der Schlupfwinkel. Vornehmlich waren es Gasthäuser, deren Wirte sich nicht nur zugehörig fühlten, sondern auch als Hehler des Diebesgutes perfekte und unverdächtige Dienste leisteten. Aufgrund der beruflichen Vielfalt der Gauner, Ganoven und des anderen Gesindels ergab sich mancher Vorzug. Brauchten die Banden zum Beispiel gefälschte Papiere, wie Pässe, da stand ein Buchdrucker bereit, der selbst Adelsbriefe auszustellen verstand.

Wirkung der Steckbriefe

Mit dem Verrat konnte die Zerschlagung der Banden beginnen. Steckbriefe zeigten bald Wirkung. Allein 104 der Festgenommen befanden sich bereits im Oktober 1798 auf der Festung Wülzburg im mittelfränkischen Weißenburg, wo ein preußischer Kommissar die Verhöre führte. Aktenkundig geworden, aber nicht gefasst, war nun auch der berühmteste unter den Bandenführern: Franz Troglauer (1754–1801), Spross einer kinderreichen

Die Troglauer gewidmete Schandtafel.

Familie aus dem Ort Markt Mantel bei Weiden in der bayerischen Oberpfalz. Schon als Jugendlicher wilderte und stahl er, was ihm von Wert erschien. Wiederholt verschiedener Vergehen überführt, fand er sich gleich dreimal im Zuchthaus zu Amberg wieder. Dort muss die Entscheidung gereift sein, sich der längst legendären Fränkischen Räuber- und Diebesbande anzuschließen, was ihm einige der Geschwister mit Freuden nachtaten.

Der Ort, wo der Gefürchtete geboren wurde: Markt Mantel mit der katholischen (re.) und der evangelischen Kirche.

Gewaltige Beute mit Bischofsstab

Als Pferdedieb festgenommen in der Stadt Vilseck, einer Enklave des geistlichen Hochstift-Fürstentums Bamberg auf bayerischem Gebiet, sollte er ursprünglich in den Kerker geworfen werden, doch dann wurde es bei Prangerstrafe und anschließender Ausweisung belassen. Als die „große Bande" nach dem Verrat aufgeflogen war, flüchtete Troglauer. In Regensburg erneut gefasst, entkam er jedoch, was sich kurz darauf in Straubing ebenso wiederholte. Danach gründete der inzwischen längst steckbrieflich Gesuchte seine eigene Bande. In dem Bewusstsein, dass sie nichts mehr zu verlieren hatte, zog sie quer durch Franken und die Oberpfalz, was der Geistlichkeit bald zum Schrecken erwuchs, raubte sie doch zahlreiche Gotteshäuser aus. Berühmtheit erlangte der nunmehr als Kirchenschänder verfolgte Franz Troglauer, nachdem er mit seinen Kumpanen beim Bamberger Fürstbischof eingebrochen war. Der Wert der gewaltigen Beute belief sich auf rund 12000 Gulden. Dass der Bischofsstab dazu gehörte, setzte dem Ganzen die Krone auf. Pate gestanden haben könnte hierbei mit Blick aufs geraubte Ganze ein altes deutsches Sprichwort: „Unterm Krummstab lässt sich gut leben."

Erschrecken und Bewunderung

Der Ruf der Bande war inzwischen derart verheerend, dass es in der Öffentlichkeit niemand wagte, gegen Troglauers Kumpane, geschweige denn gegen ihn selbst, vorzugehen. Die Stimmung schwankte zwischen Erschrecken, Bewunderung und der Gier nach Sensationellem, was ihm möglicherweise einen gewissen Rückhalt in der Bevölkerung verschaffte. So zechten sie in einem Fall ungeniert und nach Herzenslust in einem Wirtshaus zu Hirschau nahe Amberg. Man verstand zu leben und zum Zeitvertreib zu wildern, auch aus Gründen des Überlebens. Schließlich gelang es einem tapferen Gerichtsdiener, Troglauer in Freystadt, Oberpfalz, zu überrumpeln und dingfest zu machen. Das war im Dezember 1800. Umgehend nach Amberg verbracht, alsbald vor Gericht gestellt, zum Tod durch den Strang verurteilt, erfolgte in den frühen Morgenstunden des 6. Mai 1801 die Hinrichtung auf dem Galgenberg.

Objektive Darstellung

Ausstellungen, wie beispielsweise im oberpfälzischen Freilandmuseum Neusath-Perschen, initiiert von Bernhard Weigl und wie Troglauer aus dem Ort Mantel stammend, sind als überaus aufschlussreich gewertet worden. Hierzu der Autor: „Ziel der Ausstellung sollte eine objektive Darstellung des Räubers, aber auch der Gerichtsbarkeit im 18. Jahrhundert sein. Jede Verherrlichung des vielfach ach so romantisch dargestellten Räuberlebens sollte auf jeden Fall vermieden werden."

Quellen: Franz Troglauer, ein Räuberhauptmann aus Mantel. Von Bernhard Weigl. In: Oberpfälzer Heimat, Band 47, 2003.
Der Galgen ist mein Grab. Auf den Spuren der Räuberbande des Franz Troglauer durch Oberpfalz und Franken. Verlag Eckhard Bodner, Pressath/Oberpfalz, 2005.

Der Bayerische Hiasl

Der Weg vom einstigen Jagdgehilfen der Jesuiten zum Wildschütz und Räuberhauptmann, zum verklärten Sozialrebellen und Wohltäter der Notleidenden

Matthias Klostermayr galt als unverwundbar, war fünf Jahre lang nicht zu fassen und erlangte den Mythos eines Volkshelden in ganz Mitteleuropa

Er war berühmt und ebenso berüchtigt. Für die einen ein Verbrecher, den es unschädlich zu machen galt. Für die anderen, die Notleidenden, war er ein Volksheld und Wohltäter. Als es mit ihm grausam zu Ende ging, wurde zugleich gefeiert und getrauert. Theaterstücke entstanden, auch manches Volkslied, gesungen an den Stammtischen der Wirtshäuser und in den Hütten der armen Häusler. Eines der bekanntesten beinhaltet das Gegensätzliche: „Feyrt, Schwaben, feyrt ein Freudenfest und dankt dem lieben Gott! Der Hiasl, diese Wälder-Pest, ist endlich Tod. Da wird sich das Wild vermehren und springa kreuzwohlauf, und d' Bauern, de wern ruefa – geh, Hiasl, steh do' auf!" So von Bernd Egert für die Nachwelt erhalten in „Die Jagd in Bayern" (Rosenheimer Verlagshaus Alfred Förg, 1984). „Hiasl", das war Matthias Klostermayr (1736–1771), weithin bekannt geworden als „Bayerischer Hiasl" aus dem schwäbischen Kissing vor Augsburg, der Wilderer und Hauptmann der von ihm selbst benannten „gerechten Räuberbande".

Kassierte Steuergelder

Bereits mit zwölf arbeitete er im nahen Schloss Mergenthau. Im Lauf der Zeit brachte er es bei den dortigen Jesuiten zum Jagdgehilfen und Aufseher. Ein von ihm als „Katzenschütze" verspotteter Pater – dieser hatte auf der Jagd aus Versehen eine Katze erlegt – sorgte umgehend für Klostermayrs Entlassung. Das Leben als Knecht auf einem Hof erwies sich dank des Landmanns Tochter Monika als durchaus angenehm, was nicht ohne Folgen blieb: Die Geliebte gebar einen Sohn, getauft auf Korbinian. Dem so unversehens zum Großvater gewordenen Bauern gefiel das weniger, es kam zu Spannungen. Der „Hiasl" verließ den Hof und widmete sich ausgiebig der Wilderei und schließlich der Gründung seiner bald aus 30 Männern bestehenden und aus kleinbäuerlichen Verhältnissen stammenden Räuberbande. Als einer der Kumpane, der „Sternputz", von einem Jäger erschossen worden war, folgte Überfall auf Überfall, bevorzugt auf die bis dahin als sicher geltenden Amtsstuben der Obrigkeit. Im Pfarrdorf Täfertingen gelang es beispielsweise, dem Vorsteher das Steuergeld abzunehmen, was noch am selben Tag an Bedürftige verteilt wurde.

Der gnädige Kurfürst

Längst sah die Obrigkeit nicht tatenlos dem Treiben zu. Schon einmal war versucht worden, Klostermayr zum Rekruten auszuheben, was misslang. Der erprobte Grenzgänger aus dem kurfürstlich-bayerischen Kissing entzog sich dem mit der Flucht über den Lech ins schwäbische Oberottmarshausen, damals zugehörig dem weltlichen Herrschaftsbereich des Fürstbischofs von Augsburg. Dort fand er reiche Wildbestände vor, die allerdings die Bauernschaft wegen der Schäden auf den Feldern nicht sonderlich schätzten. Da kam ihnen der als treffsicher Gerühmte, der seitdem genannte „Bayerische Hiasl" gerade recht und Letzterer für jeden Abschuss zu Geld. Doch eines Tages gefasst und der drohenden Todesstrafe für Wilderei entgegen sehend, blieb es bei neun Monaten im Zuchthaus zu München, was er Seiner Majestät Maximilian III. Joseph (1727–1777) zu verdanken hatte – das mit der Absicht, ihn

Hiasl war vielen ein Vorbild im Widerstand gegen Adel und Klerus.

nach verbüßter Strafe zum kurfürstlichen Jäger zu ernennen. Klostermayr dennoch lehnte in aller Ehrerbietung dankend ab und bat von dannen ziehen zu dürfen, was überraschend wie huldvoll fürs erwünschte „freie Leben" gewährt wurde.

Im Schutz der Bevölkerung

Die unverhoffte neue Freiheit nutzte die jetzt „Eidgenossen" genannte Bande zu neuen Überfällen, zu Landfriedensbruch, auch zu Totschlag in neun Fällen an Jägern und Soldaten, deren Waffen sie an sich nahmen. Mancher Amtmann bekam den Gewehrkolben zu spüren, rückte er nicht umgehend die Gelder heraus. Da die Beute mit der Bevölkerung geteilt wurde, genossen Hiasls Leute deren Schutz, erfreuten sich der Versorgung mit Lebensmitteln und wussten Warnungen zu schätzen, wenn Gefahr im Verzug war. Das weitgehend ungestörte Handeln und Wildern ergab sich aus der Vielzahl und Kleinräumigkeit der Herrschaftsbereiche im damaligen Schwaben, wie da waren das Hochstift und das Domkapitel Augsburg, die Fürstabtei Kempten, Klöster, Adelsbesitztümer (Grafen Fugger, Stadion, Waldburg-Zeil), das Haus Österreich, die Reichsstädte Ulm und Augsburg. Klostermayr konnte somit der Heimat treu bleiben, damit auch seiner Monika und dem gemeinsamen Sohn. Kissing befand sich übrigens zu dieser Zeit im Besitz des Jesuitenordens auf der bayrischen Seite des Lechs.

Die „Hiasl-Erlebniswelt“ im alten Kornspeicher von Gut Mergenthau bei Kissing nahe Augsburg thematisiert auch den geschichtlichen Hintergrund.
Das Schlossgut Mergenthau, entstanden um 1650, diente einst den Augsburger Jesuiten als „Tusculum“, als Landhaus.

Die militärische Umzingelung

Das Ende nahte für die Hiasl-Bande nebst ihrem dichten Netz von Hehlern mit dem Edikt der Fürsten und Stände des „Schwäbischen Kreises“ zur Eindämmung des Bandenunwesens, dem nun gemeinsam militärisch begegnet wurde. Am 14. Januar 1771 umstellten 300 Soldaten das noch heute bestehende Gasthaus „Zur Post“ zu Osterzell im Ostallgäu. Zuvor soll das Pulver der in die Falle Gegangenen durchfeuchtet, also zum Nachladen unbrauchbar gemacht worden sein. Erst nach der vierstündigen Ausräucherung des Gebäudes gelang die Gefangennahme der Freischützen. Im Prozess zu Dillingen an der Donau konnten den „Eidgenossen“ 50 Delikte, begangen in den Jahren von 1766 bis 1771, nachgewiesen werden. Betroffen waren die Gebiete Wildenroth bei Fürstenfeldbruck in Bayern, das Ostallgäu, Unter- und Oberallgäu, Stadt und Land Augsburg, Württemberg, Dillingen und Günzburg.

Der Kopf am Galgen

Nach einem mehrmonatigen Verfahren fällte das Gericht zu Dillingen das Urteil mit der Todesstrafe, zu vollziehen am 6. September 1771 auf der Donaubrücke. In einer frischen Kuhhaut eingewickelt, soll der Hiasl zur Hinrichtungsstätte geschleift worden sein. Nach der Beichte wurde ihm noch vor der Erdrosselung durch den Strick ein Glas Wein gereicht. Es folgten die Zertrümmerung des Körpers mit einer sogenannten „Radbrechmaschine“ und das Abschlagen des Kopfes, aufgesteckt danach am Galgen. Einzelne Teile des Leichnams sind zur Abschreckung in Dillingen, Füssen, Oberstdorf und Schwabmünchen öffentlich zur Schau gestellt worden. Ein Teil der Bande fand dem Tod durchs Schwert, anderen gelang der Ausbruch aus dem Gefängnis.

Mit dem Teufel im Bunde

Dass der Hiasl, zu seiner Zeit der zumeist Verfolgte, immer wieder entkam, trug neben der Begeisterung der Bevölkerung über den Volkshelden maßgeblich zur

Bildung von Legenden bei. Eine nicht unwesentliche Rolle spielte hierzu der weit verbreitete Aberglaube. So galt er als kugelfest, wie seine Männer auch, und dass der Teufel mit im Bunde war, schien wahrscheinlich. Auch von der vor Hieben, Stichen und Kugeln schützenden „Passauer Kunst" wurde gemunkelt, von der schon die Landsknechte im Dreißigjährigen Krieg (1618–1648) überzeugt waren. Zurückgeführt wird sie auf den Passauer Scharfrichter Neidhart Kaspar von Hersbruck. Er soll 1611 den vor der Stadt lagernden Soldaten des österreichischen Kaisers Matthias (1557–1619) mit geheimnisvollen Zeichen beschriftete Zettel verkauft haben, wie es im Werk „Das Deutsche Gaunerthum" von Friedrich C.B. Avé-Lallement (F.A. Brockhaus, Leipzig, 1862) beschrieben wird. Das begehrte Papier war in einem Säckchen auf der Brust zu tragen oder zerkaut herunterzuschlucken. Damit nicht genug. Der ebenso einfallsreiche wie fabulierfreudige Klostermayr verstieg sich, wenn auch höchst überzeugend, sogar zur Behauptung, auf ihn gezielte Kugeln mit bloßer Hand aufgefangen zu haben. Den „Beweis" lieferte er gleich mit, indem er die vermeintlichen Geschosse den staunenden Zuhörern präsentierte.

Erlebniswelt im Kornspeicher

Das Wirken des „Bayerischen Hiasl" war vielen ein Vorbild im Widerstand gegen Adel und Klerus. Manche Wahrheit anderswo wurde mit den Taten des Kissingers verwoben, feststellbar beim „Wildschütz Franzl", dem Erzbösewicht aus der Tiroler Lechau, dem „Schwarzen Martin" in Mähren und auch beim „Buam" in Wien. Der Ruhm des selbst ernannten „gerechten Räubers" reichte fast bis in den letzten Winkel Mitteleuropas. Eine museale „Hiasl-Erlebniswelt" nebst einem Puppentheater thematisiert heute im alten Kornspeicher von Schloss Mergenthau bei Kissing nahe Augsburg auf zwei Etagen mit acht Themen-Inseln den zum Sozialrebellen und Abenteurer Verklärten. Stets passend ist der Rahmen von der historischen Einrichtung bis hin zur Darstellung der Ereignisse. So stellen Zinnfiguren Szenen der Überwältigung und der Gefangennahme nach. All das ist sinnbildlich verbunden mit der Würdigung seines Einsatzes für die geplagte Landbevölkerung, ohne die Verbrechen des einstigen Jagdgehilfen der Jesuiten auszusparen, auf deren Schloss einmal alles irgendwie begonnen hatte.

Der Schwarze Veri

Bayern, Baden, Hohenzollern-Sigmaringen und Württemberg waren in den Grenzbereichen die bevorzugten Ziele des Räuberhauptmanns Xaver Hohenleiter

Zwei Jahre lang jagte ihn der „Malefizschenk“ genannte Reichsgraf in den Wäldern des Schwäbischen Oberlandes

Veri-Maske, entworfen 1967 von Ehrenzunftmeister Otto Lutz.

Er hatte es zu seiner Lebensaufgabe erkoren, dem im Schwäbischen Oberland zwischen Alb, Lech und Bodensee grassierenden Bandenunwesen ein für alle Mal Einhalt zu gebieten. Dem „Malefizschenk“, auch „Henkersgraf“ genannten Franz Ludwig Schenk von Castell (1736–1821) zu Oberdischingen bei Ulm, war es gelungen, in der territorial zersplitterten Region von 139 (!) verschiedenen Herrschaften (68 weltliche, 40 geistliche und 31 Reichsstädte) ein Bündnis zur Verfolgung, Verurteilung und Vollstreckung in der ihm übertragenen Hochgerichtsbarkeit zu schließen. Besonders augenfällig war ihm ein gewisser Xaver Hohenleiter geworden, bekannter noch als „Schwarzer Veri“ seiner schwarzen Haare wegen. Der 1788 geborene Sohn eines armen Viehhirten aus dem Pfarrdorf Rommelsried, gelegen im heutigen „Naturpark Augsburg-Westliche Wälder“, verunsicherte mit seiner aus zehn Männern, darunter sein Bruder Ulrich, der „Urle“, und sieben Frauen bestehenden Bande die Grenzbereiche von Bayern, Baden, Hohenzollern-Sigmaringen und Württemberg mit Schlupfwinkeln in den Wäldern um Ostrach und Ravensburg.

Flucht und Wanderschaft

Der Vater soll dem jungen Xaver nicht gerade ein Vorbild gewesen sein, da er selbst mehrmals des Diebstahls überführt worden war. In seiner Kindheit half er ihm beim Hüten auf der Weide, später verdingte er sich als Knecht auf Bauernhöfen, um sich schließlich als Soldat bei den Bayern anwerben zu lassen. Nach kurzer Zeit hatte er vom Militär genug, desertierte nach Österreich und begab sich auf eine Art Wanderschaft, die ihn als Bettler, zwischendurch auch als Knecht, über Wasser hielt. Getarnt mit neuem Namen und entsprechendem Pass, wagte sich Xaver dann wieder in heimatliche Gefilde und gründete bald seine Räuberbande, bald geschmäht vom Volksmund als liederliches und arbeitsscheues Volk.

Die ideale Räuberbraut

Mit von der Partie war auch seine Geliebte Maria Josepha Tochtermann, genannt die „Günzburger Sephe". Die Tochter eines armen Webers erwies sich als ideale Partnerin und Räuberbraut, indem sie mit den anderen Spießgesellinnen lohnende Ziele auskundschaftete. In der Regel verwickelten sie die Bauern abgelegener Höfe vor den Eingängen in amourös ablenkende Gespräche, während die Männer sich rückwärtig einschlichen und ausräumten, was nicht niet- und nagelfest war. Stets konnte sich das Beutegut sehen lassen. Manchmal waren es bis zu fünf Zentner Fleisch, große Mengen an Mehl und Schmalz, nicht zu vergessen Brote, Käse und Branntweine. Selbst Töpfe und Pfannen ließen sie nicht liegen, auch manchen Zinnteller nicht, der gut zu „versilbern" war. Gut zwei Jahre lebten sie so frei, herrlich und in Freuden. Wie die Bande allerdings in den Ruf kam, Bauern zu verschonen und Jungfrauen zu schützen, lässt sich nicht belegen.

Der Blitz des Schicksals

Auf der Spur geblieben waren Xaver und seiner räuberischen Schar württembergische Gendarmen und Forstbeamte des Reichsgrafen, des „Malefitzschenks". Beim inzwischen sechsten Überfall auf das oberschwäbische Laubach bei Ochsenhausen und die dortige Mühle ging die Bande in die Falle. Sie wurde in einem Handgemenge niedergerungen und nach Biberach verbracht, vor Gericht gestellt und zu lebenslanger Haft im Ehinger Tor, dem „Sünderturm", verurteilt, doch ihrem Hauptmann blieb ein elendes langes Leben in Ketten erspart. Mit Hilfe einer in einem Laib Brot eingeschmuggelten Feile sollte er sich befreien und entkommen können. Doch eine höhere Gewalt wollte es anders. Im Verlauf eines schweren Gewitters traf ein Blitz nicht nur den Turm, sondern auch die Ketten, an denen der berühmt-berüchtigte Gefangene eben noch feilte. Das Datum seines Todes war der 20. Juli 1819.

Der Pfarrer, Poet und Gymnasialprofessor Gustav Schwab (1792–1850) widmete ihm das Gedicht „Anklopft das Wetter unter Sturm, zu Biberach am Sünderthurm", erschienen in „Gedichte", Verlag Cotta, Stuttgart/Tübingen, 1828. In einem der Verse klingt die Dramatik des letzten Geschehens: „Dem Richter, dem Gesetz zum Spott! Noch einen Strich – dann trotz dir Gott! Ja wettre nur, ich feil', ich feil'! – Da fliegt der Blitz, der Flammenpfeil."

Alljährlich zur Fastnacht in historischer Tracht und Konterfei-Masken in Ravensburg unterwegs.

Weiter lebt der Veri

Der „Schwarze Veri" zählt noch heute in Oberschwaben, der Region zwischen den heutigen Landesgrenzen von Baden-Württemberg und Bayern, zu den am häufigsten genannten Räubern. So lebt er weiter in der 1970 gegründeten närrischen „Ravensburger Schwarze Veri Zunft", die sich viermal im Jahr zum Stammtisch trifft und zur Fastnacht in nachempfundener historischer Tracht mit den aus Lindenholz gefertigten Konterfei-Masken der Räuberbande auftritt. 1994 widmete die oberschwäbische Rockband Grachmusikoff auf der CD „Quasi lebt" dem „Schwaaz Vere" ein Lied. Zur Uraufführung kam 2008 „Der Schwarze Vere" von Martin Schleker in schwäbischer Mundart („So a Räubersleba ischt a herrlichs Leba!") auf der renommierten Freilichtbühne in Hayingen im Landkreis Reutlingen.

Kneißl Hias, der Schachenmüller-Hiasl

Der Vater zu Tode misshandelt, die Mutter im Gefängnis und der 17-jährige Sohn wilderte in den Wäldern

Von den bewaffneten Raubzügen eines Einzelnen, der in Bayern ebenso Volksheld wie Staatsfeind war

Der Vater Kneißl war kein unbeschriebenes Blatt. Als der „Paschkolini-Wirt“ und gelernte Müller in Unterweikertshofen im Tal der Glonn nahe Dachau nordwestlich von München, benannt nach dem Schwiegervater, dem Räuber und Einbrecher Johann Baptist Pascolini, die „Schachenmühle“ bei Sulzemoos übernommen hatte, geriet er allmählich auf die schiefe Bahn. Der Handel mit Mehl lohnte kaum, immerhin waren sechs Kinder zu ernähren. Die abgeschiedene Lage wussten zunehmend Diebe und Wilderer als Dreh- und Angelpunkt zur Hehlerei zu nutzen. Als die Mutter, die Pascolini-Tochter, kostbares Raubgut aus der Wallfahrtskirche zu Friedberg in München verhökern wollte, wurde sie verhaftet. Wenig später drang die Gendarmerie in die Mühle ein, stellte den Vater und warf ihn ins Gefängnis. Übel misshandelt, starb er bald darauf. Das war im Jahr 1892. Von nun an auf sich und seine Geschwister allein gestellt, sorgte der 1875 geborene Kneißl-Sohn Mathias mit Bruder Alois fürs Auskommen. Das gelang mit kleineren Diebstählen und erlegtem Wild aus den nahen Wäldern und ging ein Jahr gut. Als aber Alois im Beisein von Mathias während eines Versuchs der Festnahme einen Polizisten anschoss, wanderten beide ins Gefängnis, verurteilt zu fast sechs Jahren. Alois starb im Kerker an Tuberkulose, Mathias fand Arbeit nach der Entlassung als Schreiner im oberbayerischen Nußdorf am Inn. Doch der schlechte Leumund holte ihn ein. Entlassung war die Folge, aussichtslos zudem die Hoffnung, anderswo eine feste Anstellung zu finden.

Steckbrief und Kopfgeld

Als ein Gleichgesinnter zu ihm fand, erwies er sich als geübter Einbrecher. Der Kumpan wurde jedoch gefasst und so wandte er sich nunmehr allein und schwer bewaffnet Erfolg versprechenden Raubzügen zu. Als er erbeutete Pfandbriefe zu Geld machen wollte, wurde er verraten und entkam, nachdem er zwei Polizisten erschossen hatte. Damit war er zum Staatsfeind geworden, der längst als der „Räuber Kneißl“, „Schachenmüller-Hiasl“ oder „Kneißl Hias“ berühmt Gewordene. Sein Steckbrief hing nun in ganz Bayern aus. Auch die großen Polizeistationen im Kaiserreich waren informiert. Das Kopfgeld belief sich inzwischen auf 1000 Mark. Auf dem als Extrablatt herausgegebenen Steckbrief der Polizei-Direktion München war der Gesuchte unter „Signalement“ exakt beschrieben: „25 Jahre alt, von kleiner Gestalt (nur 1,60–1,64 Meter groß), untersetzt, blonde, in der Mitte gescheitelte Haare, dunkelblondes Schnurrbärtchen – nach neueren Erhebungen zeigt sich Kneißl auch mit schwarz gefärbten Haaren und schwarz gefärbtem Schnurrbärtchen – blaue Augen, blonde Augenbrauen, ovales Gesicht, oberbayerischer Dialekt, am linken Unterarm eine Tätowierung (einen Armbrustschützen und die Jahreszahl 1892 darstellend) und am linken Oberschenkel zwei alte Schussnarben; auch soll er eine Warze am Hals haben und kleine Ohrringe tragen.“ Hingewiesen wurde zudem auf die Drillingsbüchse, das dreiläufige Jagdgewehr, das er bei sich trage.

Versteck unter Dauerfeuer

Im März 1901 gelang es 60 Gendarmen in Geisenhofen bei Egenhofen nahe Fürstenfeldbruck, das Versteck des Meistgesuchten unbemerkt zu umstellen und es dann unter Dauerfeuer zu nehmen. Als der Pulverdampf verraucht war, stürmten sie das kleine Bauernhaus und fanden den durch einen Treffer im Bauch schwer verletzten Kneißl kauernd hinter dem Kamin. Selbst hatte er keinen Schuss abgegeben. Auf dem Weg in ein Münchner Krankenhaus soll er geschlagen worden sein. Das Überleben ermöglichte die Kunst der Ärzte, sodass er vor Gericht gestellt werden konnte.

Galgenhumor des Verurteilten

Fünf Tage dauerte der Prozess in Augsburg. Am 19. November 1901 fällte das Schwurgericht das Urteil: Todesstrafe wegen Mordes und anderer Vergehen. Nach der Verkündung, es war an einem Montag, soll Kneißl in einer Anwandlung von Galgenhumor gesagt haben: „De Woch fangt scho guat o!" Am 21. Februar 1902, dem Tag der Hinrichtung, trennte die Guillotine, eine sogenannte „Badische Fallschwertmaschine", den Kopf vom Körper. Vollstrecker war Franz Xaver Reichhart, Bayerns einziger Scharfrichter im Beamtenstatus. Zuvor noch hatte der zuständige Oberlandesgerichtsrat

Historisches im Kneißl-Keller der Maisacher Brauerei bei München: die originale Gefängnistür und ein sehr betagter Drahtesel.

Extrablatt.

№ 7. München, den 17. Jannar 1901.

Bayer. Central-Polizei-Blatt.

Herausgegeben von der k. Polizei-Direktion München.

1000 Mark Belohnung.

Mord.

497 Kneißl Mathias, kathol., ledig, Müller und Schreiner, beheimathet in Unterweikertshofen, k. Bezirksamts Dachau (Oberbayern), geboren daselbst 12. Mai 1875 (hat früher fälschlich auch das Jahr 1877 als sein Geburtsjahr angegeben), Sohn des verstorbenen Müllers und Schreiners Mathias Kneißl (früheren Besitzers der Schachermühle in der Gemeinde Sulzemoos, Bez.-A. Dachau), und dessen Ehefrau Therese, geb. Pascolini, ist wegen Mordes und zweier Verbrechen des Mordversuchs zu verhaften und in das Untersuchungsgefängnis Augsburg einzuliefern.

Signalement: 25 Jahre alt, von kleiner Gestalt (nur 1,60—1,64 Meter groß), untersetzt, blonde in der Mitte gescheitelte Haare, dunkelblondes Schnurrbärtchen — nach neueren Erhebungen zeigt sich Kneißl auch mit schwarzgefärbten Haaren und schwarzgefärbtem Schnurrbärtchen — blaue Augen, blonde Augenbrauen, ovales Gesicht, oberbayerischer Dialekt, am linken Unterarm eine Tättowierung (einen Armbrustschützen und die Jahreszahl 1892 darstellend) und am linken Oberschenkel zwei alte Schußnarben; auch soll er eine Warze am Hals haben und kleine Ohrringe tragen.

Letztbekannte Kleidung: Schwarzer Hut, dunkle Kleidung, bläulicher oder blauschwarzer Ueberzieher (nach anderer Angabe dunkelgrauer Havelock), schwarze Wadenstrümpfe (nach anderer Angabe Gamaschen) und gelbe Schuhe. Kneißl trägt eine Drillingsbüchse (dreiläufiges Jagdgewehr) bei sich. (D. 936.)

Augsburg, den 17. Januar 1901.

Untersuchungsrichter B
am kgl. b. Landgericht Augsburg.

Bemerkung: verte.

vergeblich den Justizminister gebeten, vom Todesurteil abzusehen. Beerdigt wurde Mathias Kneißl in einem Armengrab auf dem katholischen Friedhof in Augsburg an der Hermannstraße. 1935 erfolgte die Auflassung.

Theater, Film, Rallye und ein Museum

Gerühmt als Volksheld schon zu Lebenszeiten, verstärkte sich nach seinem Tod die Ehrerbietung im einfachen Volk vor allem auf dem Land, sah es doch in Kneißls Taten die Kraft der Auflehnung gegen die Obrigkeit. Spottgedichte und rühmende Gesänge entstanden im Dialekt. So heißt es beispielsweise zu Beginn in einem der Kneißl-Lieder: „I bi vo Weikatshofa, i sag's ganz unscheniert, mei Vater war a Müller, da Paschkoliniwirt. Mei Muatta war a Zweigerl vom Paschkolini-Kern, sie liabt bis heut no allerweil die junga Burschn gern."

Aus „Die Chronik Bayerns", Chronik Verlag, Harenberg, Dortmund.

Mehrfach künstlerisch bearbeitet wurde der Räuber, der mit den Armen teilte. So 1970 in dem Film „Mathias Kneißl" von Reinhard Hauff und mit Hans Brenner in der Hauptrolle. Georg Ringsgwandl, der bayerische Kabarettist und Liedermacher, verband in seiner „Moritat über den Räuber Kneißl" Elemente der Volks- mit der Rockmusik. Uraufgeführt wurde 1988 auf der Münchner Iberl Bühne das Stück „Zuagricht, Hergricht, Higricht" von Georg Maier, dem Gründer dieses bayerischen Volkstheaters von 1966, der bis heute als Autor, Regisseur und Darsteller im Augustiner Stammhaus wirkt.

In die Kinos kam 2008 mit Maximilian Brückner als „Räuber Kneißl" der Film von Regisseur und Drehbuchautor Marcus H. Rosenmüller. Im Beitrag „Western aus Bayern: Mit düsterem Heiligenschein", erschienen im „Münchner Merkur" vom 2. September 2014, erhob die Autorin Ulrike Frick Kneißl zum „Voralpen-Robin-Hood".

In Maisach, ganz in der Nähe von des „Hiasls" Geburtsort Unterweikertshofen, ist im „Bräustüberl" der seit 1556 bestehenden Privatbrauerei J. Sedlmayr ein kleines Museum etabliert. Da versteht es sich von selbst, dass dort auch ein „Räuber-Kneißl-Dunkel" ausgeschenkt wird.

Seit 1991 finden die „Räuber-Kneißl-Classics" statt. Die Rallye der Oldtimer führt durch idyllisch gelegene Dörfer im Fürstenfeldbrucker und Dachauer Land und über ausgesuchte schmale Nebenwege.

Der Name „Hias" übrigens steht in Bayern und Österreich als Kurzform für Mathias.

Hölzerlips, der Kastenkrämer und Totschläger

Die Raubzüge und Einbrüche erstreckten sich auf den Spessart und Odenwald im Bereich von Hessen und Württemberg

Der Verrat des Kumpans, der verhängnisvolle Steckbrief, der missglückte Ausbruch und das Ende auf dem Blutgerüst

Er war der Spross eines „Jauners", wie es in Schwaben hieß, eines Vagabunden vom fahrenden Volk der Jenischen, seinerzeit stigmatisiert als „herrenloses Gesindel", das herumziehend auf der Straße von der Hand in den Mund lebte. Georg Philipp Lang, geboren vermutlich um 1770 in Eckardroth nahe Bad Soden-Salmünster am Nordrand des dicht bewaldeten hessisch-fränkisch-bayerischen Spessart-Mittelgebirges, wuchs in einer von Gaunern und Räubern bevorzugten Region von Schlupfwinkeln auf. Bevor er der Obrigkeit auffällig wurde, handelte er als sogenannter Kastenkrämer auf Jahrmärkten mit Holzwaren, was ihm den Spitznamen „Hölzerlips" einbrachte; „Lips" steht abgekürzt für Philipp. Den ersten aktenkundigen Diebstahl beging er mit einem gewissen Jakob Heinrich Vielmetter, dem berüchtigten Anführer der Wetterauer Bande, bei der er sich zuvor sein Rüstzeug mit Einbrüchen, Kirchen- und Straßenräubereien für die späteren Taten erworben hatte.

Der Überfall auf die Postkutsche

Nach einem Gefängnisaufenthalt wegen Diebstahls und Landstreicherei in Bergen bei Frankfurt am Main versammelte Lang einige Spießgesellen um sich und war bald mit ihnen höchst umtriebig unterwegs. Auf sein und der Kumpane Konto kamen 15 Überfälle auf Straßen und in Wäldern sowie 19 Einbrüche und Diebstähle. Mit einem Schlag allerdings rückte er in den Mittelpunkt des Länder übergreifenden Interesses, als das auf der vom hessischen Darmstadt über Heidelberg nach Nordbaden führenden Bergstraße verübte Verbrechen bekannt wurde. Es geschah in einer Mainacht anno 1811 zwischen den württembergischen Ortschaften Laudenbach und Hemsbach und setzte allen bisherigen Straftaten die Krone auf. Überfallen hatte der Hölzerlips gemeinsam mit Philipp Friedrich Schütz, genannt „Mannefriedrich", Veit Krämer, Krämer Mathes, Peter Petry und Sebastian Lutz die Schweizer Kaufleute Jakob Rieder aus Winterthur und Rudolf Hanhart aus Zürich, die sich in einer Postkutsche auf dem Heimweg vom Besuch der Frankfurter Messe befanden. Schwere Verletzungen erlitten Mitreisende und auch der Kutscher. Jakob Rieder, der sich gewehrt hatte, überlebte den Raubzug nicht. Er starb wenige Tage danach in einem Heidelberger Krankenhaus.

Ahndung mit aller Härte

Was bislang als „Delinquenz", als kleineres Vergehen geahndet wurde, das war jetzt ein Verbrechen. Das bewog Ludwig Aloys Pfister (1769–1829), Kriminalist und Großherzoglich Badischer Stadtdirektor zu Heidelberg, gegen fahrendes Volk im Odenwald zwischen Main und Neckar mit aller Härte vorzugehen. In seiner „Actenmäßigen Geschichte Der Räuberbanden an Den Beiden Ufern Des Mains, im Spessart Und Im Odenwald Nebst Einer Sammlung Und Verdollmetschung Mehrerer Wörter aus der Jenischen oder Gaunersprache", herausgegeben 1812 zu Heidelberg (Nabu Press, Berlin, 2010), vermerkte er die Gegensätzlichkeit und das Aufeinandertreffen von „Menschenklassen". Was folgte, war die Verhaftung von Veit Krämer, der alles gestand, die Mittäter verriet und seinen Anführer so gut

Darstellung des Blutgerichts auf dem Heidelberger Marktplatz von Friedrich Rottmann (1768–1816).

beschrieb, dass ein Steckbrief erstellt werden konnte, der schließlich in Hanau zur Verhaftung des Hölzerlips und seiner Bande führte. Obwohl sie Gitterstäbe durchsägt und eine Mauer durchbrochen hatten, misslang die anschließende, sorgsam geplante Flucht.

Hinrichtung vor 30 000 Schaulustigen

Das Heidelberger Blutgericht erkannte die Todesstrafe für alle Angeklagten als gerechtfertigt und beraumte den 31. Juli 1812 für die Hinrichtung an. Ganz in Weiß gekleidet wurden die Verurteilten auf dem Schandkarren zur Urteilsverkündung auf den Heidelberger Marktplatz gefahren, wo schon 30 000 Menschen aus nah und fern in Volksfeststimmung auf sie warteten. Bereits auf dem Blutgerüst, des Vollstreckers Schafott, vor den Toren der Stadt angekommen, wurden in letzter Minute Lutz und Petry zu lebenslanger Haft begnadigt. Danach schritt der Scharfrichter mit dem Schwert zur Tat. Die kopflosen Leichen wurden anschließend dem Anatomischen Institut der Universität Heidelberg zur Verfügung gestellt.

Poesie zur Rechtfertigung

Für interessante Fußnoten sorgte im Nachhinein der Stadtdirektor im genannten Werk „Actenmäßige Geschichte“, indem er die im Gefängnis entstandene Poesie des „Mannefriedrich“ aufzeichnete, beispielsweise diese für seine Vergehen erklärenden Zeilen: „Die Armuth die war freilich Schuld weil man sie nicht mehr hat geduld't. Die meisten Herrn sind Schuld daran, dass Mancher thut, was er sonst nicht getan.“ Er soll es auch gewesen sein, der während der Haft das Kartenspiel „Schwarzer Peter“ erfand und es dem Mitgefangenen Peter Petry, zu Lebezeiten bekannt geworden als „Schwarzer Peter“, widmete.
An den Hölzerlips wiederum erinnert seit 2008 das „Rote Räuberbier“ aus der Mannheimer Eichbaum-Brauerei.

Hessen-Martin, Schwarm der Weibsbilder

Banden stellte er nach Gutdünken zusammen und ließ sie nach erfolgten Raubzügen wieder ziehen

In Bessungen vor Darmstadt endeten mit ihm vier seiner engsten Kumpane auf dem Schafott durchs Schwert

Wie der Hölzerlips, der Georg Philipp Lang, stammte Johann Martin Rupprecht, genannt der „Hessen-Martin", aus Eckardroth im Huttengrund am Spessart, dem legendären Schlupfwinkel von Räubern und Dieben. Irgendwann zwischen 1783 und 1785 geboren und katholisch getauft, musste er schon mit vier auf den Vater verzichten, hatte der sich doch nach Holland abgesetzt und war fortan nicht mehr zu sehen. Mit 16 verließ Martin die Familie, versuchte sich als fahrender Händler, um sich, gerade 17 geworden, vom Militär der Österreicher anwerben zu lassen. Ein Jahr hielt er durch, dann lief er zu den Franzosen über, die ihn allerdings auch nicht zu halten vermochten. Unter dem Deckmantel des harmlos mit Geschirr Handelnden vertrieb er bald sein erstes Diebesgut, unterstützt von wechselnden Weibsbildern, damals schlicht als Beischläferinnen bezeichnet, die den gut Aussehenden ob seiner Spitzbübereien bewunderten, selbst dann, wenn er aufflog und ins Gefängnis wanderte.

Die rekrutierten Räuber

Vom einfallsreichen Gelegenheitsdieb war es dann nicht mehr weit zum verwegenen Straßenräuber in den Großräumen Frankfurt am Main, Aschaffenburg und Steinau, Fulda, Gießen und Kassel. Als Quellen für die Straftaten dienen die Forschungen des Nachfahren Mike Rupprecht (Räuber-Homepage: www.hessen-martin.de), die Aufzeichnungen von Karl Philipp Schwencken namens „Aktenmäßige Nachrichten von dem Gauner- und Vagabundengesindel", Hampesche Buchdruckerey, Cassel, 1822, und Ludwig Pfisters „Aktenmäßige Geschichte der Räuberbanden", siehe auch den Beiträg „Hölzerlips". Der „Hessen-Martin" war kein Räuberhauptmann, obwohl er nicht allein agierte. War die Planung für einen Überfall geschmiedet, suchte er sich in einschlägigen Herbergen und Wirtshäusern geeignete Kumpane, vollzog mit ihnen die Tat, und nach der Teilung der Beute ging wieder jeder seiner Wege.

Der Tod durchs Schwert

Erprobte Spießgesellen kamen in der Folgezeit stets zum Zug, sodass sich ein gewisser harter Kern bilden konnte. Nach dem Überfall auf einen Nürnberger Kaufmann in der Nähe von Aschaffenburg stellte eine Militärstreife den steckbrieflich Gesuchten samt Mittätern Johann Adam Heusner, Johann Adam Grasmann, Johann Jakob Erbeldinger und Johann Georg Dascher. Vor Gericht mit gemeinsam begangenen 23 Verbrechen überführt, lautete das Urteil: „Tod durchs Schwert". Am 5. November 1814 war es so weit. Auf dem Marktplatz vor dem Rathaus von Darmstadt verlas der Richter, erhöht auf einem eigens errichteten hölzernen Podium thronend, noch einmal vor der Menschenmenge und dem Militär das Urteil. Danach wurden die lange Sterbekleider tragenden Delinquenten, gekettet an einen von zwei Pferden gezogenen Leiterwagen und eskortiert von Soldaten mit aufgepflanzten Bajonetten, ins an Darmstadt grenzende Bessungen befördert. Ein Scharfrichter aus Frankfurt waltete auf dem Blutgerüst seines Amtes an den fünf Räubern mit jeweils einem Schwertstreich, akribisch vermerkt in der Chronik „in nicht vollen siebzehn Minuten vollzogen".

Der Lange Samel

Jeder der Hingerichteten konnte seine ganz eigene Geschichte vorweisen. Johann Adam Grasmann, auch „Langer Samel" und „Großer Hann-Adam" genannt, geboren 1765 in der Bruchmühle bei Etzen-Gesäß, war im Odenwald, dem Gebirge zwischen Südhessen und Unterfranken, derart gefürchtet, dass die Bauern zur Nacht Türen und Ställe verriegelten, wenn auch nur der Verdacht bestand, er könne in der Gegend sein. Wie der Hessen-Martin kundschaftete er unter dem Deckmantel eines Geschirrhändlers lohnende Ziele aus. Insgesamt gingen über 100 Einbrüche und 15 Straßenräubereien auf sein Konto. Das schlimmste Vorkommnis war der Überfall auf einen Fuhrmann im oberhessischen Ronneburger Wald. Geladen hatte er Tafelglas und Trinkgläser im Auftrag eines Kaufmanns, um es nach Büdingen zu bringen. Grasmann und seine Bande setzten dem Hilflosen derart mit Schlägen zu, dass er nach wenigen Stunden verschied. Auch das war typisch für den „Samel": Wenn ihm nach einem daunenweichen Bett war, brach er ein und holte sich eines. Wenn ihn der Hunger trieb, stahl er ein Schaf und schlachtete es auf der Stelle.

Roter Hann-Adam

Johann Adam Heusner, auch „Roter Hann-Adam", Jahrgang 1779, stammte aus dem Odenwälder Mümling-Grumbach, war berüchtigt ob seiner Brutalität.

So recht geeignet für „Räuberspiele": Burgjoß an der Jossa, ältester Ortsteil von Jossgrund, wurde 850 erstmals erwähnt.

Standen spezielle Raubzüge an, dann stellte er eine Bande zusammen, die er auch anführte. Er genoss unter seinesgleichen hohes Ansehen, wozu auch die Pistole beitrug, die er stets mit sich führte. In die Dorfchronik von Geislitz bei Gelnhausen eingegangen ist 1807 der Überfall auf den Gemeindevorsteher. Heusner und Genossen hatten ihn nach dem Einstieg aus dem Schlaf gerissen und aufgefordert, alle Gelder herauszurücken, doch dieser dachte nicht daran. Da schlug der Heusner zu, zog einen Meißel und drohte ihn zu erstechen. Als das noch immer nichts bewirkte, wurde des Schultheißens Frau mit einer Axt niedergeschlagen, der Sohn zugleich mit einem Stachelstock, sodass dessen Blut bis zur Decke spritzte. Die Beute belief sich auf 24 Gulden für jeden, womit sie zufrieden wieder im Schutz der Nacht verschwanden.

Der unauffällige Dascher

Der in Steinau im Odenwald Geborene gab sich eher unauffällig. Johann Georg Dascher, der Sohn eines Leinenwebermeisters, verdingte sich mit 14 Jahren als Knecht, ging dann zu den Soldaten, desertierte und schlug sich anschließend als Tagelöhner und Steinbrecher durch. Die Bekanntschaft mit Gaunern und anderem Gesindel ließ ihn bald zum Dieb werden, der zunehmend und wenig zimperlich Gefallen an Einbrüchen und schweren Straßenräubereien fand. Auf der Liste der strafverfolgenden Obrigkeit nahm er einen Spitzenplatz ein, der ihn als einen der gefährlichsten Menschen charakterisierte.

Der eitle Mordbrenner

Aus dem elsässischen Dudenhofen führte Johann Jakob Erbeldinger der Weg bereits in jungen Jahren in den Odenwald, nachdem auch er zuvor freiwillig beim Militär gedient hatte, um nach sechs Jahren zu desertieren. Den Wohnsitz nahm er in Billings, arbeitete als Tagelöhner und bot nebenbei Rutenbündel zum Verkauf an. Doch das karge Einkommen reichte nicht zum Auskommen. Um sich und seine sieben Kinder über Wasser halten zu können, fand er eines Tages zu Dascher, Heusner und Grasmann, die ihm die Dieberei und Räuberei schmackhaft machten. Den wenig schmeichelhaften Spitznamen „Mordbrenner“ verdiente er sich nicht vermeintlicher Taten wegen, sondern aufgrund der ihm nachgesagten Angeberei. Wo und von wem es ihm auch immer zu Ohren kam, drohte er, ebenjenem den roten Hahn aufs Dach zu setzen, also Feuer zu legen.

Die Spitzbuben von Jossgrund

Die finsteren Gesellen von heute sind denen von damals in historischer Kleidung eindrucksvoll nachempfunden. Im hessischen Main-Kinzig-Kreis gelegenen

Thomas Müller als Hessen-Martin.

Die Region um Jossgrund-Oberndorf, wo die „modernen" Spessart-Räuber zueinander fanden.
Der Buntspecht in der Natur, sinnbildlich für den Spessart.

Jossgrund nahe Bad Orb fanden diese Vier zusammen und verkörperten fortan mit Räuberspielen landauf, landab die Gefürchteten von einst: Thomas Müller als Johann Martin Rupprecht (Hessen-Martin), Franzl Christ als Johann Adam Heusner (Roter Hann-Adam), Wendel Amberg als Johann Jakob Erbeldinger (Mordbrenner) und Johannes Klübenspieß als Johann Adam Grasmann (Langer Samel). „Es gibt doch kein schöner Leben in der ganzen weiten Welt", singen sie zur Laute und Gitarre, „als das Straßenräuberleben, morden um das liebe Geld." Und so treiben diese Spessart-Spitzbuben ihr unterhaltsames „Unwesen" zur Freude der Jossgrunder Gäste mit detailgetreuen „Überfällen" auf Wanderer und Händler, kehren in Wirtshäuser ein, um dort so manchen um einiges zu „erleichtern". Zur Kurzweil tragen sie zudem mit Liedern und wahren Geschichten des Räubertums aus der Zeit um 1800 bei.

Hannikel und der Ehrenmord

Württembergs berühmtester Räuber verbreitete zwischen Schwarzwald und Schwäbischer Alb Angst und Schrecken

Das grausame Ende eines Abtrünnigen, der sich im Wald bei Reutlingen an einem Schäferstündchen erfreuen wollte

Er soll irgendwann anno 1742 irgendwo zwischen Mannheim und Darmstadt auf freiem Feld zur Welt gekommen sein, der Jakob Reinhard. Mit dem ihm später ob seiner bulligen Statur verliehenen Namen Hannikel, Ochse, wurde er zum gefürchteten Räuber zwischen Neckar und Bodensee. Katharina, seine Mutter, genannt die „Geißin", Tochter einer Vagantenfamilie, brachte Jakob, Wenzel und Geuder, ihre Söhne, mit Betteleien und kleinen Diebstählen durchs noch junge Leben, bis sie sich einer Gruppe von Landstreichern anschloss. Friedrich Reinhard, der Vater, so wird vermutet, sei ein Tambour, ein Trommler, in einem Landgräflich Hessen-Darmstädter Regiment gewesen, aus dem er aber desertierte. Den Großvater mütterlicherseits kannte er nur vom Hörensagen, da dieser als Räuber namens „Kleiner Konrad" aufs Rad geflochten worden war, eine der grausamsten Arten der Hinrichtung.

Schlupfwinkel im Schwarzwald

Auf eigene Füße gestellt, verdingte sich Hannikel zunächst als Knecht auf Bauernhöfen, als Wildhüter und Holzarbeiter, ehe er sich aufs Hausieren mit diversem Diebesgut verlegte. Unterwegs im Elsass und der Pfalz bis hinauf nach Pirmasens, ist er mit kleineren Raubzügen bekannt geworden. Als ihm der Boden zu heiß wurde, wechselte er ins Württembergische mit Schlupfwinkeln im nördlichen Schwarzwald, bevorzugt in der Nähe von Nagold und Altensteig. Inzwischen zum Räuberhauptmann „aufgestiegen", hatte er bis zu 35 Gesetzlose um sich versammelt, später waren es um die 50, deren Gewalttätigkeit Angst und Schrecken verbreitete. Bevorzugt überfiel die Bande evangelische Geistliche (!) und jüdische Kaufleute, bei denen viele aufgrund der Hungerkrise von 1770 verschuldet waren. Das Erbeuten der Pfandbriefe und das Erleichtern um so manches Vermögen brachte Hannikel trotz des teilweise brutalen Vorgehens die heimliche Sympathie der Not leidenden Bevölkerung ein. Hinzu kam, dass es der Bande immer wieder gelang, den Verfolgern zu entkommen, wobei sie sich auch mit französischen Uniformen zu tarnen verstand. Zunutze kam ihr die

Auf Reisen gab er sich gern als Jäger aus: Hannikel im Jahr 1787.

territoriale Zersplitterung Südwestdeutschlands. Kaum von einem Land ins andere „Ausland“ gewechselt, blieb den Häschern unverrichteter Dinge nur die Umkehr. All das trug maßgeblich zur Legendenbildung bei, die noch heute zum Bestandteil der schwäbisch-alemannischen „Fasnet“ zählt.

Das Schicksal des Abtrünnigen

Wer Hannikel den Rücken kehrte und abtrünnig wurde, der musste mit dem Schlimmsten rechnen. So geschehen 1786 in der Nähe von Ohmenhausen nahe der früheren Reichsstadt Reutlingen unweit von Tübingen. Die Seiten gewechselt hatte Christoph „Toni“ Pfister, indem er sein Fortkommen eher in Württembergs Armee zu finden glaubte. Mit ihm gegangen war zudem Hannikels Schwägerin, die schöne Mantua. Als Hannikel den beiden auf die Spur gekommen war, ließ er seine erotisch hochattraktive Spießgesellin mit Pfister anbandeln und zu einem Schäferstündchen im Wald verlocken. Der Plan ging auf, der Ahnungslose wurde überwältigt und zuerst von Hannikel mit einem Knüppel niedergeschlagen. Von schier beispielloser Grausamkeit war das Folgende. Von der Bande brutal malträtiert, schnitt sie ihm erst die linke Hand ab, dann die Nase und die Oberlippe, wie es Jürgen Meyer im Reutlinger General-Anzeiger zum 225. Jahrestag am 6. April 2011 in Erinnerung an das Ereignis vom 5. April 1786 beschrieb. Dem Tode nahe, wurde der Mann am nächsten Morgen gefunden und konnte noch die Peiniger benennen, bevor er verstarb.

Nach erfolgreichen Raubzügen flossen Wein und Bier in Strömen. Eine Szene aus der Aufführung der Theatergruppe der Narrenzunft Sulz.
Eher lustig denn schauerlich geht es am Dreikönigstag beim Narrenverein „Hannikel Ohmenhausen“ zu. Dem originalen „Räuber-Häs“ nachempfunden ist die Verkleidung: Cordhose, Baumwollhemd und Lodenmantel.

Der Großfahnder aus Sulz

Die von Hannikel als Ehrenmord verstandene Tat löste kurz darauf eine Großfahndung aus. Die Jagd führte Jacob Georg Schäffer (1745–1814) an. Der Oberamtmann zu Sulz am Neckar in Württemberg fasste 27 Mitglieder der über die Schwäbische Alb geflüchteten Bande in der Region Hohenstaufen; die übrigen 28 entkamen in die Schweiz, wo sie drei Monate später dem Grafen Simon von Salis-Zizers (1736–1827) in der Ruine Neuburg bei Untervaz in die Falle gingen und im nahen Chur festgesetzt wurden. Dort gelang Hannikel der Ausbruch aus dem Gefängnisturm. Doch er kam nicht weit. Auf der Sarganser Alp im Kanton St. Gallen wurde er gefasst und diesmal in Vaduz, dem Hauptort des zwischen der Schweiz und Österreich gelegenen Reichsfürstentums Liechtenstein, inhaftiert. Fahnder Schäffer ließ es sich nach gewährtem Auslieferungsbegehren nicht nehmen, ihn und die in Chur Inhaftierten persönlich abzuholen und sie unter schärfster Bewachung nach Sulz zu verbringen.

Der Konstanzer Hans

Der Oberamtmann hatte sich als ein sogenannter „moderner Kriminalist" einen Namen gemacht. Verbrechen stufte er als soziales Unglück ein, erkannt aus Hunderten von Lebensläufen der von ihm festgesetzten Angeklagten. Bei der Bemessung des Strafmaßes bezog er die Herkunft, Erziehung und die Missstände der Zeit mit ein, die den Weg des zum Verbrecher Gewordenen erst geebnet haben könnten. Das zeigte sich beispielsweise bei Johann Baptist Herrenberger (1759–1793), „Konstanzer Hans" nach seinem Räuber-Vater genannt. Der ihm durchaus in nichts nachstehende Sohn ging Jacob Georg Schäffer 1782 ins Netz. Der aus Oppenau stammende Herrenberger gestand umfangreich. Zur Begnadigung und Ernennung zum Hilfsgendarmen trugen die Nennung von 500 Gaunern, präzise Angaben zu Räuberrefugien und Diebesherbergen bei; auch der Hinweis auf den geplanten Brandanschlag auf das Kloster Maria Einsiedeln im Kanton Schwyz. Im Prozess gegen Hannikel trat er als Zeuge der Anklage auf. Zugeschrieben wird ihm außerdem ein Wörterbuch der Gaunersprache.

Ein Mann von 45 Jahren

Hannikel und drei seiner engsten Vertrauten wurden zum Tod durch den Strang verurteilt. Die Hinrichtung erfolgte am 17. Juli 1787 auf dem Sulzer Galgenbuckel im Beisein von über 12 000 Schaulustigen, über die ein Unwetter mit schwerem und viele der Anwesenden verletzendem Hagelschlag hereinbrach, kaum dass Hannikel sein Leben ausgehaucht hatte. Zur Zeit der bald einsetzenden Legendenbildung entstand unter anderem ein Gedicht aus 80 Vierzeilern. In den beiden ersten, nachzulesen in „brawo sinto! Lebensspuren deutscher Zigeuner", Fischer Verlag, Frankfurt, 1984, heißt es: „Euch liebe Leute zu gefallen/Erzehl ich wer Hannikel war/Und leg von seinen Taten allen/Euch hie die [...] dar." – „Ein Mann von 45 Jahren/Starkknochig, kurz, im Blicke wild/Halbkahl, mit schwarzem Bart und Haaren/Und Farbe, ist Hannikels Bild."

Hannikels Häs und das Weible

Alljährlich „erweckt" am 6. Januar, dem Dreikönigstag, der seit 1997 bestehende Narrenverein „Hannikel Ohmenhausen" zur beginnenden „Fasnet" den berühmten Räuberhauptmann, allerdings eher lustig denn schauerlich, „denn das gehöre der Vergangenheit an". Die Mehrzahl der Mitglieder erscheint dann im originalen „Hannikel-Häs": Er besteht aus einer Cordhose, einem einfachen Baumwollhemd und einen Lodenmantel, nachempfunden dem historischen Kleidungsstück. Die Holzmaske mit Rosshaar und Hut vervollständigt das Erscheinungsbild. Zum Hannikel „gesellt" hat sich seit 2010 das „Mahdich Weible", ein Wald- und Flurgeist aus der vorchristlichen Zeit der Alemannen. Ursprünglich als ein den Menschen zugeneigt hilfreiches Wesen, wurde es im dämonengläubigen und Hexen verfolgenden Mittelalter zu einer unerfreulichen Spukgestalt. Doch vor weit über 100 Jahren soll das Weible für immer von

Hannikel am Tag der Urteilsverkündung: Tod durch den Strang auf dem Sulzer Galgenbuckel.

dieser Welt an einer halb verwitterten Drei(ge)markung, genannt „Mahdich Weibles Grab", gegangen sein. An diesem Grenzstein will man die Sagenhafte einst häufig in unterschiedlicher Gestalt gesehen haben.

Der Räuber und die Theater-Narren

Die Theatergruppe der Narrenzunft Sulz am Neckar nahm sich 2012 des Stückes „Räuberhauptmann Hannikel" in drei turbulenten Akten von Jürgen Hartmann an und brachte es in schwäbischer Mundart zur Uraufführung auf der Ruine Albeck. Die nach 910 entstandene Burg an der Römerstraße Neckar-Alb-Aare wurde 1688 von französischen Soldaten zerstört. Wie in Ohmenhausen ist das „Häs" der Sulzer Narrenräte zur Fasnet der Kleidung des Hannikel nachempfunden. Den Narrensprung führt seit 1937, dem Gründungsjahr der Zunft, der „Polizeischantle" in Erinnerung an den legendären städtischen Schutzmann Ruof an. Vor jedem Leichenzug hatte der weiß behandschuhte Gendarm mit einem Säbel den Weg frei zu machen. Belegt ist das närrische Treiben allerdings schon seit 1880.

Der sagenhafte Hasenstab

Über magische Fähigkeiten soll der vermeintlich unverwundbare kur-mainzische Wilderer aus Unterfranken verfügt haben

Bauern, Wirtsleute und Gottesmänner erfreute der Freischütz aus dem Spessart gleichermaßen

Unverwundbar soll er gewesen sein. Zauberkräfte wurden ihm nachgesagt. Einen wertvollen Ring habe er besessen, den er am Finger nur zu drehen brauchte, um unsichtbar zu werden. So habe er sich einmal auf der Flucht vor seinen Verfolgern in einen Baumstamm verwandelt, auf den sich einer der Häscher sogar setzte und darauf auch noch seine Pfeife ausklopfte. Hin und wieder aber ging er dennoch in die Falle. Kaum verurteilt und in den Kerker geworfen, entkam er ein um das andere Mal auf mysteriöse Weise. Doch eines schönen Sommertages ereilte ihn dennoch das Schicksal, er wurde von einer Kugel tödlich getroffen. Bereits zu Lebzeiten war er zur Sagengestalt geworden, der Johann Adam Hasenstab (1716–1773), der „Erzwilderer" und „Hannadel" Genannte in den Wäldern des Spessart.

Das begehrte Wildbret

Der Enkel des kurfürstlich-mainzischen Jägers Karl Hasenstab aus dem unterfränkischen Rothenbuch bei Aschaffenburg wollte es dem Großvater gleich tun und begann als Jagdgehilfe. Mit dem kargen Lohn nur schlecht zurechtkommend, besserte er ihn mit kleinen Wilddiebereien auf, was nicht lange verborgen blieb. Die sofortige Entlassung war die Quittung fürs ausschließlich der Obrigkeit vorbehaltene Recht der Jagd aufs begehrte Wild. Das störte Hasenstab nicht sonderlich, da er von nun durch den Spessart und das Taubertal zog und seiner Neigung zum Unerlaubten freien Lauf ließ. Das lohnte sich durchaus, da das Erlegte reißende Abnahme bei Bauern, Wirtsleuten und Gottesmännern beider Konfessionen fand. Selbst auf Märkten hielt er, gleichsam direkt unter den Augen der Obrigkeit, das Wildbret feil. Dass der geschickt agierende Freischütz auch Notleidende bedachte, soll ihm eine Herzenssache gewesen sein.

Die Tarnung als Bader

Hasenstab blieb nie lange in einer Gegend. Um nicht aufzufallen, gab er sich als Bader, als fahrender Heilkundiger aus, womit sich der häufige Wechsel des Aufenthaltsortes erklären ließ. Wieder in den Wäldern unterwegs, tauchte er, wenn keine Gefahr im Verzug

Auf des Wilddiebs Wegen: In Rothenbuch beginnt die Wanderung.

Des Wilderers Wald, eine einzige Erlebniswelt.

war, hin und wieder an den Lagerfeuern der Holzfäller auf, wärmte sich, blieb wortkarg und entschwand nach kurzem Verweilen in die Dunkelheit der Nacht. Längst vom Hofrat zu Mainz auf Anordnung des Fürstbischofs Emmerich Joseph Freiherr von Breidbach zu Bürresheim (1707–1774) anno 1749 für vogelfrei erklärt, verbunden mit einem Kopfgeld von 30 Reichstalern, war er im Jahr darauf von kurfürstlichen Jägern angeschossen, festgenommen und zu schwerer Schanzarbeit an der Mainzer Festung auf unbestimmte Zeit verurteilt worden, die allerdings nach sieben Jahren endete.

Der Schuss im Tal

Zwischen 1757 und 1770 wilderte er unverdrossen weiter, wobei ihm immer wieder der Schutz der Bevölkerung zuteil wurde, die ihn längst zu ihrem Helden erkoren hatte. Erneut ergriffen, wurde Hasenstab nun aus dem Herrschaftsbereich des Fürstbischofs und Kurfürsten auf Lebenszeit verbannt. Der Wahrheitsgehalt, er sei den Holländern übergeben und nach Australien deportiert worden, ließ sich nicht belegen. Fest steht jedoch, dass er schon zwei Jahre darauf wieder im Spessart gesehen wurde, als er fröhlich seiner Leidenschaft frönte. Erneut für vogelfrei erklärt, kam es am 3. Juni 1773 im Würzburg nahen Wald bei Schollbrunn im

Tal des Kropfbaches zur alles entscheidenden Begegnung mit einem der kur-mainzischen Revierjäger. Es war der Bischbrunner Oberförster Johann Sator, so die Ironie des Schicksals, ausgerechnet der Mann, den der Hasenstab, der nunmehr Gesetzlose, als Kind vor dem Ertrinken gerettet haben soll. Geschossen haben beide, doch getroffen hat nur einer, Sator, und das tödlich. In dem Rothenbucher Kellerei- beziehungsweise Rechnungsbuch der Finanzbeamten von damals wurde hierzu eingetragen: „15 Gulden Schuss- und Fanggeld wegen Erlegung des Wilderers Hasenstab." Dessen Eheweib hatte sich fortan mit acht unmündigen Kindern allein durchs Leben zu schlagen.

Das rote Steinkreuz

An der Stelle, wo der Wildschütz zu Tode kam, steht ein Steinkreuz mit der Jahreszahl 1773 und darüber die (Namens-)Initialen J. A. H. St., gleich daneben eine Gedenktafel mit der Inschrift „In Erinnerung an ihren Helden des Spessarts stifteten die Getreuen des Johann Adam Hasenstab ein Steinkreuz aus rotem Spessartstein". Im heute zum unterfränkischen Faulbach gehörenden Breitenbrunn fand er die letzte Ruhe. Im Sterberegister der Pfarrei von Stadtprozelten findet sich der Vermerk zum Tod des „diebischen Wildschütz[en], von den Jägern unseres allerhöchsten und allergnädigsten Kurfürst[en] mit der Kugel durchbohrt". Mit der allumfassenden Biografie „Des Spessarts Erzwilddieb

Hasenstab und der offenbar sehr fürsorgliche Pfarrer
Neue Erkenntnisse

Buchstäblich auf der Spur des berühmten Wilderers geblieben ist Robert Meier, Archivar am Staatsarchiv Wertheim und Lehrbeauftragter der Universität Würzburg. Der Autor von Büchern zur Regionalgeschichte stieß im Verlauf einer Aktensichtung auf einen bislang unberücksichtigten Sachverhalt, in dessen Mittelpunkt ein Pfarrer stand: Striffler, auch Striefler, sein Name. Der für den Sprengel Hasloch, Hasselberg und Schollbrunn nahe Wertheim zuständige Gottesmann war in die Mühlen der Justiz ob seiner durchaus zugeneigten Verbindung zu Johann Adam Hasenstab geraten. Reh- und Hasenfelle waren im Pfarrhaus gefunden worden, auch Wildbret. Überdies soll er den Freischütz beherbergt haben. Mehr noch. „Als der Pfarrer ein Kind Hasenstabs getauft hat, hat der ihm einen Rehbock geschossen", fand Meier heraus. Die Schlussfolgerung: „Er war Hasenstabs Kontaktperson in Hasloch." Im Verhör bestritt Striffler grundsätzlich alles. Auch, dass er den Gesuchten heimlich mit Anna Margaretha verheiratet habe, von der Unterbringung in der Pfarre ganz zu schweigen, was auch für andere Unterkünfte galt. Also beschloss er, vollkommen unschuldig zu sein und gab das auch schriftlich den Anklägern zur Kenntnis. Den Prozess stand der Streitbare offensichtlich mühelos durch, indem er Gerichtstermine verschleppte und Vorladungen ignorierte. „Ein Urteil in seiner Sache wegen Unterstützung des Wilderers Hasenstab", so Meier, „ist jedenfalls in der Akte nicht zu finden."
Erschienen sind die Erkenntnisse des Archivars in der Monatszeitschrift „Spessart" (10/2015) aus dem Medienhaus Main-Echo in Aschaffenburg. Der Text beruht auf diesen Akten des Wertheimer Staatsarchivs: F-Rep. 155 H 25 („Den berüchtigten Wilderer Johann Adam Hasenstab betr.") und 155 S 291 („Die gegen den Pfarrer Striefler zu Hasloch wegen der mit dem Wilderer Hasenstab gehabten Collussion und des in seinem Hause gegebenen Unterschleifs verhängte Inquisition betr.").

Wenn die Spessart-Räuber durch die Wälder streifen
Der Überfall der Spießgesellen

Den Feriengast in die historische Welt des Räuberunwesens im 18. Jahrhundert zu versetzen, das bewerkstelligt eine Gruppe von Hobby-Räubern. Von überzeugend verwegener Erscheinung, zudem bewaffnet mit historischen Gewehren und Pistolen, fehlt selbst der Strick zum Fesseln der Wandersleut' nicht. Nach dem Überfall und der Gefangennahme wird ein jeder auf eine Bank „gezwungen" und mit „Fusel", einem 36-prozentigen Sauschnaps, durch einen Trichter „angefüllt". Die Freilassung bedingt den Schwur, die Räuber niemals zu verraten und sie überdies in jeder Form zu unterstützen.
Damit nicht genug. Wer selbst ein zünftiger Spessart-Räuber werden will, der unterziehe sich diverser Unterweisungen, um das räuberische Examen ablegen zu können. Unter anderem bedeutet das im Praxisteil das Zersägen von Holz mit nachfolgender Stapelung nach Zeit, das Rollen der Holzscheiben, das „Räubertrinken" aus einer Spessart-Spezialflasche und das Schleuderschießen. Auch die Theorie kommt mit der Überprüfung der Kenntnisse zum Spessart nicht zu kurz.
Wer das beste Ergebnis erzielt, der wird zum Räuberhauptmann ernannt. Mehr noch, zu ihm gesellt sich eine Spessart-Räuberbraut, mit der er den abschließenden Räuberschmaus eröffnet. Geboren wurde die Idee zur facettenreichen Unternehmung in den Gelnhausener Amtsstuben für Wirtschaft und Arbeit, Kultur, Sport und Tourismus des Main-Kinzig-Kreises. Gelnhausen, im Beinamen „Barbarossastadt", gelegen am östlichen Rand des Rhein-Main-Gebietes zwischen Frankfurt und Fulda, wurde 1170 von Kaiser Friedrich I. (um 1122–1190) gegründet.

Johann Adam Hasenstab", Herausgeber Naturpark Spessart e.V., 2011, würdigte Heinz Staudinger den legendären Freischütz. Der Autor, Jagdschriftsteller und Forstmann aus Franken, hatte zum Erscheinen seines Buches geradezu eine Hasenstab-Welle ausgelöst, allein schon dank der Berichterstattungen im Fernsehen. Dazu trug zweifellos unter anderem Staudingers Version vom Tod des Johann Sator bei. So mutmaßt er zu Hasenstabs Schussfestigkeit, da er nicht getroffen werden konnte: „Drum hat sich der Sator eine Freikugel besorgt. Aber so eine Freikugel kriegst du nur vom Leibhaftigen – und der gibt nichts für umsonst. Deswegen ist der Sator auch nicht in seinem Bett gestorben. Den hat der Teufel geholt. In seiner Kammer jagt er sich eine durch den Kopf, dass das Gehirn von der Wand getropft ist. Dennoch haben seine Leute so getan, wie wenn er ehrlich gestorben wäre."

Über Grenzen zur Pirsch

Wer sich heute auf die Spuren des berühmten Wilderers begeben will, der entdecke den „Hasenstab-Wanderweg" im Naturpark Spessart vom Rothenbuch nahen Lichtenau bis Schollbrunn auf 27 Kilometern. Er führt durch Deutschlands imposanteste Eichenbestände auf zum Teil verschlungenen Pfaden. In Schollbrunn fand der so oft landflüchtige Hasenstab dank der Kleinstaaterei und der Teilung des Dorfes die nötige Sicherheit. Die eine Ortshälfte, die katholische, gehörte zur Kartause Grünau und damit zum Hochstift Würzburg; die andere, die protestantische, zur Grafschaft Wertheim. Hatte er gewildert, dann zog er sich mit wenigen Schritten über die Straße ins Wertheimische zurück, wo er nicht wagte auf die Pirsch zu gehen, sonst hätte er alsbald sein Rückzugsgebiet aufs Spiel gesetzt.

Reizvolle Entdeckung

Heute genießt dieses „Räuberland" im Herzen des Spessarts und inmitten des unterfränkischen Mainvierecks zwischen Aschaffenburg und dem tauberfränkischen Wertheim den Ruf einer reizvollen

Entdeckung. Anspruchsvolle Wanderer schätzen diesen Teil von Deutschlands größtem Mischwald in seiner Unversehrtheit im Bereich der Gemeinden Dammbach, Eschau, Leidersbach, Mespelbrunn, Rothenbuch, Weibersbrunn und Heimbuchenthal. Im dortigen Musikpavillon kam 2014 das viel beachtete Theaterstück „Erzwilderer Johann Adam Hasenstab" zur Uraufführung. 2018 feiert Rothenbuch das 700-jährige Bestehen und wird den berühmten Sohn der Gemeinde entsprechend einbinden. Geplant ist ein Theaterstück über den Hasenstab, auch eine Skulptur soll geschaffen werden. Die Gemeinde galt über die Jahrhunderte als ein berüchtigtes Wildererdorf. Selbst noch gegen Ende der 1940er-Jahre verletzte ein Freischütz während eines Schusswechsels den dortigen Förster tödlich.

Schinderhannes, das Julchen und 211 Straftaten

Vom beispiellosen und zugleich kurzen Lebensweg des zu seiner Zeit berühmtesten Räubers zwischen Hunsrück und Taunus

Lang war die Liste der Vergehen des Johannes Bückler, sehr lang. Sie reichte von Überfällen, Erpressungen, Diebstählen und Erpressungen bis hin zum Mord

Es war der Schriftsteller Carl Zuckmayer (1896–1977), der Schriftsteller aus dem Mainz nahen Weinstädtchen Nackenheim am Rhein, der den „Schinderhannes“ 1927 als Held des gleichnamigen Schauspiels auf die Bühne des Berliner Lessingtheaters brachte. Er hatte die Vielzahl der Legenden um Johannes Bückler, um den berühmtesten deutschen Räuber, zur bekanntesten literarischen Darstellung, einem Denkmal gleich, erhöht. Sagenhaftes kursierte schon zu Lebzeiten in teilweise romantischer Verbrämung, der Zuckmayer im „Schinderhanneslied“ mit diesen Zeilen vielleicht mindernd zu begegnen suchte: „Das ist der Schinderhannes, der Lumpenhund, der Galgenstrick, der Schrecken jeden Mannes und der Weiberstück!“ Schon 1804, ein Jahr nach Bücklers Tod, bot der literarisch gebildete Johann Nikolaus Becker (1773–1809) Erhellendes in seinem Werk „Actenmäßige Geschichte der Räuberbanden an den beyden Ufern des Rheins, enthaltend die Geschichte der Moselbande und des Schinderhannes“, in der Neuzeit unter anderem erschienen 1956 im S. Fischer Verlag. Als Friedensrichter zu Kirn im Hunsrück hatte sich Becker große Verdienste bei der Bekämpfung des räuberischen Unwesens erworben. Im Hinblick auf Johannes Bückler waren in der Mehrzahl Überfälle bis zum Mord, Erpressungen und Diebstähle, Nötigungen, Unterschlagungen und Hehlereien aktenkundig geworden, insgesamt 211 Straftaten, begangen links- und rechtsrheinisch, im französisch besetzten Hunsrück ebenso wie im Taunus. Die Gesamtzahl der im Lauf der Zeit an den Straftaten Beteiligten belief sich auf 211.

Die Goldmünze des Meisters

Der junge Bückler, vermutlich um 1780 in Mielen bei Nastätten im Nordtaunus geboren, ging bei den Tierkadaver verwertenden Abdeckern, sogenannten Schindern, in die Lehre, was ihm den ungeliebten Namen „Schinderhannes“ einbrachte. Mit 15 Jahren fiel er das erste Mal auf. Er hatte seinen Meister um eine Goldmünze, einen Louis d'or, erleichtert. Die Mitnahme von Kalbfellen und einer Kuhhaut bescherte ihm die Prügelstrafe von 27 schmerzhaften Hieben. Bald zog er mit zwei Gleichgesinnten nächtens durch Ställe und Weiden zum Zweck des Viehdiebstahls. Die Beute verkauften sie tags darauf an die Metzger der Umgebung, was zur Anzeige kam. Gefängnis war die Folge, doch er entkam. Die Bekanntschaft mit der gefürchteten „Hunsrück-Bande“ beförderte noch den Hang zum Kriminellen. Straftat folgte auf Straftat. Erneut gefasst, ins Arresthaus von Saarbrücken gebracht, und noch am Tag der Ankunft gelang der Ausbruch. Danach soll Bückler um die 40 Pferde- und Viehdiebstähle begangen haben. Der Totschlag an einem Spießgesellen, es ging um Liebeshändel, konnte ihm nicht nachgewiesen werden.

Der Räuberball mit den Dorfschönen

Anno 1799, vermutlich gerade 19 oder 20 geworden, wurde er in der Nähe von Kirn verhaftet, im als ausbruchssicher geltenden Gefängnisturm von Simmern im Hunsrück eingekerkert und wieder gelang ihm die Flucht. Von nun an war ihm der Pferdediebstahl nicht mehr einträglich genug. Jetzt brach die Zeit der Überfälle und der Erpressungen an. Des „Schinderhannes“

Das Gewehr des Gesetzlosen.

Johannes Bückler, genannt Schinderhannes. Ein Gemälde von Karl Matthias Ernst von 1803.

Refugien und Ausweichquartiere waren jetzt die Ruinen der Schmidtburg und Kallenfels oberhalb von Kirn. Der Bevölkerung war das bekannt, doch schützte sie das Treiben der wilden Gesellen, indem sie vor der Obrigkeit eisern schwieg. Selbst dann noch, als sie einen „Räuberball" feierten, an dem sich die Dorfschönen aus der Umgebung mit Freuden beteiligten. Der Gesetzlosen Übermut brachte allerdings die Verfolger allmählich näher, sodass die Bande jetzt ins Saargebiet wechselte, dann in den Taunus und wieder zurück.

Die Schlägerei mit den Soldaten

Raubüberfälle auf jüdische Kaufleute, der zu erwartenden hohen Beute wegen, bevorzugte Bückler, beispielsweise in Neubrücke, wo er gleich mehrere ausplünderte. In Sötern war es ein Händler namens Mendel Löw, den die Bande um sein Vermögen brachte und anschließend ermordete. Es folgten Raubzüge auf eine Postkutsche, eine Posthalterei im Taunus-Dorf Würges bei Bad Camberg und ein Raubmord in Otzweiler. Auch die Erpressung von Schutzgeldern war an der Tagesordnung. Sie traf beispielsweise den Industriellen Johann Ferdinand Stumm (1764–1839), einem der Gründer des späteren Montanunternehmens dreier saarländischer Eisenhütten. Das gleiche Schicksal ereilte bald darauf alle (!) Nachfahren der im 14. Jahrhundert angesiedelten Juden im Hunsrücker Dorf Hottenbach; um 1800 lebten dort um die 100 Männer, Frauen und Kinder. Im hessischen Klein-Rohrheim bei Groß-Gerau legte sich die Bande mit Soldaten an. Die Schlägerei endete mit Verletzten und dem Tod eines Korporals. Andererseits begann in der Bevölkerung vereinzelt Widerstand zu wachsen, was in einem Fall zur Flucht der Bande führte.

Die Räuberbraut in Männerkleidern

Der „Schinderhannes" war nicht unbeweibt. Acht Geliebte sind belegt, wobei ihm die Allerliebste und zugleich Letzte das „Julchen" war, Juliana Blasius (1781–1851), Tochter eines Tagelöhners und Musikanten aus dem heute zu Idar-Oberstein gehörendem Weierbach. Nach dem Kennenlernen zu Ostern 1800 auf dem Weiler Wickenhof bei Kirn wich sie ihm nicht mehr von der Seite und wurde ihm zur idealen Räuberbraut, beteiligte sie sich doch bald in Männerkleidung an allen Straftaten. Die aus Trier stammenden Schriftstellerin Clara Viebig (1860–1952) beschrieb sie in ihrem 1922 erschienenen historischen Roman „Unter dem Freiheitsbaum" (Rhein-Mosel-Verlag, Bad Bertrich, 2000) als gut aussehend, voller Temperament, aber auch als skrupellos, und an Mut mag sie sogar manchen Mann übertroffen haben. Dass sie nach der Verurteilung des Geliebten mit nur zwei Jahren Gefängnis im Korrektionshaus zu Gent in Belgien davonkam, hatte sie ihm zu verdanken. Mehrfach beschwor er das Gericht, sein „Julchen" zu verschonen, da er sie verführt habe und sie somit unschuldig sei. Bis zum Ende ihrer Tage im Heimatort Weierbach blieb sie dabei, dass die Jahre als Räuberbraut an der Seite des „Schinderhannes" die schönsten ihres Lebens waren.

Die trügerische Hoffnung

Am 31. Mai 1802 von einem Streifenkommando aus Niederselters bei Wolfenhausen im Nordtaunus festgenommen, nach Zwischenstationen im heute noch existierenden Holzturm zu Mainz inhaftiert, unterzog ihn der als „Schinderhannes-Richter" berühmt gewordene Johann Wilhelm Wernher (1767–1827) einer 16 Monate währenden Voruntersuchung. Indem er, der Präsident des einberufenen Spezialgerichts, Bücklers Hoffnung auf ein gnädiges Urteil nährte, kam es zu Geständnissen, die zur Ergreifung von über 100 Mittätern führte, ohne dass sich der Angeklagte selbst belastete. Das Verfahren endete mit 20 Todesurteilen, Verbannungen, Gefängnisstrafen in Ketten, auch mit Freisprüchen. Im Beisein von über 30 000 Zuschauern aus Stadt und Land starben unterm Fallbeil am 21. November 1803 als Erster Bückler und danach 19 seiner engsten Vertrauten. Nach 24 Minuten war das Urteil an allen vollstreckt. Die Köpfe der Guillotinierten standen danach Mainzer Professoren und Wissenschaftlern der „Medizinischen Privatgesellschaft" für Untersuchungen mit dem Einsatz von Elektrizität

Juliana Blasius, das Julchen, mit dem Sprössling Franz Wilhelm. Gemälde von Karl Matthias Ernst.

zur Verfügung. Es ging ihnen um die Frage, ob es nach der Trennung der Häupter vom Körper noch zu Empfindungen gekommen sei.
Bücklers Juliana, die noch im Verlies des Holzturms mit einem Sohn niederkam, renommierte in ihrem späteren Leben gern in der Erinnerung an die Hinrichtung mit der Tatsache, dass zu der im Jahr darauf verordneten Huldigung von Napoleon (1769–1821), dem nunmehrigen Kaiser der Franzosen von eigenen Gnaden, weitaus weniger beiwohnten, als zur Hinrichtung ihres Geliebten.

Die Erhöhung zum Volkshelden

Der Legendenbildung waren bereits vor dem Hinscheiden des „Schinderhannes" keine Grenzen gesetzt. Kursierende „Berichterstattungen" erhöhten Bückler zum Volkshelden, zum „Robin Hood des Hunsrück", der sich gegen die französische Besatzungsmacht links des Rheins, gegen reiche Juden, gut betuchte Kaufleute und gegen die verhasste Obrigkeit erhoben hatte. Die ihn dafür vor Verfolgung schützten, standen im Gegensatz zu jenen, die ihn ablehnten, was sich in etwa die Waage hielt. Das könnte dazu geführt haben, dass der Name des vermeintlich „edlen Räubers" nicht unbedingt von gutem Klang war und weniger wohlwollend genannt wurde. Fürs Kino war er mehrfach ein großes Thema. Herauszuheben sind der Stummfilm von 1928 nach dem Drehbuch von Carl Zuckmayer und Regisseur Kurt Bernhardt mit den Hauptdarstellern Hans Stüwe und Lissy Arna. 1958 gab Curd Jürgens den „Schinderhannes" mit Maria Schell an seiner Seite unter der Regie von Helmut Käutner. 200 Mitwirkende brachten im Jahr 2000 ein großes Spielfilmwerk zustande, produziert von der Film- & Theater-AG der Mainzer Johannes-Gutenberg-Universität. In den Hauptrollen beeindruckten Volker Zill und Anja Dargatz. 2014 ging Zuckmayers Volksstück in einer modernen Version im Mainzer Staatstheater über die Bühne. Umgewandelt worden war das Parkett des Kleines Hauses zum rustikalen Gasthaus, in dem das Publikum auf besondere Weise eingebunden war: Es wurde bewirtet mit Wein und Wasser, während das „Julchen" auf den Tischen tanzte.

Festspiele in Simmern

„Schinderhannesfestspiele" finden in Simmern alle zwei Jahre statt. Aufgeführt werden Werke des Autoren-Duos Michael Becker und Carsten Braun; auch eine Musical-Fassung von Zuckmayers Theaterklassiker „Der Schinderhannes". Die nahe zu Mittelrhein und Mosel gelegene Stadt beherbergt im Schinderhannesturm die Ausstellung über „Realität und Mythos" des Räubers. Zu sehen sind Exponate, die zum Teil aus Bücklers Besitz stammen, so seine Pistole und ein Hut. Den Platz vor dem Turm ziert eine Schinderhannes-Skulptur, die einen Schweinediebstahl mit einem seiner Kumpane darstellt.

Vor dem Schinderhannesturm in Simmern: Skulptur des Räubers mit der Darstellung eines Schweinediebstahls.

Thelonius, der Dilldapp

Auf ganz eigene Art ist ein fahrender Sänger und Spielmann unserer Tage mit Bückler verbunden. Thelonius Dilldapp nennt sich der Vielseitige aus Simmern, der Gitarre und Hammond-Orgel ebenso beherrscht wie Drehleier, Dudelsack und Waldzither. Seit 1986 tritt er im historischen Gewand mit musikalisch-komödiantischen Programmen auf, die auch heitere Geschichten vom Schinderhannes beinhalten. An seiner Seite ist Christel Schumacher als das einst treu ergebene Julchen. Was er vorträgt reicht von der hohen Minne bis zur Wirtshausmoritat in der reizvollen Marktsprache des Mittelalters. Thelonius ist die latinisierte Form seines bürgerlichen Nachnamens Thelen, und Dilldapp, so sagt er, sei ein Fabelwesen, das noch heute verborgen im Hunsrück hause.

Schinderhannes bartelsi

Ein ganz anderer „Schinderhannes" und einzig in der Welt ist 10 Zentimeter lang, hat große langstielige Augen und Greifer vor dem winzigen Maul. Bei dem im Steinbruch Eschenbach-Bocksberg bei Budenbach nahe Simmern gefundenen Fossil aus der Zeit vor über 300 Millionen Jahren handelt es sich um einen entfernten Verwandten der Gliederfüßer, einem Stamm aus dem Tierreich, zu denen Krebse und Skorpione zählen. Da im Schiefer des Hunsrück gefunden, lag es für den Entdecker Christoph Bartels nahe, das im Mainzer Naturhistorischen Museum verwahrte Exemplar entsprechend zu benennen: „Schinderhannes bartelsi".

Liebestoller Räuber

Guillaume Apollinaire (1880–1918), der französische Autor und bedeutende Lyriker italienisch-polnischer Abstammung, verewigte den Räuber unter dem Titel „Schinderhannes" in einem sehr kräftig-deftigen Gedicht, übertragen ins Deutsche von Paul Celan (Rheinisch-pfälzische Monatshefte Nr. 5/1954). Ein Auszug: „Im Wald macht sich mit seiner Bande Schinderhannes von Waffen frei. Es wiehert liebestoll der Räuber bei seiner Räuberbraut im Mai."

Der Barde Thelonius und ein ihn begleitender „Spießgeselle".
Die moderne Version des Volksstücks nach Carl Zuckmayer im Mainzer Staatstheater: Sebastian Brandes als Schinderhannes, Ulrike Beerbaum als Julchen.

Rhönpaulus, der gewaltlose Räuber

Nach der Fahnenflucht aus der preußischen Armee hauste der Johann Heinrich Valentin Paul in einer Höhle

Als Dieb, Schmuggler, Wegelagerer, Wilderer und Freund der Notleidenden wurde er schon zu Lebzeiten zur Legende

Johann Heinrich Valentin Paul kam 1736 als „unächtes" – uneheliches – Kind in Weilar im thüringischen Teil der auch zu Bayern und Hessen grenzenden Rhön zur Welt. Die aus Hildburghausen stammende Mutter Hanna Regina schlug sich als Magd bei einem Gutsschäfer des Ortes durch. Der Vater, ein in Hildburghausen stationierter Soldat, hatte nichts mit dem Kind im Sinn und blieb ihm zeitlebens fern. Gerade fünf geworden, verlor der Junge die Mutter nach schwerer Krankheit. Ein Onkel, ebenfalls ein in Lohn und Brot stehender Schäfer, erbarmte sich seiner, zog ihn auf und nahm ihn als Knecht hart heran, was ihm zugute kam, da er auch anderswo dieserhalb gefragt war. Somit war sein – wenn auch höchst bescheidener – Lebensunterhalt gesichert.

Der Rhönpaulus als Wegweiser zur Höhle.

Die unerfüllte Liebe

Im schönsten Sinn verschaute er sich 1758 in die Tochter eines reichen Bauern in Glattbach bei Aschaffenburg. Doch die Liebe fand keine Erfüllung, da ihm, dem armen Schlucker, die erhoffte Hochzeit vom Vater der Liebsten verwehrt wurde. Das traf den 22-Jährigen derart schwer, dass er der Heimat den Rücken kehrte, indem er sich freiwillig der kämpfenden Armee des Preußenkönigs Friedrich II. (1712–1786) anschloss. Gegen Ende des Siebenjährigen Krieges (1756–1763) verwundet worden, desertierte er und kehrte zurück in die Rhön. Da er damit rechnen musste, aufgegriffen und bestraft zu werden, hauste er fortan in einer Klufthöhle bei Dermbach am Südrand des heutigen Naturschutzgebietes Ibengarten. Der nur durch eine schmale Felsspalte zu begehende Unterschlupf am Neuberg war nur wenigen bekannt und damit verhältnismäßig sicher.

Der Wandel zum Straftäter

Da er, der Besitzlose, lediglich als Tagelöhner Arbeit finden konnte und zumeist nur höchst bescheiden statt eines Geldes mit Naturalien entlohnt wurde, reichte es nicht zum Überleben. Der Wandel zum Straftäter vollzog sich bald mit Diebstählen, wobei er es stets auf die wohlhabenden Bauern und Gutsbesitzer abgesehen hatte. In keinem Fall wandte er Gewalt an, und immer teilte er mit den Bedürftigen, die ihn von nun an als den „Rhönpaulus", als Freund der Armen und Bedrängten, zu schätzen wussten. Auch mit Wildbret half er den Armen aus, da er zunehmend Gefallen an der Jagd als Freischütz gefunden hatte. Zudem trat er als Schmuggler in Erscheinung. Belegt sind Umtriebigkeiten im Bereich von Wiesenthal, Kaltennordheim, Andenhausen und Tann. Mancher Sack mit begehrtem Salz wechselte mit ihm über die hessische Grenze. Obwohl mehrmals gestellt, gelang es dem stets im Schlossturm zu Kaltennordheim Eingekerkerten immer wieder zu entkommen, was seine Berühmtheit nur noch erhöhte.

Im Kasten zum Galgen

Anno 1780 war es dann doch mit der Wilderei vorbei. Überführt „wegen des Abschusses der schönsten Hirsche im herzoglichen Forst", wie es der Ankläger formulierte, fällte das Gericht nach einem kurzen Prozess das Todesurteil. Um sicher zu gehen, dass der Ausbrucherprobte nicht noch einmal aus dem Kerker entkommen konnte, wurde eilends ein Eichen-Kasten gezimmert. In diesen, einem verschließbaren Schrank gleichenden Sicherungsbehelf verfrachtet, erfolgte die aufsehenerregende Beförderung zum Galgen auf den Neuberg bei Glattbach. Das „Pauluskasten" genannte Original ist eines der Exponate im Dermbacher Heimatmuseum. Den Dorfplatz von Glattbach ziert eine vom Unteralbaer Bildhauer Manfred Bellinger geschaffene Holzskulptur in der vermuteten Größe des Rhönräubers. 2008 kam es zur viel beachteten Uraufführung von „Paulus, Rächer der Rhön", dem Räuberspektakel von Christian Schidlowsky, im Fränkischen Theater Schloss Maßbach im Landkreis Bad Kissingen. 2009 ging die Räuberlegende als Musical im Freilichttheater von Dermbach vor rund 20 000 Zuschauern über die Bühne.

Schäfchen, Zicklein, Federvieh

Der Rhönklub Roßdorf widmete ihm einen 84 Kilometer langen Wanderweg. Er folgt teilweise den Spuren des Volkshelden, wie es der Klub-Naturschutzwart Heinz Albrecht in einem Gedicht in schlichte Verse fasste: „Verborgen in der Roßbergsschlucht, im Wurzelwerk der Eiche, hält er sich auf, er ist bekannt, wohl wegen seiner Streiche. Sind Landgericht und Obrigkeit im Rossbergsgrund am Suchen, schleicht Paulus in das andere Tal, versteckt sich bei der Buche." Albrecht brachte anschaulich auf den Punkt, was dem schon zu Lebzeiten zur Legende Gewordenen die Zuneigung der Not leidenden Bevölkerung eingebracht hatte: „Was er den Reichen weggenommen, das haben die armen Leute bekommen. Manch Schäfchen, Zicklein, Federvieh, in dunkler Nacht verschwunden, hat man am nächsten Tag bereits im Suppentopf gefunden."

Der berühmte Pauluskasten,
zu sehen im Museum von Dermbach.
Die Räuberlegende als Aufführung im Fränkischen Theater
Schloss Maßbach: „Paulus, Rächer der Rhön" im Schrank.

Vieting und die Erbsenspur

Der Unheimliche vom Parchimer Sonnenberg im Mecklenburgischen zwang ein Mädchen zur Frau und erschlug die Freundin

Vor der Hinrichtung bat der Räuber um einen letzten Kuss und strafte die Verräterin mit einem Zungenbiss

Die an Abwandlungen reiche Sage von Vieting, auch Viting, erstmals anno 1670 vom Hörensagen als Urgeschichte niedergeschrieben, ist untrennbar mit dem im 12. Jahrhundert an einer Burg entstandenen Parchim verbunden. Das belegt allein schon das offizielle, den Räuber zeigende Signet der südöstlich von der mecklenburg-vorpommerschen Landeshauptstadt Schwerin gelegenen Stadt. So nimmt Parchims ungenannter Chronist von einst den Faden vom Überlieferten mit diesen Worten auf: „Ich weiß nicht, ob es ein Gedicht oder Geschichte sey – es habe sich ein Räuber und Mörder, Namens Viting, des Orts in einer Kluft aufgehalten und die reisenden Leute beraubet und ermordet." Zum Schluss seiner Aufzeichnung vermerkte er wohl ein wenig zweifelnd: „Wenn es eine wahre Geschichte wäre, könne man daraus sehen, wie wunderlich Gott ein Ding kann lassen an den Tag kommen und die Übeltäter zur Strafe ziehen."

Mord und Totschlag

Ob nun wahr oder nicht wahr, die Erzählungen um Vieting passen so recht in die räuberischen Zeiten des ausgehenden Mittelalters. Seit Jahr und Tag waren alle Versuche der Obrigkeit erfolglos geblieben, den Berüchtigten zu stellen, der in der Umgebung sein Unwesen trieb. Wollten Reisende, vornehmlich Kaufleute, Parchim zu Handel und Wandel erreichen, führten die Wege ausschließlich durch dichte, die Stadt umgebende Wälder. In diesen schlug Vieting blitzschnell zu und das mal mit bis zu 18 Spießgesellen, mal ganz ohne. Nach dem Überfall, der Ausraubung, nach Mord und Totschlag erfolgte der Rückzug auf den Sonnenberg und dort zur geheimen, „Vietingkeller" genannten Höhle, auch als „Kluft" bezeichnet, in der die Beute gelagert wurde. Die unterschiedlichen Beschreibungen von Überlebenden machte die Fahndung nach dem Gewalttätigen so gut wie unmöglich. Das von Burghard Keuthe, Mitglied des Heimatbundes Parchim, in den „Parchimer Sagen" von 1995 beschriebene Aussehen entspricht der Darstellung im Logo der Stadt. Er schildert ihn als „heimlichen, unheimlichen Herrn des Waldes und der Landstraße, Herr über alle Transporte, die von Nord nach Süd und von Süd nach Nord durch Parchim rollten", er habe einen „wilden roten Bart und kleine Augen", trage „merkwürdig aus reich und arm zusammengestoppelte Kleider" und einen „mit Federn geschmückten Schlapphut".

Entführung zum Versteck

In den schicksalhaften Mittelpunkt der sich teilweise mit unterschiedlichen Versionen überlagernden Legenden rückte eines schönen Sommertages das Mädchen Isalbe, das mit einer Freundin einiger Besorgungen wegen nach Parchim unterwegs war. Unverhofft begegneten die beiden im Wald am Sonnenberg Vieting, der die Begleiterin zu Tode brachte, die entsetzte Isalbe aber zum Unterschlupf entführte. Zum einem sei sie ihm und der hin und wieder anwesenden Bande zum Nähen, Flicken und Kochen wichtig gewesen, zum anderen habe er sie zur Frau genommen. Der Not und Angst gehorchend, fügte sich die 15-Jährige und schwor, niemals Verrat zu üben. Doch im Innersten hoffte sie, ihren Peiniger überführen zu können, ohne den auf ihn geleisteten Eid brechen zu müssen.

Klage am Schlagbaum

Monat um Monat zog sich das Leben in der Höhle dahin. Isalbe hatte dem Vieting allmählich das Gefühl vermitteln können, dass sie sich bei ihm und seinen Kumpanen durchaus aufgehoben fühlte. Inzwischen konnten die Stadtherren den durch neue Erkenntnisse gewonnenen Fahndungsring um die Räuber enger ziehen. Die Kaufleute hatten zudem neue Wege durch die Wälder gewählt, sodass Vietings Raubgesindel das weitere Vorgehen ändern und aus Gründen der Sicherheit Parchim meiden mussten. So blieb es nur noch Isalbe überlassen, den Nachschub an Lebensnotwendigem, darunter auch Gewürze, Erbsen und Mehl zum Backen zu besorgen. So geschah es auch an dem Tag, als sie nach allen Besorgungen am Stadttor, einer Eingebung folgend, verweilte und dem Schlagbaum (!) ihren ganzen Kummer „anvertraute", wohl wissend, dass ein Stadtsoldat in der Nähe stand. Heinrich Alexander Stoll und Klaus Hallacz („Vom Räuber Vieting und andere Sagen aus Mecklenburg und dem Spreewald", 1961) dokumentierten aus dem Plattdeutschen („Slaagboom, ik klag di") die Worte der Leidtragenden: „Schlagbaum, ich klage dir, Viting, der plagt mich, sieben Jahre hat er mich schon geplagt, wie lange er mich noch plagen wird, weiß ich nicht. Wo ich die Erbsen hinstreue, da folgt mir. Wo die letzten Erbsen sind, da ist Viting gewiß. Ich will meinen Mann nicht verraten, aber die Erbsen können ihn verraten."

Der Kuss der Rache

Der Soldat, der alles mit angehört hatte, reagierte schnell, stellte einen Trupp zusammen und folgte der zur Höhle führenden Erbsenspur. Im überrumpelnden Handumdrehen gelang die Festnahme Vietings und seiner Mittäter; der Überraschungscoup war gelungen. Isalbe kehrte wohlgemut in ihr Dorf zurück, vermutet werden die Ortschaften Godems, Herzfeld, Slate oder Stolpe. Des überstandenen Dramas Ausgang war für die junge Frau nicht ganz schmerzfrei. Als sie der Vieting vor der Hinrichtung noch einmal sehen wollte, entsprach sie seinem Wunsch nach einem letzten Kuss, was sie die Zunge kostete. Er hatte sie ihr zur Strafe ob des gebrochenen Schwurs abgebissen.

Der Darsteller des Vieting: Herr über Transporte.

Nebelphänomen am Berg

Den Sonnenberg mit der Höhle von heute zieren Europas höchste Douglasien, eine schnell wachsende Art aus der Gattung der Kiefern. Im Zusammenhang mit der Sage um Vieting und Isalbe steht ein Nebelphänomen. An warmen Tagen umhüllt scheinbar ein gleichsam wie aus einer Backstube aufsteigender (Rauch-)Schleier die Bergspitze. Die „Erbsenspur", entwickelt von der Initiative „Zusammen in Parchim" (ZiP), beginnt an der Stelle des früheren Schlagbaums, führt dann zur Marienkirche zur „Erkletterung" des Turms und weiter zur Besichtigung des altehrwürdigen Zinnhauses, in dem einst der Stadtwachtmeister residierte, heute ein Kunst- und Kulturzentrum. Im Rathaus steht der Gang in den Keller an, den Vieting nur zu gut kannte, war er doch dort in Erwartung des Urteils zwischen den Weinfässern angekettet worden. Der Weg endet an der Georgenkirche, an deren Mauern nach heute die Kratzspuren Verzweifelter aus der Zeit der Pest zu erkennen sind. Mit dem vermeintlich heiligen Staub des Gesteins hofften die Parchimer der Seuche zu entkommen oder gar geheilt zu werden.

Käsebier, der Dieb und Spion des Königs

Charme, Geschick und Klugheit waren die Kennzeichen des Halunken Christian Andreas Käsebier, was selbst dem „Alten Fritz“ nicht verborgen blieb

Der listige Hallenser Glücksritter spielte eine bedeutende Rolle während der Belagerung von Prag im Siebenjährigen Krieg

Große Namen sind mit der Stadt an der Saale im Süden Sachsen-Anhalts verbunden. In Halle erblickte der Barock-Komponist Georg Friedrich Händel (1685–1759) das Licht der Welt. An der Halleschen, einer der ältesten Universitäten, promovierte Dorothea Christiane Erxleben (1715–1762) als Deutschlands erste Frau zum Doktor der Medizin (Dr. med.). Joseph Karl Benedikt Freiherr von Eichendorff (1788–1857), der Lyriker und Schriftsteller der Romantik, wirkte im historisch-lateinisch benannten Hala Saxonum. Von ganz anderer Berühmtheit war ein anderer, der um 1710 geborene Hallenser Christian Andreas Käsebier, ein gewiefter Hallodri und Halunke, der sich auf vieles verstand. Manch „wahrhaffter Bericht“, so gedruckt im „Berliner Exemplar“ von 1749 (Staatsbibliothek Berlin), war beispielsweise anschaulich wie folgt überschrieben: „Wenn der Dieb ans Hencken gedächte, so würde er auch das Stehlen lassen.“

Es war in der damaligen Fleischergasse in Marktplatznähe, heute Mittelstraße 18, wo Käsebier 1710 geboren wurde.

Nichts geschah mit Gewalt

Der Spross des Schneiders Elias Käsebier erlernte das Handwerk des Vaters nur ansatzweise, er brach die Lehre ab, verschwand über Nacht aus dem Elternhaus und von da an zog er kreuz und quer durch Deutschland bis nach Oberösterreich und wieder zurück. Was mit kleinen Diebereien und Einbrüchen begann, wuchs sich im Lauf der Zeit neben dem Glücksspiel zu perfekt geplanten Straftaten aus. Obwohl mehrfach überführt und zur Haft verurteilt, blieb er sich treu, kaum dass er wieder auf freiem Fuß war und bevorzugte weiterhin ein abenteuerliches Leben auf der schiefen Bahn. Bei all seinen Unternehmungen konnte ihm eines stets bescheinigt werden: Nichts geschah mit Gewalt, da er dafür zu klug, zu gewandt, charmant und auch immer gut gekleidet war, was ihm bei den Gaunereien zugute kam.

Die unverhoffte Freiheit

Anno 1748 schien es mit der kriminellen Karriere vorbei zu sein, als er in Brandenburg an der Havel gefasst und zu einem umfassenden Geständnis aller seiner Taten bewogen werden konnte. Lebenslange Festungshaft, lautete das Urteil, bestätigt von Friedrich II. (1712–1786), dem preußischen König, der somit erstmals auf ihn aufmerksam wurde. Zunächst in das Gefängnis der

Spandauer Garnison zu Berlin verbracht, wurde er nach Stettin verlegt und 1757 unverhofft auf Anordnung der Majestät entlassen. Der „Alte Fritz“, so der vom Volksmund genannte Landesvater, befand sich mitten im Siebenjährigen Krieg (1756–1763) zum Zeitpunkt der Belagerung von Prag.

Exkursion ohne Wiederkehr

Ins Feldlager vor der Moldau-Metropole befohlen, avancierte Käsebier alsbald zum Spion der Majestät, dem es listenreich gelang, die Situation innerhalb der Mauern der inzwischen Hunger leidenden Stadt auszuspähen. Zweimal ging alles gut, wenn auch dem König die Erkenntnisse seines waghalsigen Kundschafters noch nicht genügten. Also ordnete er eine dritte Exkursion in geheimer Mission an, der Käsebier nun aber schwerer Bedenken wegen nicht mehr folgen wollte, zumal sich Teile der österreichischen Armee in Prag befanden. Als entdeckter Spion hätte er mit dem Tod rechnen müssen. Erst als ihm die Fortsetzung der Festungshaft angedroht wurde, begab er sich wieder in die eingekesselte Stadt, aus der er nicht mehr ins Lager des Königs zurückkehren sollte. Seitdem wurde nichts mehr von ihm bekannt. Zuletzt wurde er angeblich in Pressburg, dem heutigen Bratislava, gesehen.

Gunst des Kriegsglücks

Zu vermuten steht, dass der sehr auf Sicherheit bedachte Käsebier einer neuerlichen Inhaftierung zu entgehen versuchte. Die Gunst des anstehenden wechselnden Kriegsglücks könnte von Bedeutung gewesen sein, da sich das Feldlager in der Auflösung befand. Etwa zur gleichen Zeit rückte Österreichs Feldmarschall Leopold Joseph Graf von Daun (1705–1766) mit einem Entsatzheer auf Prag vor, was Friedrich II. zwang, die Belagerung aufzugeben, um dann die Kaiserlichen nahe dem böhmischen Kolín an der Elbe zu stellen. Die Schlacht endete mit Preußens erster Niederlage im Siebenjährigen Krieg mit der Habsburger Monarchie, mit Frankreich, Sachsen, Russland und Schweden.

Der listenreiche Käsebier im Berliner Gefängnis.

Käsebiers Prager Episode inspirierte 1922 den Schriftsteller Egon Erwin Kisch (1885–1948), bekannt geworden als „der rasende Reporter“, zu dem Werk „Die gestohlene Stadt“. Verfilmt wurde die Thematik unter anderem unter den TV-Titeln „Der Dieb und der König“ (DDR/1966) und „Die gestohlene Schlacht“ (DDR/ČSSR/1972) mit Manfred Krug in der Hauptrolle und Herwart Grosse als König.

Der treffsichere Klostermann

Nichts und niemand vermochte den Stiefsohn eines Försters von der Leidenschaft des Wilderns abzubringen

Insgesamt verbrachte der legendäre Freischütz aus dem Eggegebirge 15 Jahre seines Lebens im Gefängnis

Es waren die Wälder des Eggegebirges im Osten Westfalens, des Sauerlandes im Süden und des Fürstentums Waldeck-Pyrmont mit der einstigen Residenzstadt Arolsen im Nordwesten des heutigen Hessens, die einem Wildschütz jahrzehntelang zur Heimat wurden. Der 1839 als Sohn eines Müllers im brandenburgischen Retzin in der historischen Prignitz-Landschaft geborene Hermann Klostermann beflügelt noch immer die Fantasie der Bevölkerung und den Forscherdrang der weiterhin nach neuen Quellen suchenden Heimatkundler. Fest steht, der Mann war aktenkundig ein gewerbsmäßiger Wilderer, dem viele literarische Darstellungen gewidmet wurden, wobei zuweilen die Dichtung gegenüber der Wahrheit überwog.

Meisterschütze des Regiments

Mit vier Jahren verlor er den Vater, mit 19 die mit dem Förster Ernst Friedrich Wilhelm Dalchow wiederverheiratete Mutter. Zu dieser Zeit diente er noch im 15. Linienregiment in Minden, in dem er zum Meisterschützen avancierte, seiner außergewöhnlichen Treffsicherheit wegen. Vom Militär heimgekehrt, fand der junge Klostermann neue Familienverhältnisse vor. Stiefvater Dalchow hatte sich erneut verehelicht und lebte jetzt als Forstaufseher im westfälischen Warburg nahen Mittelwald bei Scherfede. Vom Wunsch des Stiefsohns, in dessen Fußstapfen als Förster treten zu wollen, soll er nichts gehalten haben. Möglicherweise war das für den Enttäuschten der Grund, sich zu verselbstständigen und auf andere Weise dem nachzukommen, was ihn mit dem Hochgefühl eines freien Lebens in den Wäldern verband.

Wildbret für die Armen

Das „Deutsche Jagd-Lexikon", herausgegeben von Volker Seifert, Essen, vermerkt zu Beginn der dem Klostermann zugewiesenen Auffälligkeiten: „Am 19. September 1862 vom Kreisgericht in Arolsen wegen Betretens eines fremden Jagdreviers mit einem Gewehre mit 5 Thalern. Geldstrafe gleich 10 Tagen Gefängniß." Im November stand er wieder vor Gericht. Diesmal wegen Jagdvergehens in Büren, geahndet mit einem halben Jahr Haft, der „Untersagung" der bürgerlichen Ehrenrechte, was ihm zusätzlich die Polizeiaufsicht für die Dauer von 12 Monaten einbrachte. Kaum der Überwachung entronnen, wieder beim Versuch des Wilderns ertappt, verurteilt und erneut auf freiem Fuß, stellte Klostermann eine Bande zusammen. Das fiel ihm leicht, da seinesgleichen in großer Zahl ihr einträgliches Unwesen in der Umgebung trieben, was allerdings auf Anordnung ihres Hauptmanns das Verteilen von Wildbret an die Armen nicht ausschloss.

Schüsse im Wald

Als im Oktober 1867 der Freiherr von Wrede, Oberförster zu Hardehausen bei Warburg, auf einem Patrouillenritt im Wald von Lichtenau angeschossen wurde, geriet Klostermann sofort unter Verdacht, doch der Verletzte entlastete ihn, zumal sie sich persönlich kannten. Keine fünf Monate später traf es in der Nähe von Rhoden den Forstläufer namens Heinemann, der die Schüsse nicht überlebte. Die preußische Regierung hatte inzwischen eine Belohnung von 200 Talern zur Ergreifung des Täters ausgesetzt. Wieder hatte die Obrigkeit Klostermann

Umzug der Schäfer wie zu Zeiten des Legendären auf dem „Wildschütz-Klostermann-Markt“ in Lichtenau.

im Visier, sie brachte nun Steckbriefe in Umlauf. Als im Mai 1868 eine Militärstreife versuchte, ihn zu stellen, entkam er. Auf der Strecke blieb Johann Lohoff, einer seiner Kumpane, tödlich getroffen von der Kugel eines der Soldaten. Im Juni gelang die Festsetzung im Sauerland. Er war in Brilon in die Falle gegangen, wurde nach Paderborn in Ostwestfalen-Lippe verbracht und vors Schwurgericht gestellt, unter anderem wegen versuchten Mordes, was ihm aber nicht nachzuweisen war. Das Urteil, acht Jahre Zuchthaus, nahm Klostermann sichtlich zufrieden zur Kenntnis. Er hatte mit mehr gerechnet.

Empfehlung zur Auswanderung

Nach sechs Jahren begnadigt, verließ er 1874 wohlgemut den Kerker und wilderte fröhlich weiter. 1880 auf frischer Tat gefasst, handelte er sich diesmal fünf Jahre Gefängnis mit damit verbundenem Ehrverlust ein. Kaum entlassen, erfolgte zu Weihnachten die erneute Verhaftung. Eine Woche verbüßte er in Lichtenau, die restlichen drei in Paderborn. Da davon auszugehen war, dass er auch künftig nicht von der Wilderei lassen würde, stellte man ihm die Auswanderung nach Amerika in Aussicht. Doch Klostermann winkte wegen seines angeblich schlechten Gesundheitszustandes ab. Er wollte sich eher dem Verfassen eines Buches über sein abenteuerliches Leben widmen, immerhin hatte er

Erst 1951 bekannt geworden:
die vermeintliche Fotografie von Klostermann.

insgesamt fast 15 Jahre hinter Gittern zugebracht. Auch soll es ein Foto von ihm gegeben haben, das er vervielfältigt zu ein wenig Geld gemacht haben soll.

Vermutungen zum Ende

Nicht geklärt ist bis heute, wo er verblieb. Vermutet wird, dass er 1907 im Süden des Teutoburger Waldes gelegenen Scherfede-Hardehausen von dieser Welt gegangen ist. Der Heimatkundler, Schriftsteller und ehemalige Polizist Hans-Dieter Hibbeln aus Detmold – er verfügt über ein beachtliches Klostermann-Archiv – hält es für möglich, dass der Freischütz wegen des offensichtlich verhängten Aufenthaltsverbots nun fern der Heimat weiterhin seiner Leidenschaft frönte. Die Ergebnisse der langjährigen Forschung fasste er in „Der Wilderer Hermann Klostermann. Wahrheit und

„Die Warte" und das späte Klostermann-Foto
Rätsel um ein Bild

Ungeklärt ist bis heute, ob es sich bei dem Abgebildeten tatsächlich um den 1839 geborenen Hermann Klostermann handelt, zumal das Foto erstmals 1959 in der Heimatzeitschrift „Die Warte" (Nr. 4/Seite 57) erschien, also 52 Jahre nach seinem Tod. Wörtlich hieß es unter anderem in dem Artikel: „Nicht zur Verherrlichung dieses Wildschützen, sondern weil es eine fast unglaubliche Einmaligkeit ist, bringen wir dieses Bild." Und: „Der Gastwirt Hülsmann-Wegener in Westheim ist Besitzer dieses Originalphotos, einer kleinen Aufnahme, die Klostermann stets bei sich getragen haben soll, aber wohl versehentlich liegen ließ. Sie wurde dann später vergrößert. Entstanden ist sie etwa um das Jahr 1865. Für diese Angaben bürgt unser Gewährsmann." Das bedeutete, dass der Wilderer mit 26, somit vor der langjährigen Verurteilung, abgelichtet wurde.
Im Gegensatz hierzu steht ein Schreiben des damaligen Oberförsters, des Freiherrn von Wrede, vom 6. November 1885 an die Oberförsterei Neuenheerse (LAV NRW OWL, D 6 B Neuenheerse, Nr. 201). Der Unterzeichner berichtete über ein Gespräch mit Klostermann, inzwischen 46 geworden, der sich als berühmter Mensch zu präsentieren beabsichtige. Von Wrede: „ Er wolle sich nächstens in Paderborn photografieren lassen auf beiden Seiten einen Rehbock und würde er mit diesen Photografien gewiß gute Geschäfte machen."
Das Schreiben schloss mit der Empfehlung: „Man sollte diesem Menschen, der doch schon zweimal auf Menschen geschossen hat, überhaupt den Aufenthalt im Regierungsbezirk Minden untersagen." Das wiederum wäre als Hinweis auf das vermutete Aufenthaltsverbot zu werten.
Quellen: Archiv Hans-Dieter Hibbeln, Detmold.

Legende" zusammen, veröffentlicht 1993/Nr. 80 in der Heimatzeitschrift „Die Warte" für die Kreise Paderborn und Höxter.
Schon 1872, noch zu Lebzeiten des Legendären, brachte der aus Lette in Westfalen stammende Politiker und Jurist Jodocus Donatus Hubertus Temme (1798–1881) den Kriminalroman „Hermann Klostermann, ein neuer Rinaldo" heraus, den er mit sozialkritischen Anmerkungen versah. Erschienen ist das Werk in Folgen in der ersten deutschen Zeitschrift namens „Die Gartenlaube", die zu Temmes Zeit bereits eine Auflagenhöhe von 380 000 Exemplaren erzielt hatte.

Markt, Lauf und ein Bier

Das zum westfälischen Kreis Paderborn gehörende Lichtenau veranstaltet alle zwei Jahre am ersten Oktoberwochenende den „Wildschütz-Klostermann-Markt", an dem 15 Dörfer, heute Ortsteile der Stadt, teilnehmen. Das Programm spiegelt die Vielfalt der Produkte aus den Bereichen Natur, Wald, Wild und Landwirtschaft wider. Ein sportliches Großereignis ist der alljährlich stattfindende „Wildschütz-Klostermann-Lauf" des Vereins für Leibesübungen Lichtenau. Die Gräflich zu Stolberg'sche Privatbrauerei in der zur Stadt Marsberg gehörenden Ortschaft Westheim im Sauerland wiederum vertreibt unter anderem ein naturtrübes Bier unter dem Namen „Westheimer Wildschütz Klostermann".

Wallmann, der Räuberhauptmann Rose

Die Lust an der List und das ausgeklügelte Vorgehen des findigen Helmstedters machten vor allem den Wohlhabenden aller Schichten zu schaffen

Nach der herzoglichen Amnestie verlor sich die Spur des von Legenden Umrankten in Nordamerikas Wildem Westen

Als uneheliches Kind der verwitweten Johanna Elisabeth Rose kam Carl 1816 im niedersächsischen Helmstedt nahe Braunschweig zur Welt. Der vor Gericht vermerkte Nachname Wallmann entstammte der mütterlichen Seite. Die Bevölkerung hingegen rühmte ihn jedoch als den Räuberhauptmann Rose. Über dessen Kindheit und die Jugendjahre ohne den anonym gebliebenen Vater ist nichts bekannt. Lediglich die Tatsache, dass ihm aufgrund der Unehelichkeit eine Lehre verwehrt blieb. Das könnte zum Schlüsselerlebnis für einen Werdegang geworden sein, der die Herrschenden im Herzogtum Braunschweig und in der 1815 gebildeten preußischen Provinz Sachsen, heute dem Bundesland Sachsen-Anhalt entsprechend, ein Jahrzehnt lang in Atem hielt. Der nahe Grenzverlauf erwies sich für Carl Wallmann als überaus hilfreich zur Flucht von jeweils einem ins andere Territorium, wo die weitere Verfolgung nicht zu befürchten war.

Reiche Beute boten der Depositenkasten des Helmstedter Amtsgerichts und auch das Zollhaus.

Dreist und gewandt zugleich

Was ihm die Sympathie der Armen einbrachte, das war nicht nur die gelegentliche erwachsene Hilfeleistung aus den Beutezügen, sondern, dass er eher ein einfallsreicher Dieb als ein Räuber war, auch wenn er stets zur Abschreckung eine mit gehacktem Blei gefüllte Doppelflinte mit sich führte. Die anderswo mit menschenverachtender Brutalität begangenen Straßenüberfälle konnten ihm in keinem Fall zugeschrieben werden. Vielmehr standen die Lust an der List und am Dreisten, das ausgeklügelte Vorgehen und die handwerkliche Gewandtheit im Vordergrund. Aktenkundig wurde das am Beispiel des geradezu unentbehrlichen Bandenmitglieds und Schmiedegesellen Eduard Stodtmeister, dem selbst das Öffnen des schwersten Schlosses nicht zu schwierig war.

Wahlspruch und Spottverse

Einem Schlachtruf gleich war Wallmanns überlieferter Wahlspruch: „Den Rieken nehm ick't, den Armen jew ick't!“ Hin und wieder zumindest gab er den Armen, was er den Reichen genommen hatte. Im Visier hatten er und seine Mittäter vornehmlich die Wohlhabenden, die Kaufleute, die Gutsherren, die Wirte gut gehender

Gasthäuser und höhere Beamte. Aber auch mancher mit bescheidenem Ein- und Auskommen machte die unangenehme Bekanntschaft mit dem Rose. Selbst Kirchen suchte er als Einbrecher heim. Was dem Volk gefiel, das waren die Spottverse auf die wenig gemochte Obrigkeit und deren Ordnungshüter. Zu den eher heiteren Schmähungen zählte dieser Vierzeiler, verewigt in der Helmstedter Stadtchronik: „Wir sind unser Achte und stehlen nur bei Nachte. Am Tage gucken wir zum Fenster hinaus und lachen die Polizei was aus!"

Stehler, Hehler und der Bäcker

Weithin auffällig wurde die Bande seit 1835. Sie hatte die provisorische Gruft des an der Cholera verstorbenen preußischen Generalfeldmarschalls und Heeresreformers August Graf Neidhardt von Gneisenau (1760–1831) in der Dorfkirche zu Wormsdorf bei Eilsleben ausgeraubt. Ein bis dahin beispielloser Vorgang. Obwohl im Haus anwesend, hatte die Familie eines Helmstedter Brauers den waghalsigen Einbruch zu Weihnachten 1840 nicht bemerkt. Zweimal, 1840 und 1842, leerte Wallmann den mit wertvollen Gegenständen gefüllten Depositenkasten im Helmstedter Amtsgericht. Reiche Beute bot zudem das dortige Zollhaus. Die Vorsteherin des auf einer Höhe über der Stadt angesiedelten Damenstifts Marienberg rieb sich eines Morgens die Augen, als sie das Fehlen kostbarer Kleidungsstücke bemerkte, die sich allerdings längst in den Händen von Hehlern befanden. Bestens von Wallmann organisiert, waren diese „Zwischenhändler" in Magdeburg und den westlich umliegenden Ortschaften anzutreffen. Als Haupt der Hehler galt der Bäckermeister Carl Bokelberg in Harbke bei Helmstedt, wo Wallmann stets den größten Teil der Beute deponierte, zumal er mit dessen Schwester Friederike verbandelt war.

Begnadigung und Abschiebung

Allmählich durch Häscher in Bedrängnis geraten, schon einmal gefangen und ausgebrochen, wurde der 17 Kilometer lange Grenzforst Lappwald zum letzten Rückzugsgebiet. Im Februar 1843 war es dann endgültig mit der Dieberei vorbei; vermutlich durch Verrat, immerhin waren 100 Taler Kopfgeld auf ihn ausgesetzt worden. Die Festnahme erfolgte im Harbker Hause Bokelberg im Beisein der Geliebten. Im Prozess vor dem Herzoglichen Obergericht in Wolfenbüttel gestand Wallmann umfassend. Das galt für insgesamt 126 Straftaten, an denen er und 52 seiner Spießgesellen beteiligt waren. Im Dezember 1845 zu 15 Jahren Zuchthaus verurteilt, befand er sich bereits 1848 wieder auf freiem Fuß, was er der von Herzog Wilhelm von Braunschweig (1806–1884) verfügten Amnestie zu verdanken hatte, verbunden allerdings mit der Abschiebung nach Nordamerika. Das entsprach seinerzeit der erprobt kostengünstigen Praxis, sich unverbesserlicher Wiederholungstäter zu entledigen. Um die Reisekosten

Idealisierende Darstellung des Rose genannten Räubers Wallmann aus dem 19. Jahrhundert.

Zu nächtlicher Stunde erleichterte Roses Bande die Vorsteherin des Helmstedter Damenstifts von St. Marien um kostbare Kleidungsstücke.

musste sich Rose nicht sorgen, diese trug die Staatskasse. Wie er sich mit den Gegebenheiten in der Neuen Welt arrangierte, ist nicht bekannt. Wallmann im damals noch weithin gesetzlosen „Wilden Westen": Da sollte ihm einiges zur diebischen Freude gereicht haben, was wiederum Raum für weitere Legenden böte.

Die Rose-Renaissance

Unvergessen ist in der Helmstedter und der Harbker Region der Schauspielsommer des Jahres 2013, als dem Legendären durch die Laienspielgruppen eine Art Renaissance beschert wurde. Das Ummendorfer Burghoftheater und das Wormsdorfer Pfarrhoftheater führten voneinander getrennte Stücke auf, dennoch miteinander verbunden von einem, der die Inhalte mit unterschiedlichen Blickpunkten und heiteren Aspekten versah, von Gunther Hirschligau, Jahrgang 1951. Der Ummendorfer Pfarrer im Ruhestand und Heimathistoriker hatte als Autor des Rose-Romans „... der Ehrlichste unter den Räubern und Dieben", Dr. Ziethen Verlag, Oschersleben 2002, weithin Anerkennung gefunden. Der aus Hartenstein im Erzgebirge Stammende (siehe auch das „Prinzenraub"-Kapitel in diesem Buch) wird geschätzt ob seiner Lesungen zum Thema „Geschichten aus sieben Jahrhunderten".

Grenzstadt inmitten Deutschlands

Helmstedt, von 1576 bis 1810 renommierte Universitätsstadt und Mitglied der Hanse, erlangte weltweit einen hohen Bekanntheitsgrad als innerdeutsche Grenzstadt (1949–1990) im Transitverkehr von und nach Westberlin zwischen der Bundesrepublik Deutschland und der Deutschen Demokratischen Republik. In den Tagen nach dem Berliner Mauerfall vom 9. November 1989 erlebte Marienborn-Helmstedt, das Nadelöhr nach Westberlin, Fenster zum Osten und zugleich eine beschauliche Stadt, einen bis dahin nicht erlebten Besucheransturm. Exkursionen im Rahmen der Veranstaltungen und Rundfahrten des „Vereins Grenzenlos" vermitteln heute Einsichten hinter die Kulissen des ehemals größten europäischen Kontrollpunktes zwischen Ost und West.

Der Helmstedt nahe Lappwald, ein Höhenzug des Weser-Aller-Flachlandes und Wallmanns letzter Schlupfwinkel, gehört zum Naturpark Elm-Lappwald, durch den die einstige Demarkationslinie bis zur deutschen Wiedervereinigung führte. Sie entsprach dem früheren braunschweigisch-preußischen Grenzverlauf.

Hans Eidig, der wildernde Wohltäter

Das verbotene Waidwerk war dem Sohn eines Försters die reine Lust und den geplagten Bauern eine große Erleichterung

Im Hamburg nahen Sachsenwald traf der nicht zu fassende Freischütz auf paradiesische Gegebenheiten

In Amelinghausen und den umliegenden Dörfern der Lüneburger Heide erzählt man sich noch heute von einer Begebenheit, in deren Mittelpunkt ein Freischütz stand, der in der Region zwischen Hamburg, Hannover und Lüneburg zum Volkshelden wurde. So jagte er eines Tages in den Amelinghausen umgebenden Wäldern, wo ihm unversehens ein „ganz mageres und ausgezehrtes Weiblein“ begegnete, das einen mit dürren Ästen gefüllten Weidenkorb mit sich trug, so nachzulesen in den touristischen Schilderungen der Gemeinde von heute. Er bedauerte das armselige Geschöpf und so fragte er nach seinem Kummer. „Ach“, klagte das Weiblein, „mein Mann ist doch so krank. Er kann nicht mehr arbeiten. Ohne Arbeit kein Geld, ohne Geld kein Essen.“ Nicht einmal mehr eine dünne Suppe könne sie den Kinder zubereiten, daher sammele sie trockene Äste, damit sich die Kleinen einbildeten, dass das darauf gekochte heiße Wasser ein nahrhafter Eintopf sei. Sichtlich betroffen schien der Mann, als er wortlos die Verzweifelte verließ. Noch am Abend desselben Tages flog plötzlich die Tür der ärmlichen Kate auf und ein geschossener Rehbock landete in der Diele. „Mohltied!“ wünschte der Fremde, „Mahlzeit!“ Dann verschwand er wieder in der Dunkelheit, vermerkt in der Chronik des Erholungsortes Amelinghausen in der Lüneburger Heide.

Hans Eidig, 1835 porträtiert von Otto Speckter, dem prominenten Hamburger Zeichner.

Reiten, schießen, tanzen

Der geheimnisvolle Wohltäter, das war der 1804 im südlich von Hamburg gelegenen Klein-Klecken geborene und getaufte Johann Christoph, aus dem später „der Hans“ wurde, der Sohn des kurfürstlichen Forstbeamten Benedix Eidig. Schon in den Kinder- und Jugendjahren begleitete er den Vater auf all seinen Wegen in den Wäldern. Nach langem Zögern entsprach dieser dem Wunsch des Heranwachsenden, ebenfalls Förster werden zu wollen. Die Lehre absolvierte er bei einem reitenden Beamten, der ihm das Führen eines Pferdes beibrachte wie auch den Umgang mit dem Gewehr. In der Folge als Jägerbursche eingestellt, ließ der als guter Tänzer und geselliger Charmeur bekannte Hans in der Freizeit kaum eine Vergnügung aus, zu der ihm eigentlich das nötige Kleingeld fehlte. Da lag es für ihn „berufsbedingt" nahe, hin und wieder kleineren Stils zu wildern und das begehrte Erlegte zu versilbern.

Bauern, Geistliche, Bedürftige

Zunehmend mit den Sorgen der Bauern wegen der Wildschäden auf den Feldern konfrontiert, auch stand es mit der Hege und Pflege durch die feudale Obrigkeit nicht zum Besten, beschloss Hans Eidig Abhilfe zu schaffen und lichtete unerlaubt und treffsicher den Bestand zur Freude der Landleute, die sich nun nicht mehr um die Früchte auf den Äckern fürchten mussten. Selbst Geistliche sollen ihn hin und wieder um seine Dienste gebeten haben. Das blieb den Herrschenden nicht verborgen, zumal er die Wilderei diesseits und jenseits der Elbe wie in der Lüneburger Heide zur beinahe generalstabsmäßig geplanten Versorgung der Ärmsten ausdehnte. Entgegen kam ihm hierbei, fast jeden Winkel mit manchem Versteck zu kennen; gleichermaßen die Hilfsbereitschaft der Bauern und der Bedürftigen, die ihm Unterschlupf boten. Das war auch dringend vonnöten, denn die auf die Jagd allein privilegierte Obrigkeit setzte alles in Bewegung, um ihm das ungesetzliche Waidwerk zu legen.

Steckbrieflich gesucht und vogelfrei

Mehrfach gestellt, inhaftiert und verurteilt, gelang es ihm dennoch immer wieder zu entkommen, was ihn nur noch beliebter und berühmter werden ließ. Dass der längst passionierte Freischütz niemals auf Menschen anlegte, erhöhte Eidig bald zum Volkshelden. Doch der Leute Idol musste sich inzwischen mehr denn je in Acht nehmen. Grenzübergreifend und seit 1834 steckbrieflich gesucht, war er überdies für vogelfrei erklärt worden. Mehr noch, eine hohe Belohnung sollte die Fahndung zum Erfolg führen. Das zwang ihn, das

Der idyllische Dorfteich von Klecken.

bislang lohnende Jagdgebiet nördlich der Elbe aufzugeben und neue Pfründe aufzutun. Unerkannt lebte er zunächst im damals hamburgisch verwalteten Geesthacht, heute die größte Stadt des Kreises Herzogtum Lauenburg in Schleswig-Holstein.

Paradiesische Jagdgründe

Dass sich Hans Eidig für diesen neuen Standort entschieden hatte, lässt sich mit dem nahen und überaus wildreichen Sachsenwald begründen, der seinerzeit in Teilen zu den Hansestädten Lübeck und Hamburg sowie zu den Königreichen Dänemark und Hannover gehörte. Geradezu paradiesische Verhältnisse boten sich zur Jagd. Der Reichtum an Edelhirschen, Wildschweinen, Rehen, Hasen, Rebhühnern, Schnepfen und Krammetsvögeln – den Wacholderdrosseln – war legendär. In dieses Reich der waidmännischen Seligkeit begab sich nun der Meisterschütze und wilderte, was der Gewehrlauf hielt; auch hier zur Erleichterung der Bauern zur Bewahrung ihrer Äcker, vor allem vor den Wildschweinen. Für die Leute vom Land war der gelernte Jäger aus dem Lüneburgischen ein Glücksfall und somit Nothelfer zugleich. Im Jahresband von 1895 (Archiv des Vereins des Herzogthums Lauenburg/Kreismuseum Ratzeburg), erstellt einst von einem Konrektor namens Nehl zu Mölln, ist beispielsweise in den 1840er-Jahren die Beobachtung vom Zusammenstehen von „ungefähr 80 Edelhirschen“ vermerkt.

Sagenhafte Schießkünste

Dass er der jeweiligen Herrschaft und deren Häschern manches Schnippchen schlug, belegt der Jahresband mit eindrucksvollen, sich zu einem Sagenkreis bildenden Schilderungen. „Sein Auge war scharf, seine Hand stark und sicher.“ An anderer Stelle drei Beispiele seiner bewunderten Kapriolen: „Einem ihm verfolgenden berittenen Forstbeamten schoss er auf 80 Schritt einen Stiefelabsatz weg, ohne Roß und Reiter zu verletzen, einem anderen einen Knopf von der Uniform, einem dritten jagte er eine Kugel durch den Hut.“ Auf den

Der Geburtsort von Hans Eidig:
Gemeinde Rosengarten im Landkreis Harburg.

Jahrmärkten besang man längst den Wilderer, brachte sein Konterfei auf Kaffeetassen und Pfeifenköpfe. In einem Drehorgellied, Verfasser unbekannt, hieß es: „Der Wildschütz Eidig war ein Mann von seltnem Geist und Gaben; doch wandte er sie leider an der Obrigkeit zum Schaden.“

Der letzte Triumph

Das sich nunmehr verstärkende Kesseltreiben zur erhofften Festnahme führte zu nichts. Er war einfach nicht zu fassen. Erst als ein sogenannter „Zwischenträger“ zu Eidig Kontakt zwecks eines besonderen Angebotes aufnahm, um den gefährlichen Menschen los zu werden, stellte er sich. Mit Zustimmung der dänischen Behörden bot ihm der Amtsvogt zu Schwarzenbek

ein „Reisegeld und eine schöne Summe dazu für seine waidmännische Ausrüstung und einen ersprießlichen Anfang in Amerika“. Außerdem, so der schmackhaft machende Hinweis, sei in der Neuen Welt sehr viel mehr Wild vorhanden als im Sachsenwald und „dass dort jeder auf die Jagd gehen dürfe, ohne eine besondere Berechtigung einholen zu müssen“. Der Hans schlug ein, erlebte 1835 einen letzten Triumph im Hamburger Hafen am Tag der Abreise nach New York, denn viele, vor allen die Genossen unter den Wilderern aus dem Sachsenwald, wollten ihren Helden noch einmal gesehen und in allen Ehren verabschiedet wissen. Otto Speckter (1807–1871), ein prominenter Zeichner und Radierer der Hansestadt, porträtierte ihn noch kurz vor der Abreise. Nach erfolgter Überfahrt verlor sich die Spur des Außergewöhnlichen in den Häuserschluchten der damals bereits auf über 400 000 Einwohner angewachsenen Metropole an der Ostküste der Vereinigten Staaten. Über sein Ende gibt es keine Belege. Mutmaßungen reichen von der Ermordung in New York im Jahr 1837 bis zur Heimkehr nach Hamburg, wo er friedlich das Zeitliche gesegnet haben soll.
Der Regisseur und Produzent Jürgen A. Schulz würdigte ihn 2015 mit dem Dokumentarfilm „Hans Eidig, der Robin Hood der Heide?“ im Rahmen der Heimatserie „Personen, die Geschichte geschrieben haben“. Premiere war in Winsen an der Luhe. Aufzeichnungen des Heimatschriftstellers August Freudenthal (1851–1898) aus dem Jahr 1892 und von den amerikanischen Nachkommen dienten der Produktion als Grundlage.

Daneils Herrschaft im Huywald

Im Vorland des sächsisch-anhaltinischen Harzgebirges überfiel der Hauptmann einer Bande die Reisenden nach einer ausgeklügelten Methode

Das Ende des einfallsreichen Räubers vollzog sich in seiner als uneinnehmbar geltenden Höhle in der Nähe von Halberstadt

Huy heißt er, „Hüh“ gesprochen, der Höhenzug, genannt auch Huywald, im nördlichen Harzvorland von Sachsen-Anhalt. Er birgt eine nach dem legendären Räuber Daneil benannte Höhle, die ihm und seiner Bande vermutlich um 1550 als uneinnehmbares Versteck diente. Anderen Versionen zufolge war die Huywald-Sage schon viel früher im Umlauf. Noch in den Zeiten zuvor hatte mancher Einsiedler hier seinen Frieden mit Gott und der Welt geschlossen. Der Daneil allerdings wusste mit der damaligen Welt sehr einträglich umzugehen, und das geschah nach einer ausgeklügelten Methode. Er spannte an den Wegen so gut wie unsichtbare, mit Glöckchen versehene Drähte, zog sich mit seinen Spießgesellen in die Höhle zurück und wartete wie die Spinne im Netz, bis sie nach Berührungen der Reisenden zu klingeln begannen. Das war das Zeichen zum sofortigen Aufbruch für den reiche Beute versprechenden Überfall, da es sich in der Mehrzahl um wohlhabende Kaufleute handelte. Nach der Beraubung wurden sie kurzerhand getötet und im Wald verscharrt.

Rolf Heydecke als Daneil in der Höhle.

Die Entführung des Mädchens Susanne

Dem Daneil, auch Daneel, gelang es immer wieder, Verfolger in die Irre zu schicken, indem er eine besondere Spur legte. Die Hufeisen seines Pferdes waren verkehrt herum aufgeschlagen. Auch als eine Art Verwandlungskünstler wusste er wiederholt in unterschiedlicher Tracht und Gewandung zum Ziel zu kommen. Das widerfuhr auch einem Mädchen namens Susanne, so schildert es die Sage, das sich auf dem Weg von Halberstadt nach Pabstorf nahe dem Ort Huy befand, um die Mehlschulden der Familie zu begleichen. Plötzlich stand ein alter, freundlich wirkender Mann vor ihr, der die Ahnungslose in ein vermeintlich belangloses Gespräch verwickelte. Kaum von ihrem Auftrag erfahren, nahm er die Perücke und den langen falschen Bart ab und erwies sich als ein junger Mann von kräftiger Statur. Mit der Freundlichkeit war es nun vorbei. Gewaltsam der 200 Taler beraubt, schleifte er sie in die Höhle, fesselte sie und eröffnete der um ihr Leben Fürchtenden, dass er sie nun zum Weib nehmen werde. Sollte Susanne ihn und die Bande bei passender Gelegenheit verraten wollen, sei ihr der Tod gewiss. Verängstigt schwor sie alles, was er auch fürderhin von

Der Domschatz, einer der wertvollsten Europas.

ihr verlangte. Sie hatte ihm stets zu Willen zu sein, vom Kochen, Waschen und Säubern der Höhle ganz abgesehen. Mehrmals kam sie nieder, doch die Neugeborenen ließ Daneil töten, weil ansonsten deren Geschrei, so die Begründung, das Refugium der Räuber in Gefahr gebracht hätte.

Die Flucht zum steinernen Roland

Nach langen Jahren gestattete ihr Daneil kleine Ausflüge in die nähere Umgebung. Als eines Tages der Klang der Glöckchen wieder einmal zu vernehmen war, wusste sie, dass ein neuer Raubzug anstand. Sie nutzte die Situation, ergriff die Flucht in Richtung Halberstadt. Dort angekommen und um den geleisteten Schwur nicht zu brechen, fiel sie lediglich am Rathaus vor dem steinernen Ritter Roland, Sinnbild der Stadtrechte und der Freiheit, auf die Knie und „schilderte" ihm ihre Not und Pein, auch den Wegeverlauf von der Höhle zur Stadt. Doch ein gütiges Schicksal wollte es, dass sie dennoch erhört wurde. Ein an am Fenster stehender Ratsherr hatte heimlich die Klage der jungen Frau mit angehört, setzte sofort den Rat der Stadt in Kenntnis, der wiederum einen Priester bewog, die Verzweifelte von dem Eid zu entbinden.

Der todbringende Brei

Als Daneil von den Vorgängen und dem tags darauf erfolgenden Anrücken der Gendarmen erfuhr, verrammelte er die Eingänge des aus drei miteinander verbundenen Hohlräumen bestehenden Verstecks, glaubte sich in Sicherheit und verspottete die Belagerer. Was sich dann anbahnte, war bislang ohne Beispiel. Die Halberstädter und die Dörfler aus der Umgebung hatten Unmengen an Mehl und Wasser an eine kleine Öffnung oberhalb der Höhle getragen. Nachdem alles zu Brei gekocht war, gossen sie die Masse so lange ins Versteck des Räubers, bis er durch Ersticken zu Tode kam. Überlebende der Bande sind in Halberstadt bald darauf hingerichtet worden.

Die Spuren von der Stallung

Die häufig behandelte Sage vom Räuber Daneil erschien zuerst unter dem Titel „Die Daneels-Höle" in den „Volcks-Sagen" von Johann Karl Christoph Nachtigal (1753–1819) in Bremen, genannt in einer Aufstellung der Edition Huy, Martin Hentrich, Magdeburg. Weitere Quellen sind Reprints der Edition: „Marie, das Mädchen der Daneilshöhle", eine Geschichte aus dem 12. Jahrhundert von Christoph Hildebrandt (1763–1848), und die um 1865 erschienene Erzählung „Der Räuber Daneil und Das muthig Hannchen, eine Sage aus dem Harze" von Martin Claudius (1802–1885).
Der Weg zur begehbaren „Daneilshöhle" in der Felswand aus Buntsandstein führt von der Huyer Siedlung Röderhof vorbei an der Gaststätte Jagdhütte. Nach 1 000 Metern ist das Ziel erreicht. Carl Wilhelm Kolbe (1757–1835), der Berliner Schriftsteller, Maler und Grafiker, schildert in einem 1792 verfassten und bei Dölle in Halberstadt gedruckten Gedicht, wie er die Höhle sah. Ein Auszug: „Jetzt erblickt man darin noch die Spuren von Stallung für Rosse, Krippen in Felsen gehauen, und Feuerherde der Küche, darin verbrannte Seiten von schwarzem Ruße bedeckt sind. Jetzt noch sieht man hier Reihen von ausgehauenen Bänken, Höhlen, den Schränken gleich, und gewölbte Fenster

Vor dem Halberstädter Rathaus klagte das Mädchen Susanne unter dem steinernen Ritter ihr Leid.

und Türen. Hier, so meldet die Sage, lebt' einst ein berüchtigter Räuber." Im Dezember 2009 war das Gedicht im Heft 57 der Heimatzeitschrift „Zwischen Harz und Bruch" veröffentlicht worden.

Kathedrale der Gotik

Halberstadt, einst ein Missionsstützpunkt, 804 von Kaiser Karl dem Großen (747–814) zum Bischofssitz erhoben, kann auf eine der bedeutendsten deutschen Kathedralen der Gotik verweisen – mit dem Dom St. Stephanus und St. Sixtus. Außergewöhnlich ist die Lage am Rand der Altstadt, da umgeben von romanischen, barocken, neugotischen und aus dem 20. Jahrhundert stammenden Bauwerken. Die Türme des Doms erreichen eine Höhe von 91 Metern und tragen 13 Glocken. Der Domschatz, er findet seinen Ursprung in dem Beutegut aus dem Vierten Kreuzzug (1202–1204), gilt mit rund 600 Exponaten als einer der reichhaltigsten Europas. Ricarda Huch (1864–1947), die deutsche Schriftstellerin und Historikerin, würdigte das Gotteshaus 1927 in einem der drei Bände „Im alten Reich. Lebensbilder deutscher Städte" (Verlag Schünemann, 1960) mit diesen Worten: „Viele Kirchen mögen prächtiger, merkwürdiger, kunstreicher sein als der Halberstädter Dom; dieser scheint mir von allen der edelste zu sein."

Spektakel vor der Höhle: Darsteller des Räuberstücks.

Der Tausendteufel von Halberstadt
Simon Bingelhelm übertraf den legendären Daneil noch an Grausamkeit und Mordlust

Wenn er entführte Kinder nicht verkaufen konnte, waren sie unweigerlich dem Tod geweiht

Nach dem schmählichen Ende des im Mehlbrei erstickten Räubers, geschildert im Kapitel „Daneils Herrschaft im Huywald“, rückte die legendäre Höhle noch einmal in den Mittelpunkt eines Prozesses im Juni des Jahres 1600. Vor Gericht stand der „Tausendteufel von Halberstadt“ genannte, der um 1565 geborene Simon Bingelhelm, der Daneil an Brutalität offensichtlich noch übertraf. Zuständig für den Verbrecher war die Justiz zu Gröningen, die Residenzstadt des Bischofs und protestantischen Administrators Heinrich Julius von Braunschweig-Wolfenbüttel (1564–1613). Bevor der Delinquent vor den Richter trat, war er mehrfach verhört und gefoltert worden, was schließlich zu den Geständnissen führte – und auch zur „Daneilhöhle“. Aktenkundig wurden 71 Straftaten und das Mitwirken an 26 Morden, was ihm den Schreckensnamen „Tausendteufel“ einbrachte.

An der alten Mühle des Klosters soll 1599 das Feuer gelegt worden sein. Die Aufnahme stammt von 1900.

Die Freude an der Feuersbrunst

Lang war die Liste der Einbrüche und Diebstähle, begangen vor allem in Halberstadt. Zu den weiteren Tatorten zählten neben anderen Wernigerode, Aschersleben, Ballenstedt, das märkische Prenzlau, die Umgebung von Salzwedel, Haldensleben, Derenburg, Herzberg und Quedlinburg. Das am nördlichen Harzrand gelegene Kloster Drübeck bei Ilsenburg soll er 1599 in Brand gesetzt und sich an der Feuersbrunst vom gegenüberliegenden Berg geweidet haben. Siehe hierzu auch „Flammeninferno in der Walpurgisnacht“ (Seite 106). Er raubte Kirchen aus und ließ in einem Fall den gut gefüllten Opferstock aus der Halberstädter Martinikirche mitgehen. In Bernburg an der Saale erstach er einen Bauern, zuvor in Helmstedt einen Mann, um an dessen Barschaft zu kommen; bei Letzterem waren es gerade mal zwei Groschen. Nahe Osterwieck im heutigen Landkreis Harz vergewaltigte er eine 18-Jährige und tötete sie anschließend.

Der Verkauf von Kindern

Die Vernehmungsbeamten muss das kalte Grausen überkommen haben, als ihnen Bingelhelm den Überfall auf eine schwangere Frau gestand. Zusammen mit seinem Raubgesindel hatte er sie getötet, dann den Bauch aufgeschlitzt und das Ungeborene herausgeholt. Vermutlich einem makabren Aberglauben folgend, „nutzten“ sie es zur Fertigung von Kerzen, die beim nächsten Einbruch dienlich gewesen sein sollen. Weitere Verbrechen, vom Raub bis zur Tötung, beging die Bande an Kleinkindern, die sie entführten, um sie an

Der Blick vom Kräutergarten und der Bleichwiese auf die romanische Kirche St. Vitus in der Klosteranlage Drübeck.

Juden zu verkaufen. In dem Geständnisprotokoll wurde beispielsweise vermerkt, dass „an der Landstraße einem Manne ein Kind von drei oder vier Jahren vorm Tore genommen", das sie dann in „Danneils Höhle im Huy" (Huywald) verbrachten. Es sollte einem Juden zu Berßel bei Osterwieck am Harz verkauft werden, der es aber nicht haben wollte, „weil es ein Medlein gewesen". Damit wertlos geworden, ließ es der „Tausendteufel" töten.

Die Vierteilung als Höchststrafe

Wie in der Gröninger Chronik mit den Gerichtsprotokollen vermerkt, entsprach das über den „Tausendteufel von Halberstadt" gefällte Todesurteil der damals üblichen Höchststrafe, der Vierteilung. Zum Verlauf des Vollzugs der Hinrichtung am 2. Juni 1600 notierte der Protokollant akribisch: „Und ist darauf mit Zangen achtmahl angriffen, bis zur Gerichtsstadt geschleift, darnach geviertheilet worden und hat ein fein bestendig Ende genommen." Ausführlich mit dem Leben und Sterben eines der berüchtigsten Verbrecher Sachsen-Anhalts hat sich der aus dem Erzgebirge stammende und heute in Wernigerode tätige Archivar und Historiker Jörg Brückner beschäftigt. Zum Beispiel 2001 mit Veröffentlichungen in der Neuen Wernigeröder Zeitung: „Tausend Teufel, der lange Jörg und andere böse Buben".

Flammeninferno in der Walpurgisnacht

Die Geschehnisse um das Kloster Drübeck in der Walpurgisnacht von 1599 aus der Sicht von 1877

Die Brandstiftung von 1599, zugeschrieben dem Simon Bingelhelm, ließ keinen Stein auf dem anderen; die allumfassende Verwüstung bot ein Bild des Schreckens. Angezündet worden waren die Wirtschaftsgebäude des 960 erstmals urkundlich genannten Klosters der Benediktinerinnen, ebenso die Ställe der Rinder und Ziegen. In Flammen ging das Haus des Schweinemeisters auf, zuletzt auch das Amtshaus genannte Zehnthaus und die Klostermühle. Das anderthalbjährige Kind des Müllers verbrannte; er selbst erlag den schweren Brandwunden, die er sich bei der versuchten Rettung des Buben zugezogen hatte. Verheerend dezimiert der Tierbestand: 18 Kühe, 25 Kälber, 50 Ziegen und zwei Schock Schweine, 120 an der Zahl.

Anno 1877 erregte das Kompendium „Kloster Drübeck. Ein tausendjähriger geschichtlicher Rückblick und Beschreibungen der Klosterkirche“ Aufsehen im Hinblick auf die in die Historie eingegangene Feuersbrunst zur Walpurgisnacht vom 30. April 1599. Eduard Jacobus, Archivar und Bibliothekar des regierenden Grafen Otto zu Stolberg-Wernigerode, hatte im Auftrag Seiner Erlaucht den Fall neu aufgerollt. So soll es um einen Racheakt gegangen sein. Ein gewisser Hans Bohne aus Drübeck, dessen Bruder wegen einer Reihe von Untaten gehängt worden war, hatte sich mit dem gesuchten Dieb Henning Brummer zusammengetan. Ihnen zur Seite stand zudem der Koch Heinrich Eseltreiber. Bevor das Trio eine Stunde vor Mitternacht zur Tat schritt, verstopfte Letzterer den Bach zur Klostermühle mit Torf, sodass das Wasser in den Garten abfloss und nicht zum Löschen genutzt werden konnte.

Die Erkenntnisse des Eduard Jacobus fußten auf der Mitwisserschaft von Bohnes Eltern. Deren Sohn jedoch war mit dem Brummer entkommen. Verfolgt bis nach Lüneburg, verlor sich die Spur in Lübeck. Zum Verbleib von Heinrich Eseltreiber gibt es keine gesicherten Angaben.

Heute firmiert die Anlage an Sachsen-Anhalts nördlichem Harzrand als Evangelisches Zentrum Kloster Drübeck mit dem Pastoralkolleg, dem Pädagogisch-Theologischen Institut, dem Haus der Stille, dem Medienzentrum wie auch als Tagungs- und Begegnungsstätte. Angeschlossen ist das gastliche Kloster mit dem historischen Ambiente dem Verband Christlicher Hoteliers (VCH). Weithin gerühmt werden die nach Plänen aus dem Jahr 1737 entstandenen „Gartenträume“, wobei der den Rosen gewidmete als eine Besonderheit gilt. Die 1730 im Hof gepflanzte Sommerlinde mit einem Stammumfang von 5,56 Metern zählt zu den Naturdenkmälern im Landkreis Harz. Wer sich auf eine Pilgertour begeben möchte, dem ist der Klosterwanderweg von Drübeck über Goslar bis Thale zu empfehlen. Ebenso Ausflüge in die mittelalterlichen Fachwerkstädte Wernigerode und Quedlinburg.

Anmerkung:

Die Walpurgisnacht, auch Hexenbrennen, heute „Tanz in den Mai“, leitet sich von der heiligen Walburga (mutmaßlich 710–779) ab, der Missionarin und Nichte des heiligen Bonifatius (um 673–755). Traditionell gilt die Nacht als großes Fest der Hexen, entlehnt aus den Beschreibungen vom Hexensabbat in der Literatur des 15. Jahrhunderts. Johann Wolfgang von Goethe (1749–1832) trug im „Faust“-Werk maßgeblich zur Bekanntheit bei. Im Mittelpunkt steht der Blocksberg, gemeint ist der Brocken, mit 1141 Metern die höchste Erhebung des Harzgebirges.

Lippolds Festung zwischen den Felsen

Was die Glöckchen am Wege dem Räuber Daneil im Huywald an reicher Beute bescherten, das war schon hundert Jahre zuvor bei einem nicht minder Berüchtigten gang und gäbe

Der blaue Prellstein vor dem Rathaus in Alfeld wurde zum Anfang vom Ende eines grausamen Mord- und Raubgesellen

Schon seit 1466 als „ dat Lippoldshohl" bekannt.

Die längs der Wege an Drähten hängenden Glöckchen, die dem Räuber Daneil im Huywald vom baldigen Nahen Reisender kündeten, das war vermutlich schon hundert Jahre früher das Vorspiel zu Überfällen eines anderen, ebenfalls in einer Höhle hausenden Wegelagerers. Dass der Genannte von der Wirksamkeit der Methode vom Hörensagen erfuhr, ist nicht auszuschließen, ganz von den verblüffenden Ähnlichkeiten vom Leben und Sterben des einen wie des anderen, des Räubers Lippold, einmal abgesehen. Die im Grenzgebiet zwischen Weser- und Leinebergland im südlichen Niedersachsen nahe Brunkensen bei Alfeld gelegene und nach ihm benannte Höhle gleicht einer kleinen Festung, die schon anno 1466 vom Hildesheimer Bischof Ernst I. von Schauenburg als „dat Lippoldshohl" urkundlich die erste Erwähnung fand. Sie war das Hauptquartier des Räubers und Mörders, der es vornehmlich auf Kaufleute aus dem Harzvorland absah, sie niederschoss und sich mit der Beute aus dem Staub machte. Weitere Hinweise finden sich auf die Höhle bei Brunkensen erst wieder 1654 in der „Topographia Germaniae" von Martin Zeiller und Matthäus Merian unter „Alfeld" (Frankfurt am Main, 1642–1688); Faksimile-Gesamtausgabe Bärenreiter-Verlag ab 1960. Georg Schambach und Wilhelm Müller berücksichtigten die Legende in der Sammlung „Niedersächsische Sagen und Märchen. Aus dem Munde des Volkes gesammelt", erschienen 1855 in Göttingen. Im Band 3 der „Deutschen Sagen von den Brüdern Grimm", Verlag der Jungblätter, München 1900, ist der Räuber ebenfalls erwähnt.

Der Überfall aufs Brautpaar

Zwei Legenden sind es, die einander gleichen, auch im Hinblick auf den Räuber Daneil, wenngleich die Handelnden wie auch die Entführten von unterschiedlicher Erscheinung sind. Der Heimatforscher Wilhelm Barner (1893–1973) bevorzugte die Überlieferung vom Brautpaar, „das am Hochzeitstage auf dem nahe gelegenen Weinberge lustwandelte", veröffentlicht in der Schriftenreihe des Heimatmuseums

Alfeld („Hoike. Sagen und Erzählungen aus dem Land zwischen Hildesheimer Wald und Ith“) und im Gäth Verlag, Hamburg 1960. Nachdem er den Bräutigam, den Sohn eines Schmieds, brutal zusammengeschlagen und gefesselt hatte, entschwand er mit der Braut, der Tochter des Alfelder Bürgermeisters, missbrauchte sie in der Höhle und zwang sie, einer Dienstmagd gleich, zu den niedrigsten Arbeiten. Ihm, dem Trunkenbold, hatte sie stets zu Willen zu sein, was zu mehreren Niederkünften führte. Die gerade Geborenen erdrosselte er gnadenlos und hängte sie in der Nähe der Höhle an einem Baum auf.

Die Schlinge um den Hals

Eines Tages so schwer erkrankt, dass der Lippold glaubte, sterben zu müssen, schickte er die Jahr um Jahr Erniedrigte nach Alfeld zur Apotheke. Zuvor musste sie schwören, ihn nicht zu verraten. Nach dem Kauf der Arzneien hockte sie sich neben einen Prellstein an der Rathaustür und ließ den Tränen freien Lauf. Sie netzten den Stein und färbten ihn wundersam blau, was ihn zum späteren Wahrzeichen der Stadt werden ließ. Der zufällig aus dem Rathaus kommende Vater riet der Tochter, nachdem er vom Schwur erfahren hatte, doch dem Stein alles zu beichten. So erfuhr er von der Höhle. Tags darauf fand er sich mit Bürgern der Stadt oberhalb der Höhle ein, ließ einen Galgenstrick durch einen Spalt auf den im Schoße seiner Tochter Schlafenden nieder, sie legte ihm die Schlinge um den Hals, mit einem Ruck zogen die Männer sie zu und hievten den wild um sich Schlagenden in die Höhe. Oben angekommen, hatte er bereits sein Leben ausgehaucht.

Nach Ulrich Baum in „Ithland Sagenland“ (Geiger Verlag, Horb am Neckar, 1987) war die kurz vor der Hochzeit stehende Entführte die Tochter eines Schmieds aus Alfeld. Was sie in der Höhle mit dem Lippold durchlebte, entspricht der zuvor geschilderten Version; ebenso dem Tränenwunder vom blauen Stein und der Erdrosselung des Grausamen. Als sich die Schlinge um den Hals des Erwachenden zuzog, soll er ihr eben noch

Das Eingangsportal des Alfelder Rathauses mit dem einst von Tränen benetzten und blau gewordenen Prellstein.

Eine gastliche Adresse im einstigen Wildererrevier.

mit letzter Kraft eine Brust abgerissen haben. Bald darauf baumelte er am Ast einer Buche über der Höhle.

Die Sperrburg und der Lügenstein

Die Sage vom Lippold, mal Räuber, mal Raubritter, prägt nach wie vor die Geschichte(n) und Geschicke von Brunkensen nicht nur durch die Darstellung mit der geraubten Braut im Wappen. Alljährlich am Himmelfahrtstag findet er sich hoch zu Pferd im einstigen Dorf, heute ein Stadtteil von Alfeld an der Leine, ein, um anschließend den Veranstaltungsreigen an der zwei Kilometer entfernten Höhle zu eröffnen. Es handelt sich um natürliche Felsspalten, die den heidnischen Germanen heilig waren. Das gilt auch für den zwischen zwei Spalten eingeklemmten „Lügenstein", der als Gerichtsstätte für Gottesurteile angerufen wurde. Rutschte er nach dem Durchschreiten der engen Spalte tiefer, war der Angeklagte überführt. Künstlich erweitert diente die Höhle im Mittelalter als sogenannte Sperrburg. Die endgültige Gestaltung wird dem Lippold zugeschrieben beziehungsweise den Steinmetzen, die er zwangsweise verpflichtet hatte und nach getaner Arbeit einen nach dem anderen aus Gründen seiner Sicherheit hinterrücks umbrachte. Den Einstieg zur aus mehreren Räumen bestehenden Höhle ermöglichte einst die „Schornstein" genannte Felsspalte. Über eine Stahltreppe und einen höher gelegenen Gang gelangt man zum „Gefängnis" genannten Hohlraum.

Exkursionen zum Welterbe

Gleichsam in der Nachbarschaft erinnert namentlich eine gastliche Adresse an den Berühmt-Berüchtigten, der Alfeld-Brunkensener „Räuber Lippoldskrug" im Leinebergland zwischen Göttingen und Hannover. Nach Exkursionen ins einstige Wildererrevier empfehlen sich Touren ins Weserbergland und in den Harz. Nahe gelegen sind die UNESCO-Welterbestätten Fagus-Werk in Alfeld, die Schatzkammer Hildesheim mit St. Michaelis, der Mariendom und der sagenumwobene tausendjährige Rosenstock sowie Goslars Altstadt und das historische Bergwerk Rammelsberg.

Glaskunst: Alfelds Wappen in einem der Rathausfenster.

Dolf Mohr und der Sack Kartoffeln

Der einst gesetzestreue Fuhrmann aus der westfälischen Region um Dortmund galt als uneigennütziger Helfer in der Not

Der Schuss eines Gendarmen in den Rücken des Räubers brachte die arme Bevölkerung für immer um ihren „Helden“

Er war ein braver Fuhrmann, zunächst gesetzestreu und zufrieden mit der Kärrnerei von Waren quer durch die westfälische Region zwischen Schwerte, Herdecke, Witten, dem Ardeygebirge und seinem Heimatort Höchsten, dem heutigen Stadtteil von Dortmund. Das änderte sich allmählich in der von Missernten und Hungersnöten schwer gezeichneten ersten Hälfte der 1840er-Jahre. Die Kartoffelpreise verdoppelten sich wegen des Krautfäulebefalls. Der Monatslohn eines Arbeitenden an der Eisenbahn zum Kauf der überlebenswichtigen Knollen reichte bestenfalls für eine Woche. In dieser Zeit war der um 1815 geborene Dolf, Adolf Mohr, wegen des vermeintlichen Diebstahls von einem Sack Kartoffeln vor Gericht gestellt worden. Die Anhörung endete mit einem Freispruch; ein Bekannter hatte ihn entlasten können. Ob dieser ihm das Alibi nur verschaffte, um Dolf zu schützen, oder ob die Anklage nicht den Tatsachen entsprach, blieb unerheblich. Der als grundehrlich Geltende war hinter vorgehaltener Hand als uneigennütziger Helfer in der Not geschildert worden, vor allem von seiner bettelarmen Nachbarschaft.

Taler im Kreislauf

Nach einer Reihe von Einbrüchen und Überfällen, auch auf Steuereintreiber, wurde der Mohr, längst benannt als „äußerst gefährliches Subjekt“, steckbrieflich gesucht.

Stattlich war auch die Summe zur Ergreifung. In der Chronik des „Schützenvereins Benninghofen-Brücherhof-Loh von 1658" ist manche Tat aus der Überlieferung des Volksmunds der Nachwelt erhalten geblieben. So habe er scheinbar Unmögliches möglich werden lassen. Als beispielsweise eine arme Witwe die Restsumme für eine bereits angezahlte Kuh noch nicht begleichen konnte, erwies sich der Viehhändler als unnachgiebig und gab die Kuh nicht frei. Das führte die Verzweifelte zum Mohr, der ihr die fehlenden Taler spontan „auslieh". Selbst kam er bald darauf wieder zu seinem Geld; er hatte es dem Händler kurzerhand wieder abgenommen. In einem anderen Fall nutzte er die kleinen Bedürfnisse großer Herrschaften auf deren Reisen. Als sie sich in die Büsche begaben, so erzählt die Chronik, sprang er auf den Kutschbock und jagte mit der Beute davon.

Scharmützel mit Verletzten

Inzwischen hatte sich um ihn eine Bande gebildet, die mit Raubzügen größeren Stils auffällig wurde, dass sich die Dortmunder Behörden gezwungen sahen, preußisches Militär anzufordern, dem allerdings nicht entsprochen wurde. Das führte zur deutlichen Verstärkung der Stadtgendarmen, was nach mehreren Scharmützeln mit Verletzten auf beiden Seiten zur Verhaftung der auf frischer Tat Ertappten führte. Die Genugtuung der Obrigkeit währte nicht lange, Dolf und seinen Spießgesellen glückte der Ausbruch aus den Verliesen. Das war im Juli 1850. Nach weiteren (Un-)Taten war bei Mohr die Erkenntnis gereift, sich des gefährlicher gewordenen Daseins wegen in die neue, die gerühmte Freiheit Nordamerikas abzusetzen. Doch es kam anders.

Der gemiedene Gendarm

Am 4. März 1851 erschoss ihn hinterrücks ein Gendarm namens Mönkebüscher, um ein neuerliches Entkommen in die Wälder um den Sommerberg zu verhindern. Verzeihen konnte es ihm die Bevölkerung in Höchsten damals nicht, hatte er sie doch um ihren „Helden" gebracht. Sie mieden ihn fortan, sodass er ob der für ihn unerträglich gewordenen Situation die Versetzung erbat, um die Region um Dortmund verlassen zu können. Ein Denkmal setzten 1984 Helmut Lierhaus und Katja Müller dem Fuhrmann und späteren Gesetzlosen in „Räuberhauptmann Dolf Mohr vom Höchsten-Sommerberg. Ein Räuberleben in der 48er Revolution".

Wegen eines Sackes Kartoffeln vor Gericht:
Ferdinand Ziese als Dolf Mohr.

Wie der Legendäre einst lebte, das verkörpert seit Jahr und Tag der Dortmunder Ferdinand Ziese als der „Robin Hood von Westfalen" im Rahmen von Führungen durch den Holzen-Höchstener Wald. Damit nicht genug. Mit Hellebarde, Horn und Laterne zieht er als Nachtwächter durch die mittelalterliche Innenstadt von Schwerte oder verzaubert als Merlin aus der König-Artus-Sage. Dass er, der passionierte Hobby-Historiker, als „Kräuter-Ferdi" mit schwarzem Spitzhut durch den Wald und die Wiesen an der Ruhr pilgert, das hat seinen Bekanntheitsgrad noch zusätzlich erhöht.

Hasen-Ahlers, der hünenhafte Hinnerk

Aus unglücklicher Liebe wandelte sich der Sohn eines Bauern im Oldenburger Land zum bald berühmten Wilddieb

Als Freischütz im Ruhestand begeisterte er Ausflügler aus nah und fern am Stüher Wald

Reißenden Absatz fanden Hinnerks Postkarten in verschiedenen Posen.

Bis etwa zur Mitte des 19. Jahrhunderts kannte Klattenhof kaum jemand. Ein Blick auf die Landkarte: Die aus verstreut liegenden Höfen bestehende Bauernschaft, heute Ortsteil der Gemeinde Dötlingen im Naturpark Wildeshauser Geest, gehört zu Niedersachsens Oldenburger Land. Ebenda tat am 14. Oktober 1831 Hinnerk, friesisch für Heinrich, als Spross des Bauern Ahlers, seinen ersten Schrei. Nicht zu erahnen war in der beschaulichen Abgeschiedenheit des Gehöfts, dass da ein Hüne auf fast zwei Meter heranwachsen sollte. Und mehr noch, dass der als Kind genannte „Hosen Hinnerk", dieser Hosenmatz, weithin zum Berühmtesten unter den Wilderern aufsteigen sollte.

Auszug auf Knall und Fall

Nach erlebnisarmen, aber mit schwerer Arbeit auf dem elterlichen Anwesen verbundenen Jugendjahren, verließ er Knall auf Fall das Haus, als ihm eröffnet wurde, dass der Schwester und nicht ihm der Hof übergeben werde, da sie „die Aussicht auf eine reiche Hochzeit" hatte, während er sich in ein „mittelloses Mädchen" verschaut hatte. So schildert es die „Dorfgemeinschaft Klattenhof e.V." in einer historischen Betrachtung. Der maßlos Enttäuschte und schwer unter der unglücklichen Liebe Leidende zog sich umgehend zurück in den nahen Stüher Wald. Tagsüber half er manchem Bauern bei der Arbeit, die Nächte verbrachte er in sogenannten Koven, in leeren Schafställen. Die Freizeit nutzte der genügsame Naturbursche zur Jagd, von der er sich anfangs ernährte.

Langohren, Wildbret und Brennholz

Das ging so lange gut, bis er, der vornehmlich auf bis zu sechs Kilo schwere Feldhasen abonniert war, begann, einen schwunghaften Handel zu treiben, der ihn unter anderem auf die Märkte von Delmenhorst und Bremen führte und ihm bald den Namen „Hasen-Ahlers" einbrachte. Das auf einem Wagen Geladene, neben den Langohren auch Wildbret und Brennholz, war durchaus wohlfeil zu haben. Die Leute wussten das erschwingliche Angebot zu schätzen, umso weniger die Obrigkeit, die längst auf ihn aufmerksam geworden war. Es kam, wie es kommen musste: Verhaftung, Verurteilung, Freilassung und das in fast 50 Fällen. Zum „Einsitzen" im Gefängnis hatte er eine besondere Philosophie. So soll er einem Vollzugsbeamten, der ihn in der Zelle zum Aufstehen aufgefordert hatte, beschieden haben: „Ick bünn hier ton Sitten, un nich ton Upstan verdonnert!" So vermerkt von der Dorfgemeinschaft Klattenhof e.V.

Trinkgelder für den Ruheständler

Nach dem sich selbst verordneten Ruhestand verstand er seine Berühmtheit als „Hasen-Ahlers" und die ihn umrankenden Legenden zu Lebzeiten in klingende Münze zu wandeln. Viele wollten ihn wenigstens einmal gesehen und gehört haben. Zupass kam ihnen und ihm hierbei die 1898 eröffnete Bahnstrecke von Bremen-Delmenhorst-Osnabrück mit dem Haltepunkt zu Immer am Stühe, damals einer der schönsten Buchenwälder Norddeutschlands. Die einfache Fahrt in der 4. Klasse kostete seinerzeit von Bremen 90 und von Delmenhorst 30 Pfennig (Quelle: Geschichten aus der Geschichte der Gemeinde Ganderkesee, Hans Grundmann. Verlag Rieck, Delmenhorst, 1987). In Immer also befand sich der Wilddieb außer Diensten in durchaus einträglichen Verhältnissen. Das Auskommen sicherten ihm die in Scharen anrückenden Ausflügler mit stets guten Trinkgeldern, wenn er nach Herzenslust fabulierte und schwadronierte. Nicht zu vergessen die ungezählten Postkarten mit seinem Konterfei, das der Delmenhorster Fotograf und Dekorationsmaler Diedrich Kassens (1857–1927), genannt „Graf Photo", variantenreich ablichtete.

Das Lied, die Melodie, das Denkmal

Vielfach verlangter Höhepunkt für die Ausflügler war der Vortrag seines Liedes, des in die Historie des Oldenburger Landes eingegangene „Hasen-Ahlers-Lied". In einer der Strophen heißt es: „Im Koven, dem Palaste, leb ich jahraus, jahrein; ich tausch' nicht mit dem Papste, kein Kaiser möchte ich sein." Und: „Wer später einmal denket in gutem Geist an mich, der wird bald reich beschenket mit manchem Has zu Tisch." Im Klattenhof nahen Feldhake steht das mit einem Bronzehasen bekrönte Denkmal und verziert in schöner Schrift mit dem ersten Vers des Liedes: „Kennt ihr den Hasen-Ahlers, die Goliathsgestalt? Er ist zwar nicht von Adel, doch hat er viel Gewalt." Zur Melodie wurde eine bereits vorhandene Komposition des Pfarrers Johann Ludwig Friedrich Glück (1793–1840), sie diente einst

Hasen-Ahlers vor seinem „Palast" genannten Schafskoven.

dem Gedicht „In einem kühlen Grunde" des Lyrikers Joseph von Eichendorff (1788–1857). Am Pfingstsonntag eines jeden Jahres findet in Feldhake ein Frühkonzert im Gedenken an den am 26. Juni 1913 zu Immer verstorbenen Hinnerk Ahlers statt.

Der räuberische Graf

Zur Klattenhofer Historie gehört auch die um 1350 von den Grafen der Delmenhorster Linie des Hauses Oldenburg errichtete Welsburg in den Niederungen des Flüsschens Welse. Sie diente dem Schutz der Grafschaft und der Überwachung der Flämischen Straße, eines bedeutenden Fernverkehrsweges. Um 1450 war es Graf Gerd der Streitbare (um 1430–1500), der sich als gefürchteter Raubritter erwies. Kaum einer der reisenden Kaufleute entkam ihm. Erst nach der gnadenlosen Ausplünderung ließ er sie wieder von dannen ziehen. Zur Weihnacht 1480 war es mit der Räuberei vorbei. Auf Betreiben des Bischofs von Münster eroberten Wildeshausener Bürger die Burg und zerstörten sie bis auf die Grundmauern. In den 1980er-Jahren erbrachten Grabungen wertvolle Fundstücke, darunter ein gut erhaltenes Pilgerzeichen aus dem 14. Jahrhundert mit der Abbildung von Jesus und den heiligen drei Königen unter einer Kirche.

Mathias Weber, der berüchtigte Fetzer

Als einer der jüngsten deutschen Räuber hielt er das Rheinland zwischen Mainz und Kleve in Atem

Dem nichts und niemand fürchtenden Draufgänger wurde der Überfall auf eine Poststation im Westerwald zum Verhängnis

Die Mutter starb am Kindbettfieber. Der Vater kam 1785 während eines Besäufnisses ums Leben, als der Sohn gerade sieben geworden war. Mathias Weber, geboren 1778 in Dirkes, einer kleinen Ortschaft nahe Grefrath und Büttgen im Großraum von Neuss und Düsseldorf, wurde alsbald einem sogenannten Zieh-onkel zur Betreuung zugeführt. Mit dem nicht immer gesetzestreuen Scherenschleifer zog er um die Häuser und schaute ihm manches ab, was später einmal von Nutzen sein sollte. Mit elf brachte ihn ein Bauer als Hirtenjunge unter, danach befand er sich in der Obhut der Gräfin von Efferen-Neersdonk auf deren Tönisvorster Schloss, wo er als Holzknecht und anschließend als Forstgehilfe in Lohn und Brot stand, was er seiner Treffsicherheit als Schütze zu verdanken hatte. Unregelmäßigkeiten führten zur Entlassung, danach zu einer neuen Anstellung als Knecht auf einem Bauernhof, um dann in die Fänge der Franzosen zu geraten, die ihn in das 25. Regiment Chasseurs à Cheval, den Jägern zu Pferd, zwangsverpflichteten. Mit 16 desertierte er und machte auf der Flucht die Bekanntschaft von Franzis Gerard, der ihn in die Krefelder Bande aufnahm und an deren Raubzügen er fortan teilnahm. Seines brutalen Vorgehens wegen kam er schon zu dieser Zeit zum Beinamen „Fetzer", auch „Zerfetzer". Vermutlich ist er zurückzuführen auf den gängigen Gaunerbegriff vom „Fetzen", vom blitzschnellen Herunterschneiden des Beutegutes mit scharfen Messern, wie beispielsweise das Gepäck von Kutschen.

Jähes Ende einer Ehe

Offensichtlich begnadigt, fand er sich noch einmal in der Armee Napoleons in Holland ein, diesmal freiwillig, und nutzte das vertraute Umfeld als sichere Ausgangsbasis für raffiniert eingefädelte Überfälle, wie beispielsweise den Amsterdamer Postwagen. Dass er nicht aufflog, verdankte er einem Unteroffizier und einigen seiner Soldaten, die er an der Beute teilhaben ließ. Festgesetzt von den Franzosen wurde der als schlau und begabt Geltende nach der Entlassung anno 1795 allerdings wegen des Verdachts der Spionage. Doch der „Fetzer" entkam ihnen gleichsam über Nacht, floh nach Aldekerk bei Kleve am unteren Niederrhein. Dort erhörte ihn die Tochter eines für die Verwertung von Tierkadavern tätigen Abdeckers. Bald schwanger geworden, heiratete er sie. Die Ehe fand im Jahr darauf ein jähes Ende. Mathias Weber hatte sein junges Weib im Verlauf eines Streits erschlagen. Das Verbrechen soll vor den Augen ihrer beider Kinder geschehen sein.

Kühner Sprung vom Gefängnisturm

Indessen schloss er sich der in der Gegend von Köln, Düsseldorf und Neuss agierenden Krefelder Bande an, was ihm nach einen Überfall auf Reisende mit der Beute von 700 Gulden in der Domstadt zum vorübergehenden Verhängnis wurde. Gefasst und arretiert, gelang ihm wieder einmal die Flucht. Die nächste „Großtat" war 1796 die Ausraubung des Neusser Rathauses. Gigantisch war für damalige Verhältnisse die Beute. Sie bestand aus der Stadtkasse, dem Stadtsilber, wertvollem Kircheninventar, einer Figur des heiligen

Quirinus und aus einer silbernen Weltkugel. All das ist nie wieder aufgetaucht. Längst steckbrieflich gesucht, erkannten Gendarmen ihn und drei seiner Komplizen beim Kartenspiel in einem Gasthaus. Das Quartett verbrachten sie in den ausbruchssicher eingestuften Windmühlenturm an der Neusser Stadtmauer. Der „Fetzer" entkam dennoch. Er hatte den Sprung aus sieben Metern Höhe gewagt und war unverletzt geblieben. Fehlschläge, Verhaftungen und Gefängnisaufenthalte bewogen Mathias Weber den zu gefährlich gewordenen Fahndungsraum zwischen Ruhr und Rhein zu verlassen und sich mit der Bande in Richtung Mainz und Frankfurt abzusetzen. In der Main-Metropole war ihm ein Bordell hin und wieder ein sicherer Schlupfwinkel. Zu einem der Hauptquartiere erhob er Neuwied am rechten Rheinufer.

Kleider, Gewehre und 1 000 Livres

In der folgenden Zeit schlug die Bande ostwärts am Rand des Sauerlandes südlich der Ruhr zu. In einer Julinacht des Jahres 1801 erschien der „Fetzer" hoch zu Ross mit seinen ebenfalls berittenen Spießgesellen vor dem einsam gelegenen Hof Halstenberg bei Ergste nahe Schwerte. Nach der Zertrümmerung der Eingangstür drang das Raubgesindel ins Haus und begann zu plündern. Neun der Bewohner fesselten und knebelten sie, drei jedoch konnten mit einem Sprung aus dem Fenster entkommen, eilten nach Ergste und läuteten die Glocken, was zum Abbruch des Überfalls führte. Beachtlich war dennoch die Beute aus Kleidern, Gewehren und der Barschaft von 1 000 Silber-Livres, eine damals sagenhafte Summe. Sie erklärte sich mit dem gewinnträchtigen Nebenerwerb, der Köhlerei und der damit begehrten Holzkohle, die das entsprechende Bargeld ins Haus brachte, wovon die Bande gewusst haben musste.

Eine gigantische Beute

Eine der erfolgreichsten Methoden war der fast immer nächtliche Einsatz des Rammbocks oder „Rennbaumes" zum Aufbrechen schwerer Türen und Hauswände. So

Anno 1796 stieg der Fetzer auf spektakuläre Weise ins streng gesicherte Neusser Rathaus. Die Beute war gigantisch.

geschehen auch an einem Bauernhaus im Bergischen Land, doch mit dem Unterschied, dass sich die Bewohner zur Wehr setzten, einige der Bandenmitglieder überwältigten und sie nach Strich und Faden verprügelten, bevor sie vom Hof fliehen konnte. Im Herbst 1799 wiederum gelang der berühmteste Überfall. Es war der auf den Köln-Elberfelder Postwagen, geplant von Mathias Weber und durchgeführt von 20 Spießgesellen, die er aus verschiedenen Banden rekrutiert hatte. Die Beute war nach damaligen Verhältnissen geradezu gigantisch: 13 000 Reichstaler. 1801 war die

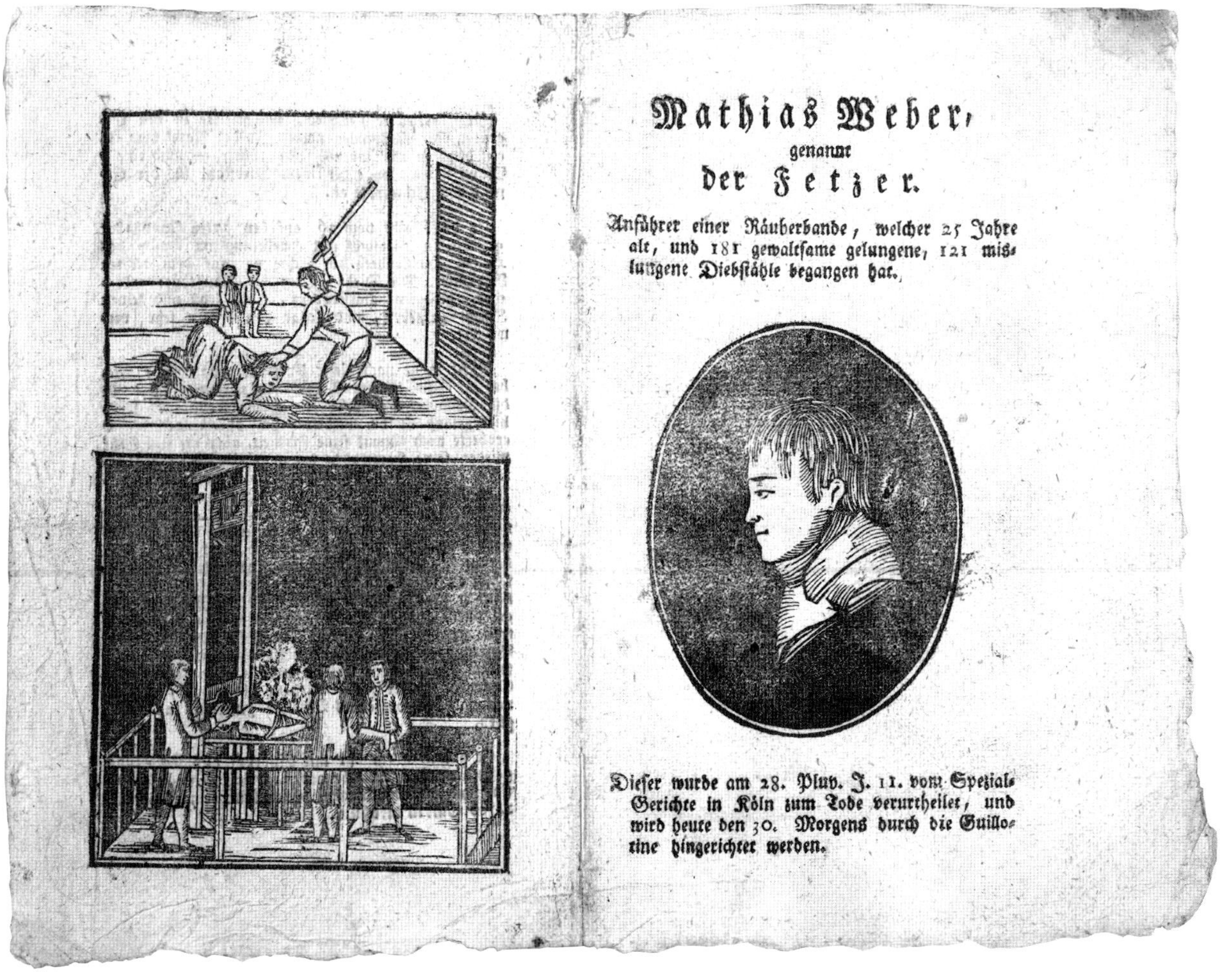
Mathias Weber,
genannt
der Fetzer.
Anführer einer Räuberbande, welcher 25 Jahre alt, und 181 gewaltsame gelungene, 121 mislungene Diebstähle begangen hat.

Dieser wurde am 28. Pluv. J. 11. vom Spezial-Gerichte in Köln zum Tode verurtheilet, und wird heute den 30. Morgens durch die Guillotine hingerichtet werden.

Noch vor der Hinrichtung war eine eilends gedruckte Broschüre im Umlauf.

Poststation zu Wirges im Westerwald das Ziel. Nunmehr reichte es der Obrigkeit in den rechtsrheinischen Territorien, womit sich für den „Fetzer" der Anfang vom Ende anbahnte. Die Behörden einigten sich auf ein gemeinsames Vorgehen gegen das Bandenunwesen, dem sich Frankreich mit den besetzten linksrheinischen Gebieten anschloss. Den Gesetzlosen war somit die Fluchtmöglichkeit über die Grenzen ins sichere „Ausland" genommen.

Des Fetzers letzte Worte

Nach Fehlschlägen fassten die Fahnder den „Fetzer" im Herbst 1801 in der Nähe von Bad Sobernheim an der Nahe. Dass es nicht zu einer Verurteilung kam, lässt sich nur damit erklären, dass Napoleon jeden Mann für seine Feldzüge benötigte. In Prag desertierte Mathias Weber im Februar 1802 und schlug sich nach Frankfurt durch. Dort wegen Landstreicherei gestellt, wurde er umgehend nach Köln überführt. Nach einer Veröffentlichung des Bürgervereins Engers, Neuwied am

Rhein, gestand er 181 gelungene und 121 misslungene Einbrüche und Überfälle. Die Höhe der Beute in Geld und Sachwerten habe sich auf 29.400 Reichstaler belaufen. Die historische Erhebung schließt mit diesen Erkenntnissen zum Tag der Hinrichtung am 19. Februar 1803 auf dem Altmarkt zu Köln: „Auch auf dem Weg zum Schafott blieb Weber seinem Ruf, furchtlos und tollkühn zu sein, treu. Er äußerte Freude über die vielen, seinetwegen zusammengeströmten Menschen; sprang, um nochmals einen guten Sprung zu tun, in einem Satz vom Karren auf die Erde, trabte die Treppe zur Guillotine hinauf, besah sich das Messer, ließ es probeweise einige Male fallen und starb als Volksheld." Der Berliner Lehrer und Schriftsteller Heinrich Pröhle (1822–1895) dokumentierte in einem seiner Werke die letzten, die vom Schafott der Menge zugerufenen Worte des Delinquenten: „Ihr, die ihr auf bösem Wege seid, spiegelt euch an meinem Ende." Als der „Fetzer" unterm Fallbeil verschied, befand sich bereits eine mit Holzschnitten illustrierte Broschüre zum Leben und Sterben des übelsten Räubers, den das Rheinland je erlebt hatte, auf dem Markt.

Alljährlich im Juli stellen Kletterspezialisten zum Neusser Stadtfest den legendären Raubzug an der Rathausfassade nach.

Quellen zum Thema:
Johannes Nikolaus Becker. „Actenmäßige Geschichte der Räuberbanden an beyden Ufern des Rheins", Cöln, 1804. Landschaftsverband Rheinland, Köln, Portal Rheinische Geschichte. LVR-Institut für Landeskunde und Regionalgeschichte, Bonn. R. Wagner, Bürgerverein Engers, Neuwied am Rhein. Keil-Diepenbach: „Leben und Hinrichtung des Mathias Weber, genannt Fetzer", kommentierter Nachdruck der Ausgabe von 1803, ISBN 978-3-9813188-3-8. Heinrich Pröhle: „Die Räuber in der Klause des Eremiten" und „Rheinlands schönste Sagen und Geschichten", Verlag Tonger & Greven, Berlin, 1886. Heimatverein Ergste, Schwerte.

Bockreiter, die schwarzen Gesellen

Sie rebellierten, raubten und teilten mit den Notleidenden im Herzogtum Limburg

In Nordbrabant straft eine Fee den Bandenführer Hugo in der „Hexenschaukel“

Den Namen verdankten sie dem fantasiereichen Volksmund. Wenn einst in den Wirtshäusern von den gefürchteten „Bockreitern“ geraunt wurde, dann war von den „schwarzen Gesellen“ die Rede. Die bleichen Gesichter bis unter die Augen mit Tüchern verdeckt, ritten sie nächtens auf teuflisch anmutenden Böcken durch die Lüfte, um überall dort aufzutauchen, wo Beutegut zu erwarten war. Das traf auf Pfarrhäuser, Klöster, Herrenhäuser und Brauereien zu, auch auf abgelegene Gehöfte reicher Bauern. Da die Banden, manchmal selbst über sich herfallend, mit den Armen teilten, genossen sie einen gewissen Rückhalt in der Bevölkerung. Die Räuber

Blick auf Herzogenrath, mit Kerkrade bildet sie die Doppelstadt Eurade.

agierten mit längeren Unterbrechungen ihres Unwesens zwischen 1730 und 1780 im Herzogtum Limburg, das 1740 an Österreich gefallen war. Herzogenrath bei Aachen und das limburgische Schinnen zählten zu den Hochburgen der Entrechteten. Die spätere Provinz fiel in Teilen an Belgien, die Niederlande und Deutschland. Herzogenrath, das ist auch die erste symbolische „Europastadt" namens „Eurode" im Zusammenschluss mit dem holländischen Kerkrade, deutsch Kirchrath.

Täter und Taten in Zahlen

Die erste Bande unter der Führung eines gewissen Geerling Daniels soll im Ortsteil Wolfhagen der holländischen Gemeinde Schinnen entstanden sein. Überaus gefürchtet war ein konkurrierender „Bockreiter", der ehemalige Soldat und Geige spielende Franzose Jacques du Jardin, genannt „de Keukelaer". Er fand 1751 sein Ende am Galgen des Danikerberg genannten Hügels zwischen den Ortschaften Schinnen und Geleen. Dokumentiert sind zwischen 1743 und 1751 insgesamt 118 Straftaten, begangen von 185 Tätern. In der zweiten „Bockreiter"-Periode von 1771 bis 1794 waren es 350, daran beteiligt weit über 900.

Historisches TV-Epos

Ein Großteil der Räubereien fiel in die Amtszeit der Habsburgerherrscherin Maria Theresia von 1740 bis 1780. In der 13-teiligen Serie „Die Bockreiter" von 1994, ausgestrahlt vom Zweiten Deutschen Fernsehen (ZDF), rebellierte das Volk von Herzogenrath gegen die österreichische Herrschaft. Sie hatte Steuern auf die heimische Kohle verfügt. Eine Gruppe vermummter Rebellen leistete erbitterten Widerstand. Die „Schulzen" genannten Polizisten lernten somit die „Bockreiter" von einer ganz anderen Seite kennen. Grundlage für das TV-Epos „De Legende van de Bokkerijders" war der 1986 erschienene Jugendroman „Ontsnapt aan de galg", deutsch „Dem Galgen entkommen", von Ton van Reen, Aurich Verlag, Kevelaer.

Die Räubereien der nächtlichen Reiter fanden noch zur Amtszeit Maria Theresias statt.

Der Fluch der Fee

In der niederländischen Provinz Nordbrabant nahe Waalwijk und Tilburg steht im Freizeitpark Efteling ein besonderes Haus, die „Villa Volta" – das erste moderne „Mad House" der Welt. In dem Gebäude wird die Illusion erzeugt, als drehten sich die schaukelnden Räume um 360 Grad; in älteren Versionen auch als „Hexenschaukel" bekannt. Eine der Attraktionen beinhaltet die Geschichte des gealterten Räubers Hugo van de Loonse Duinen, der als Strafe für seine Missetaten als einer der Anführer der „Bockenreiter" von einer Fee mit einem Fluch belegt wird. Seitdem spukt es in seinem Haus. Wenn auch nicht offiziell, so ist zum anderen Herzogenrath für viele die „Bockreiter-Stadt", in der zudem zur närrischen Zeit einiges geboten wird. Es ist die 1. Große Karnevalsgesellschaft „De Bockrijjer", die seit 1928 fürs ausgelassene Brauchtum sorgt.

Gump und Gänswürger, die Donaumoosräuber

In der altbayerischen Region zwischen Ingolstadt, Pöttens und Neuburg hatten sie sich schon zur Schulzeit fürs Gesetzlose entschieden

Mord, Totschlag und tolldreiste Überfälle säumten während ihres kurzen Lebens ihren Weg

Der eine, Ferdinand Gump, kam 1844 im oberbayerischen Walding bei Reichertshofen als ein sogenannter „Illegitimus", als unehelicher Sohn, zur Welt. Der andere, Eduard Gänswürger, im benachbarten Grillheim bei Karlskron im Jahr zuvor. 1850 begann für beide die Volksschulzeit, die sie erstmals in Karlskron in einer Klasse zusammenführte. Der „Seitz-Fendi", der nach der Mutter genannte Gump, war wegen seiner Rauflust kaum gelitten und wurde daher von den Mitschülern gemieden. Lediglich Eduard, der Gänswürger, fürchtete sich nicht vor dem rabiaten Ferdinand. Beide verband auf Anhieb die Unlust am Schulischen, sodass Lesen und Schreiben eher dürftig ausfielen. Anno 1860, zum Ende der Schulzeit, begannen die beiden die Lehre bei einem Schreinermeister in Reichertshofen. Gump zeigte sich anstellig, Gänswürger hielt es lieber mit der Wilderei und mit Diebstählen, an denen der Freund allmählich auch Gefallen fand. Das mit dem Ergebnis, dass sich die Jugendlichen bald hinter Gittern wiederfanden.

Die tödlichen Schüsse

Das blieb ohne Wirkung, denn kaum entlassen, planten sie Größeres, den ersten Überfall auf einen Einödhof im niederbayerischen Volkenschwand vor Landshut. Doch der ging daneben. Den Bewohnern war es nach einem heftigen Schusswechsel gelungen, die Tolldreisten in die Flucht zu schlagen. Von nun an planten sie sorgfältiger. In den Jahren nach 1869 steigerten sie die Zahl der Überfälle und Einbrüche massiv. 1872, längst als die „Donaumoosräuber" in der altbayerischen Region im Dreieck zwischen Ingolstadt, Pöttens und Neuburg an der Donau ein Begriff, kam es zum ersten Raubmord. Zum Tatort wurde die von Abensberg nach Mainburg führende Distriktstraße vor Meilenhofen. Die Hopfenmetropole in der Hallertau war das Ziel vieler Bauern mit prall gefüllten Geldbeuteln zum alljährlichen Viehmarkt im Advent. Unter ihnen befanden sich auch die Landmänner Gruber, Ettmüller und Ullinger aus Elsendorf und Irnsing, die von drei wie Jäger aussehenden Fremden, von Gump, Gänswürger und ihrem Komplizen Johann Faltermeier aus Reichertshofen nach dem Weg gefragt wurden. Als die Kleinbauern weitergehen wollten, fiel der erste tödliche Schuss auf Gruber, der zweite traf Ettmüller mitten ins Herz. Dem um sein

Ferdinand Gump unmittelbar nach der Festnahme in Wolnzach.

Die letzten Minuten vor den tödlichen Schüssen: Eduard Gänswürger und Ferdinand Gump.
Eine Szene aus dem Räuberdrama, aufgeführt von Laienschauspielern der Theaterbühne Manching.

Leben flehenden Ullinger nahm das gnadenlose Trio die gesamte Barschaft von 450 Gulden ab. Dann schlugen die Übeltäter auch ihn mit dem Gewehrkolben nieder und raubten die bereits Ermordeten seelenruhig aus. Kaum im Dickicht des Waldes verschwunden, fiel noch ein Schuss. Gump und Gänswürger hatten sich aus ungeklärtem Grund des Spießgesellen Faltermeier entledigt.

Das Ende der Geliebten

Das Netz der Fahndung umfasste das gesamte Gebiet der Hallertau und des Donaumooses. Selbst die Bevölkerung sah zu, dass sie an Waffen kam, an Gewehre, Revolver und an reichlich Munition. Für Hinweise waren von der niederbayerischen Regierung hohe Belohnungen ausgesetzt worden. Doch die Fahndung lief ins Leere. Allein in einem Monat, im Januar 1873, brachte es das geradezu unermüdliche Duo auf 28 Straftaten, gleichsam auf jeden Tag eine, obwohl längst Bürgerwehren und Nachtwachen im Einsatz waren. Im Februar desselben Jahres erschütterte ein weiterer Mord die Region. Gänswürger hatte Gumps Geliebte, die verheiratete Krämerin Margarethe Kufer aus Karlskron, im Dunkel der Nacht vermutlich versehentlich angeschossen, um sie dann doch kurz darauf aus nächster Nähe ohne jede Erklärung niederzustrecken. Als die Frau gefunden wurde, war sie kaum bekleidet.

Der Mord aus Verbitterung

Tags darauf, die beiden befanden sich gerade auf dem Weg nach Manching, beschloss Gump, wie er später laut Vernehmungsprotokoll vom 6. Juni 1873 (Staatsarchiv

In der oberbayerischen Marktgemeinde Wolnzach wurde Gump gefasst.

München) gestand, aus Verbitterung am Mord der geliebten Krämerin den Gänswürger vom Leben zum Tod zu befördern, „um die Menschheit von diesem Scheusale zu befreien". Am Ufer der Sandrach war es so weit. Gump erledigte ihn hinterrücks mit zwei Schüssen. Danach kehrte er in sein Reichertshofener Versteck zurück. Die Nachricht von Gänswürgers Tod verbreitete sich wie ein Lauffeuer, sodass sich Schaulustige in Scharen am Tatort einfanden. Auf Gump fiel nicht einmal der Schatten eines Verdachts. Die Ermittler waren davon ausgegangen, dass Gänswürger beim Schwarzfischen ertappt und auf der Flucht erschossen worden war.

Das Kopfgeld der 500 Gulden

Gump, der „Seitz-Fendi", räuberte nun allein unverdrossen weiter und das in den unterschiedlichsten Verkleidungen, am häufigsten als Hausierer, Handwerksbursche und als Soldat; selbst als Frau kostümiert soll er keine schlechte Figur gemacht haben. Obwohl inzwischen das sagenhaft hohe Kopfgeld von 500 Gulden ausgesetzt war, glich Gump einem Phantom, das nach jedem Verbrechen im Nirgendwo verschwand. In einer Märznacht des Jahres 1873 hatte die Gendarmerie einen Hinweis erhalten, dass er sich bei der ihm zugeneigten Therese Pleiner in Karlskron aufhielte. Eine Stunde nach Mitternacht war das Häuschen der ledigen Mutter von zwei Kindern umzingelt. Die Stationskommandanten Anton Bauer aus Hohenwart und August Leopold aus Reichertshofen wagten sich aus der Deckung, klopften an den Fensterladen mit der Aufforderung, die Tür zu öffnen, was die Pleiner verweigerte, da sie einen Liebhaber, einen „Kammerfensterer", bei sich habe. Sekunden später öffnete sich der Fensterladen. Gump schoss dreimal auf Anton Bauer. Als sich August Leopold schützend über den Getroffenen beugte, entkam Gump, bekleidet nur mit Hemd und Hose. Drei Wochen später verschied der Stationskommandant und wurde in Ingolstadt beigesetzt. Unter den Trauernden befand sich auch der „Seitz-Fendi" in der Uniform eines Soldaten.

Die Warnschüsse in Wolnzach

Am Abend des 4. Juni 1873 kam der Inhaberin eines Ladengeschäfts im Hopfenland Hallertau (Holledau) gelegenen Wolnzach ein Kunde merkwürdig vor, der eine auffällig große und später abzuholende Menge an Käse bestellt hatte. Als der Mann gegangen war, informierte sie die Polizei. Als Gump sich wieder einfand, bemerkte er zwei auf ihn zugehende Gendarmen und ergriff sofort die Flucht. Die Verfolger gaben Warnschüsse ab, was nun auch die Fußgänger alarmierte. Einen sich ihm entgegen stellenden Tagelöhner schlug Gump brutal zu Boden. Schließlich überwältigten ihn ein Böttcher, dessen Geselle und ein Braumeister. Gefesselt und begleitet von der begeisterten Bevölkerung endete dieser Tag in der schärfstens bewachten Zelle der Wolnzacher Gendarmerie, die umgehend alle betroffenen Bezirksämter telegrafisch informierte: „Gump von der Gendarmerie-Mannschaft und Zivil in der Nacht 9 Uhr zu Wolnzach gefangen."

Der Tod vor dem Urteil

Acht schwer bewaffnete Gendarmen überführten den Raubmörder am nächsten Morgen vom Bahnhof Reichertshofen in einem fahrplanmäßigen Zug nach München, wo er im Landgerichtsgefängnis arretiert wurde. Da er das Todesurteil erwartete, gestand er weitgehend. Zu den Mordfällen Gänswürger, Kufer und den Komplizen Faltermeier ließ er sich nicht aus. Im September 1873 verschlechterte sich sein Befinden zusehends. Auch nach der Verlegung in die Krankenstation der Haftanstalt war keine Besserung des Gesundheitszustandes erkennbar. Am 25. November 1873 verstarb der „Donaumoosräuber" an Tuberkulose.
Literarisch behandelt wurde die Verbrecher-Thematik von Hans Fegert in „Ferdinand Gump und Eduard Gänswürger. Zwei Raubmörder aus dem Donaumoos". 3K-Verlag, Kösching, 1992. Ebenso im „Polizeireport München 1799–1999, Katalog zur Ausstellung im Stadtmuseum München, 1999.

Weitere Quellen: Original Vernehmungsprotokoll des Ferdinand Gump vom 6. Juni 1873, Staatsarchiv München. „Gänswürger, Gump und Kumpane" von Hans Seidl senior, erschienen in „Hallertau Lesebuch, Verlag Pinsker, Mainburg.

Die letzten Minuten der Gefangennahme des Raubmörders

Zur 1200-Jahr-Feier im Jahr 2014 gab die Hallertauer Marktgemeinde das Buch „Wolnzach – Leben, Geschichte, Heimat" heraus. In einem der Beiträge des rund 330 Seiten umfassenden Bandes vertieft Rudolf Pfab senior zur Gefangennahme des Räubers Ferdinand Gump die bisherigen Erkenntnisse zum Teil aus eigener Forschung. Im Folgenden seine Schilderung der letzten Minuten zur Festsetzung des Verbrechers: „Jetzt am Feierabend saßen dort auf der Bank vor der Schäfflerei Glück, Haus Nr. 175 [Anmerkung: Schäfflerei gleich Böttcherei, Küferei] der Schäfflergeselle Josef Horn, der Schäfflersohn Georg Glück und der Braumeister Josef Gall bei einem Ratsch beisammen. Durch das laute Schreien der Verfolger wurden die drei auf den flüchtenden Räuber aufmerksam. Geistesgegenwärtig sprang der Geselle Josef Horn auf und warf den direkt in seine Arme laufenden Gump mit seinen kräftigen Fäusten zu Boden. Gump gelang es, blitzschnell ein Messer zu ziehen und Horn an der Schläfe und am linken Oberarm zu verletzten, wodurch der eigentlich körperüberlegene Horn den kleinen, schmächtigen Gump nicht mehr halten konnte. Inzwischen griffen aber der Schäfflersohn Georg Glück und der Braumeister Josef Gall ein und überwältigten den Räuber. Gleichzeitig erreichten auch die beiden Gendarmen und die aufgeregten Bürger den Schauplatz. Obwohl Gump den Gendarmen Voit in den Finger biss, konnte dieser den wild um sich schlagenden Raubmörder in Sekunden dingfest machen."

Die Räuber vom Mainhardter Wald

In dem schwäbisch-fränkischen Mittelgebirge entlud sich die Wut der von Abgaben Geplagten mit Straftaten

Reiche Beute machte die Bande auf den nach Stuttgart, Nürnberg und Prag führenden Handelsstraßen

Ob die Bande der Räuber vom Mainhardter Wald aus einer Rebellion der Bevölkerung erwuchs, lässt sich nicht schlüssig belegen, doch auch das Gegenteil nicht. Es bleibt der jeweilige Blickwinkel auf das Geschehen um 1746. Bis dahin Unerhörtes war den Landesherren widerfahren, den Fürsten von Hohenlohe-Waldenburg-Bartenstein. Hatten es doch die selbstbewussten Bürger von Mainhardt, des Ortes in den Schwäbisch-Fränkischen Waldbergen, gewagt, ihrer Wut wegen der ihnen unerträglich erscheinenden Drangsalierungen Luft zu machen. Von einem Tag zum anderen verweigerten sie jedwede Steuerzahlung. Die Bauern folgten ihnen und hielten sich mit der Abgabe von Naturalien, wie beispielsweise Vieh und Feldfrüchte, solidarisch zurück. Alle Aufforderungen der Herrschaft zur Zahlung verhallten. Die Bürgerschaft ging einen Schritt weiter, sie klagte und rief das höchste Gericht des Heiligen Römischen Reiches Deutscher Nation an, den Reichshofrat zu Wien. Der wiederum war dem Kaiser als obersten Gerichtsherr und letzter Instanz verpflichtet. Der Prozess zog sich über zehn Jahre hin, bis Seine Majestät Franz I. (1708–1765), Gemahl von Maria Theresia (1717–1780), der Auseinandersetzung zugunsten der Hohenloher Fürsten ein Ende setzte. Das führte vor Ort mithilfe des Militärs zur Niederschlagung der Rebellion, zur Verschuldung bis zu unsäglicher Armut.

Tatort und Schlupfwinkel

Wenige Jahre nach dem Urteil rückte der Mainhardter Wald zugleich als Tatort und Schlupfwinkel der Bande um den Räuberhauptmann Heinrich Weiß, im ehemals bürgerlichen Leben Gastwirt in Mainhardt, in den Blickpunkt. Zu ihm war eine Vielzahl derer gestoßen, die der Last der Abgaben nicht mehr nachkommen konnten, aber auch mancher aus der weiteren Umgebung. Die Wälder um Mainhardt boten sich bestens für Überfälle ob der hier zusammentreffenden Fernhandelsstraßen Richtung Stuttgart, Nürnberg und Prag an. Hinzu kam der Vorzug der territorialen Zersplitterung zwischen dem Herzogtum Württemberg, dem gräflichen Löwensteinischen, der Prälatur von Murrhardt und dem fürstlichen Hohenlohe. Das Entkommen über die jeweiligen Grenzen war somit „gesichert".

Tod durchs Schwert

Die anfängliche Sympathie der Bevölkerung schlug teilweise in Ablehnung um, da auch weniger Betuchte bestohlen wurden, wenn auch ohne Gewaltanwendung oder Bedrohung. Schwer wogen die Überfälle auf Post- und Landkutschen. Auch Mord war keine Seltenheit. So begangen an einem Mann bei Münster nahe Gaildorf, an zwei Metzgern beim Sulzbacher Ortsteil Bartenbach, an einem Knecht beim Großerlacher Ortsteil Hohenbrach und am Rielingshäuser Schultheiß Wildermuth, der zwischen Oppenweiler und Aspach zu Tode kam. Der Schrecken endete, als ein 1772 festgenommener Komplize unter Folter die Bande verriet. 68 der Überführten standen vor Gericht. Im Jahr darauf erfolgten die Urteile, allein 24 Hinrichtungen durchs Schwert in Pfedelbach und Maienfels. Die Körper flocht man aufs Rad. Die Köpfe wurden zur Abschreckung auf Pfähle gesteckt.

Räuber auf sieben Naturbühnen

Der Thematik hat sich seit 2002 der gemeinnützige Verein „Das Laienschauspiel Mainhardter Wald" mit Aufführungen des Stücks „Die Räuber vom Mainhardter Wald" in den Sommermonaten auf dem historischen Gelände beim Gögelhof angenommen. Es basiert auf der gleichnamigen Erzählung von Egil Pastor. „Der Aufstand im Mainhardter Wald" wiederum beinhaltet die Vorgeschichte. Angelegt als sogenanntes Stationen-Theater, spielt es sich auf sieben Naturbühnen ab. Das Publikum wechselt den Standort von Szene zu Szene, stets mit dem Blick auf den besagten nordöstlich von Stuttgart gelegenen Wald. Dem „Aufstand" folgte 2015 die Vorgeschichte„Von Rebellen zu Räubern". Die Mainhardter Historikerin Heike Krause entdeckte neue Fakten im Gemeindearchiv. Das Stück selbst verfasste der Vereinsvorsitzende Wolfgang Truckenmüller.

Die Limes-Cicerones

Durchquert wird die nordöstlich von Stuttgart gelegene Region der Schwäbisch-Fränkischen Waldberge in gerader Linie vom Limes, dem vom 1. bis zum 6. Jahrhundert aus militärischen Gründen errichteten römischen Grenzwall. Als obergermanisch-raetisches Bodendenkmal zählt er seit 2005 zum Weltkulturerbe der UNESCO. Die römische Präsenz mit den Befestigungen und dem Kastell im Mainhardter Bereich währte von 150 bis 260 nach Christus. In der Kapelle des „Schlössle" – das kleine Jagdschloss diente einst den Höflingen der katholischen Landesherren als Gotteshaus – etablierte sich das Römermuseum mit bemerkenswerten Exponaten. Sie reichen von Weihesteinen bis zu Werkzeugen und Gegenständen des täglichen Bedarfs von einst. Unter dem Namen „Limes-Cicerones" agieren Torsten Pasler und seine rund 70 (!) Mitstreiter gleichsam als Fremdenführer durch die römische Vergangenheit mit Vorträgen.

Mainhardt, der nahe Schwäbisch Hall gelegene Luftkurort, datiert die erste urkundliche Erwähnung mit dem Jahr 1027. Im Mittelalter machte sich die Gemeinde einen Namen mit der Herstellung von Glas in den Hütten des Mainhardter Waldes. Daran erinnert die vor dem Rathaus aufgestellte Brunnenskulptur des Neuensteiner Bildhauers Hermann Koziol, der einen Glaserer mit der Glasmacherpfeife nachempfand. Der Löwe im Wappen weist auf die Herrschaft der Hohenloher von 1416 bis ins 19. Jahrhundert hin, der grüne Baum auf „-hardt" für Weidewald.

Was mit Wortgefechten begann, führte bald zum Aufstand, in Szene gesetzt auf sieben Naturbühnen.
Heinrich Weiß war im bürgerlichen Leben Gastwirt. Das Stück „Aufstand im Mainhardter Wald" basiert auf neuen Fakten, entdeckt und veröffentlicht von Heike Krause im Hohenloher Zentralarchiv Neuenstein.

Klara Wendel im Schweizer Gaunerprozess

Von 1824 bis 1827 hielten drei Gerichte die Eidgenossen in Atem, ausgelöst durch eine 20-jährige Heimatlose

Sie gestand Brandstiftungen, Diebstähle in ungeheurer Zahl und Morde, darunter auch ein frei erfundener, ein politischer

Klara Wendel mit etwa 50 Jahren, fotografiert von Carl Durheim.

Es war im Juni 1824, als Landjäger des Kantons Schwyz im südlich vom Zürichsee gelegenen Einsiedeln eine gewisse Klara Wendel wegen des Verdachts der Hehlerei aufgriffen. Mit sich führte die 20-Jährige Diebesgut aus einem im deutsch-schweizerischen Näfels begangenen Einbruch. Vom Elend des Kerkers seelisch am Boden und von der Angst vor körperlicher Gewalt beeinflusst, gestand und denunzierte sie Straftaten, die den Verhörenden den Atem stocken ließ. Die Rede war von 20 Morden, 14 Brandstiftungen und 1 588 Diebstählen. Bald waren die als heimatlos geltenden Hauptleute der Räuberbande ausgemacht: Klara (1804–1884), ihr „Krusihans" genannter Bruder Johann (1775–1831), und Schwager Josef Twerenbold. Wegen der Vielzahl der mitangeklagten Komplizen zog sich der Prozessmarathon über die Jahre von 1824 bis 1827 hin, begonnen in Glarus, weitergeführt in Luzern und beendet in Zürich. Noch vor der Verkündung der Urteile war es zur „Richterswiler Konferenz" gekommen. Sie beschloss die Zusammenarbeit der Kantone bei der Bekämpfung der „Gauner" genannten Räuber.

Angeklagte und Kronzeugin

Was die jeweils verhörende Richterschaft zunehmend irritierte, teils auch faszinierte, das war Klaras Kunst der Ausschmückung der tatsächlichen oder vermeintlichen Tatbestände. So reduzierte sich die Zahl der belegten Diebstähle immerhin auf 1255. Hierbei habe sich allerdings, so die nunmehr fast den Status einer Kronzeugin einnehmende Erzählerin, bei dem in 14 Kantonen und im angrenzenden Fürstentum Liechtenstein Erbeuteten in der Mehrzahl um Lebensmittel, Krämerwaren und Metallenes gehandelt. Mildernd anerkannt wurde, dass manches der puren Not geschuldet war wie auch die zunehmende Verfolgung der Nichtsesshaften in der Schweiz.

Geständnis und Widerruf

Als frei erfunden erwies sich der Mord an dem Luzerner Schultheiß Franz Xaver Keller (1772–1816), dessen Leiche am Ufer der Reuss gefunden wurde. Die gerichtsmedizinische Untersuchung erkannte schon damals den Tatbestand als Unfall. Nach Misshandlungen und schweren Kettenstrafen jedoch hatte Klaras Bruder Johann ein offensichtlich erzwungenes Geständnis abgelegt, woran die Schwester nicht unschuldig war. Bei einer Gegenüberstellung gab sie an, dabei gewesen zu sein. Sie behauptete, es habe sich um einen Mord aus politischen Gründen gehandelt und benannte die Auftraggeber, zwei Regierungsräte aus Bern. Bruder und Schwester widerriefen im Prozess zu Zürich, was aktenkundig akzeptiert wurde, zumal Klara zum Zeitpunkt des Verbrechens gerade erst zwölf war. Auch habe sie ein solches nie beobachtet, geschweige denn daran teilgenommen. All das und die gesamten Vorgänge um den Sensationsprozess dokumentierte Heinrich Escher in „Geschichtliche Darstellung und Prüfung der über die denunzirte Ermordung Herrn Schultheiss Keller sel. von Luzern verführten Kriminalprozedur", Sauerländer Verlag, Aarau, 1826. Außerdem: „Erzählen vor Gericht. Klara Wendel und der ‚Grosse Gauner- und Kellerhandel' 1824–1827" von Brigitte Baur, Chronos, Zürich, 2014.

Todesurteile und Kettenstrafen

Was als bewiesen galt, hatte Todesurteile für die „unverbesserlichen Diebe" zur Folge, die öffentliche Hinrichtung durchs Schwert. Andere kamen mit langjährigen Haft- und Kettenstrafen davon. ür Klara, ihre Schwester Barbara und Katharina Dreyer, deren Mutter, wurde die vorgesehene Exekution zum langjährigen Leben hinter Gittern abgemildert. Danach sollten sie in einer Gemeinde unterkommen, sofern ein „Bürgerrecht für sie ausgemittelt würde", wie es hieß, und mit der Auflage, den Ort zu keiner Zeit verlassen zu dürfen. Das galt auch für den „Krusihans", den Bruder, der immerhin in sein Heimatdorf zurückkehren konnte. Die ebenfalls mit den straffälligen Elternpaaren arretierten Kinder, insgesamt 23, sind „versorgt" worden. Das entsprach der Initiative der Luzerner Sektion der Schweizerischen Gemeinnützigen Gesellschaft (SGG), um die Heranwachsenden der früheren Lebensweise zu entreißen und in die bürgerliche Gesellschaft einzubringen. Das war zudem mit Namensänderungen verbunden. Aus Wendel wurde beispielsweise Wacker, aus Twerenbold schließlich Schwyzer. Klara Wendel, 1804 in Hergiswil geboren, starb hochbetagt 1884 im Kloster St. Urban in Pfaffnau.

Im Zürcher Wellenbergturm wurde Klara Wendel monatelang verhört. Ein Gemälde von Franz Schmid (oben). Auf der „Richterswiler Konferenz" kam es zum Schulterschluss für die Bekämpfung der Gauner. Eine Ansicht von 1793 von Heinrich Brupbacher.

Der Mordfall Jennerwein

Im Grenzgebiet zwischen Tirol und Oberbayern wilderte der „Girgl" zum eigenen und anderer Leute Wohl

An einem Novembertag erschütterte die Nachricht vom mysteriösen Tod des geschickten Freischützen die Alpenregion

Anno 1286 fand Holzkirchen als „Marck" erstmals Erwähnung.

Das Erlebnis war für den Jungen ein schreckliches, ein ihn sein kurzes, wenn auch in vollen Zügen genossenes Leben lang verfolgendes. Gerade zwölf geworden, sah er den Vater, den Tiroler Wilderer Hannes Mitterer, sterben, erschossen von königlich-bayerischen Jägern. Der „Girgl", der Georg, kam 1848 als uneheliches Kind der Bauerntochter Maria Jennerwein in Haid zur Welt und wuchs im benachbarten Großhartpenning im 30 Kilometer südlich von München gelegenen Markt Holzkirchen auf. Mit 22 zog er mit seinem Freund Josef Pföderl, er sollte ihm sechs Jahre später zum Schicksal werden, in den Deutsch-Französischen Krieg (1870–1871), den er unbeschadet überstand.

Sänger, Schuhplattler, Draufgänger

Mehr schlecht als recht schlug er sich danach als Holzknecht durch, was ihm aber nicht das ermöglichte, wonach ihm, dem Lebenslustigen, der Sinn stand. War er doch ein geschätzter Zitherspieler, begeisterter Schuhplattler und gerngesehener Sänger der „Gstanzl" genannten Spottlieder bayerischen und österreichischen Ursprungs. Umschwärmt von den schönen Töchtern seiner Heimat, ließ er kaum ein Abenteuer aus, das ihn in den Augen der Neider zum Weiberhelden werden ließ. Dass er zudem trinkfest war, auch kräftig hinlangte, wenn vonnöten, brachte ihm überdies den Ruf eines Raufbolds ein. Schneidig, mutig, sich vor nichts fürchtend, das war es, was die hingerissene Weiblichkeit an ihm so liebte, dem Draufgänger mit den grauen Augen und dem schief sitzenden Schneidezahn. Also tat er es bald dem Vater nach und begann zu wildern, womit der Lebensunterhalt mit dem Verkauf von Wildbret nunmehr ein durchaus erfreulicher war, er auch den Ärmsten etwas abgeben und er seinen Vergnügungen mit dem nötigen Kleingeld nachkommen konnte.

Rund um den Schliersee

Als Jagdrevier bevorzugte der treffsichere Schütze die königlichen Wälder rund um den Schliersee am gleichnamigen Ort zwischen dem Tegernseer und dem Inntal im Grenzgebiet zwischen Oberbayern und Tirol. Alle wussten von Jennerweins ungesetzlichem Treiben, auch die Obrigkeit, doch nachzuweisen war dem stets geschickt Vorgehenden nichts. Es trieb die ihn jagenden Forstbeamten fast zur Verzweiflung, dass er sich partout nicht auf frischer Tat ertappen ließ. Das fuchste auch den früheren Freund und Kriegskameraden Josef Pföderl, inzwischen als Jagdgehilfe im Amt.

Der Schuss in den Rücken

Am 15. November 1877 erschütterte die Bevölkerung die sich in Windeseile verbreitende Nachricht vom Tod

Der fesche Jennerwein, fotografiert vor 1877.

In der München und Tegernsee nahen Gemeinde Holzkirchen wuchs Jennerwein auf. Im Bild das alte und das neue Rathaus.
Das Grab auf dem Westhofener Friedhof vor der um das Jahr 1000 erbauten Kirche.

des „Girgl". Die Leiche war im Wald am 1611 Meter hohen Rinnerspitz in den Schlierseer Bergen gefunden worden. Auf den ersten Blick sah alles nach einem Selbstmord aus. So steckte die rechte große Zehe im Abzug des Gewehres, zerschmettert war der Unterkiefer und am Ast einer Fichte hing ein Teil der Wange mit dem rechten Schnurrbart. Doch dann wurde der Einschuss im Rücken entdeckt. Von einem Freitod war nicht mehr auszugehen, zu inszeniert erschien das Ganze. Die Ermittler gaben als Datum des Ablebens den 6. November an, dem Tag, als Josef Pföderl den Jennerwein gestellt und rücklings erschossen haben soll. So befand das Gericht den Tatbestand, obwohl es der Jagdgehilfe vehement bestritt. Wegen der Überschreitung seiner Befugnisse, auch wegen dessen gänzlich ungetrübten Leumundes, kam es zum milden Urteil von acht Monaten Gefängnis, zumal eine Tötungsabsicht nicht zu unterstellen sei.

In seiner geliebten Bergwelt

Der von Legenden umwobene Freischütz ruht auf dem Westenhofener Friedhof in Schliersee am gleichnamigen See. Gefasst ist das 1890 gestiftete Grabkreuz mit seinem Konterfei und der Inschrift „Hier ruht in Frieden inmitten seiner geliebten Bergwelt der Wilderer Georg Jennerwein", ergänzt mit dem ersten Vers aus dem „Jennerwein-Lied". Erhalten geblieben ist die Holztafel mit diesen Worten: „Im stillen Gedenken. Hier wurde am 6. November 1877 der bayrische Wildschütz Georg Jennerwein von feiger Jägershand hinterrücks niedergestreckt. Seine Getreuen im Juli 1878". Angebracht worden war sie am Stamm einer Tanne in der Nähe des Tatorts zwischen den Bergen Rinnerspitz und Wasserspitz. Oberhalb von Schliersee sind im bewirtschafteten „Bodenschneidhaus" Bilder von ihm zu sehen.

Das Motiv der Eifersucht

Nicht ausgeschlossen wurde im Nachhinein, dass es sich auch um einen Mord aus Eifersucht gehandelt haben könnte. Der Jennerwein hatte so manche heiratsfähige Maid beglückt, im Besonderen eine Kellnerin namens „Rosl" und die Sennerin Agnes, das „Agerl" von der Baumgarten-Alm, die ihm ein Mädchen gebar, das er sinnigerweise „Roserl" rief. Bekannt war, dass sich auch der Pföderl unsterblich in Agnes verschaut hatte. Nach der

Markus Wasmeier, Ski-Doppel-Olympiasieger, Weltmeister und Gründer des Freilichtmuseums mit dem Jennerwein-Darsteller Alexander Wörndl.
Der Wilderer wird zu Grabe getragen. Szene aus „Jennerwein. Bluat vo da Gams", 2012 uraufgeführt in Wasmeiers Museumsbereich in Schliersee.

Entlassung mieden ihn die Leute trotz all seiner Beteuerungen, am Tod Jennerweins unschuldig zu sein. Nach seiner Versetzung in das abgelegene und kaum besiedelte Valepp-Tal unterhalb des Spitzingsees ergab er sich bald dem Alkohol und starb 1889 nach einem kurzen Krankenhausaufenthalt einsam in Tegernsee. Bis zuletzt sollen ihn Wahnvorstellungen gequält haben. Zwischendurch angestrengte Ermittlungen gegen den in Verdacht geratenen Jäger Simon Lechenauer verliefen im Sand.

Ein Schütz in seinen besten Jahren

Zur Verklärung des „Girgl" trug maßgeblich das kurz nach seinem Tod entstandene „Jennerwein-Lied" bei, dessen Verfasser unbekannt geblieben ist. Es beginnt mit diesen Worten: „Es war ein Schütz in seinen besten Jahren, er wurde weggeputzt von dieser Erd, man fand ihn erst am neunten Tage bei Tegernsee am Peißenberg." Mit „Peißenberg" ist der Rinnerspitz gemeint. Er erhebt sich zwischen Rottach-Egern am Tegernsee und der Gemeinde Schliersee. Vorausschauend heißt es an anderer Stelle: „In Schliersee ruht er, wie ein jeder, bis an den großen jüngsten Tag. Dann zeigt uns Jennerwein den Jäger, der ihn von hint erschossen hat."

Filme, Aufführungen, Schützenvereine

Fritz Karl verkörperte den „Jennerwein" 2003 eindrucksvoll in einer Produktion des Österreichischen und Bayerischen Fernsehens. Den „Pföderl" gab der spätere Oscar-Preisträger Christoph Waltz. 1930 entstand der Kinofilm „Wildschütz Jennerwein. Herzen in Not". Eine Neufassung des Liedes präsentierte 1970 die Gruppe „Hot Dogs". Das Theaterstück „Jennerwein. Bluat vo da Gams" von Sebastian Schlagenhaufer fand 2012 als Uraufführung bei den Dorffestspielen im „Markus Wasmeier Freilichtmuseum" in Schliersee statt. Auch die Theatergruppe der Enzianbühne in Töging hat den „Jennerwein" im Programm. Mehrere bayerische Schützenvereine tragen den Namen des Wildschützen, und in Münchens Schwabing ist es die seit 1962 bestehende Kultkneipe „Zum Jennerwein".

Pius Walder und der Todesschuss

Vom Drama um den wildernden Naturburschen im Osttiroler Villgratental an der Grenze zu Südtirol

Hinterrücks ereilte ihn das Schicksal an einem Tag im September des Jahres 1982

Er war Österreichs letzter von Jägern erschossener Wilderer im 20. Jahrhundert: Pius Walder, geboren am 4. April 1952 als jüngstes von zwölf Kindern der Eheleute Josef und Anna im Kirchweiler Kalkstein im Villgratental, einer Abzweigung des Hochpustertales nahe Sillian an der Grenze zu Südtirol. Mit 30 starb er im Wald unweit seiner Heimatgemeinde, getroffen im Hinterkopf von der aus 100 Metern Entfernung abgefeuerten Kugel eines Aufsichtsjägers. Auf dem Gedenkstein am Grab dokumentierte die Familie Walder nach ihrem Verständnis den Vorgang um den Sohn mit dieser Inschrift: „Ich wurde am 8. September 1982 in Kalkstein von zwei Jägern aus der Nachbarschaft kaltblütig und gezielt beschossen und vom 8. Schuss tödlich in den Hinterkopf getroffen." Auch auf dem Partezettel war die Gewalttat vermerkt.

Der Naturbursche und die Wildnis

Der ledige und ohne Kinder gebliebene Pius war ein Naturbursche von gerühmt überdurchschnittlicher Kraft, der sich in der Wildnis wohl fühlte. Als tüchtiger Holzfäller war er dank Motorisierung mit gutem Auskommen, ebenso wie seine Brüder, auch wilderte er mit ihnen gelegentlich, was allgemein bekannt war. Doch es fehlte an Beweisen. Am besagten Septembertag wieder einmal auf der Pirsch, nahm das Unheil seinen Lauf. Der Jäger Johann Bergmann soll auf seinem Kontrollgang Schüsse vernommen haben und informierte daraufhin die Kollegen Johann Schett und Josef Schaller, damit sie der Sache nachschauend auf den Grund gingen. Als sie Pius Walder trotz seines rußgeschwärzten Gesichts erkannten und stellen wollten, versuchte er zu entkommen, bis ihn der Schuss aus dem Gewehr des Jägers Johann Schett hinterrücks niederstreckte. Pius selbst hatte nicht geschossen, wie die spätere Untersuchung ergab. Schett wurde vor Gericht gestellt und wegen Körperverletzung mit tödlichem Ausgang zu einer Freiheitsstrafe von drei Jahren verurteilt und nach 18 Monaten vorzeitig entlassen.

Die Ohrfeige für den Pfarrer

Als Pius zu Grabe getragen wurde, kam es im Beisein der trauernden Familie und über 1 000 Anteilnehmenden zu einem spektakulären Zwischenfall, der bis heute unvergessen ist. Als Pfarrer Alban Ortner den Partezettel am Kircheneingang entfernte, ohrfeigte ihn Hermann Walder. Vier Wochen später traf er mit Bruder Emil während der Beerdigung eines weiteren Familienmitglieds zufällig auf Johann Bergmann. Im Verlauf der Schlagerei wurde der Jäger schwer verletzt, sodass er ins Krankenhaus eingeliefert werden musste. Die gewalttätige Auseinandersetzung büßten die Brüder mit hohen Geldstrafen ab. Längst war die als Fotomotiv geschätzte Grabstätte des

Auf dem Friedhof des Innervillgratener Ortes Kalkstein fand Pius Walder im Familiengrab die letzte Ruhe.

Unterhalb von Innervillgraten: Sillian am Fuße des Thurntalers mit dem Skizentrum Hochpustertal.

Wilderers in Kalkstein zu einer Touristenattraktion geworden, vergleichbar mit der des Georg Jennerwein im oberbayerischen Schliersee. Wie bei jenem am 99. Todestag, es war der 6. November 1977, lag 1985 eine tote Gämse auf dem Grab von Pius Walder. Angeheftet war ein Zettel mit der Botschaft, dass den Jägern ein ähnliches Schicksal beschieden sein möge. 2012, drei Jahrzehnte nach Pius' tragischem Tod, war Jäger Schett verstorben. Auf der Trauerfeier hielt Hermann Walder das Andenken des Bruders auf seine Weise hoch: Er machte auf sich und seinen Bruder lautstark aufmerksam.

Die Medien und der Freischütz

Das Schicksal des Wilderers war wiederholt ein Thema in der österreichischen Medienlandschaft. So beispielsweise das 2001 vom Tiroler Dramatiker und Schauspieler Felix Mitterer verfasste und verfilmte Drehbuch zur „Tatort"-Folge „Elvis lebt". Der Titel des TV-Krimis spielte auf die Koteletten-Frisur des „King of Rock 'n Roll", des legendären Sängers Elvis Presley (1935–1977), und sein jungenhaft halbstarkes Auftreten an. Winfried Werner Linde, der Journalist und Schriftsteller, verewigte den Wilderer in der „Walder-Saga: Der Tod von Pius Walder", Verlag Berenkamp, Innsbruck 2006. Mit mehreren Veröffentlichungen wartete die Wiener Zeitung auf, so beispielsweise vom 7. September 2007 mit „Der unselige Schuss" von Simon Rosner und am 24. Juli 2012 mit „Die späte Rache des Wilderers" von Petra Tempfer.

Händler, Schmuggler, Wallfahrer

Bis zum Weiler Kalkstein, Walders Geburtsort, „Dörflein" genannt, erstreckt sich die Gemeinde Innervillgraten auf 1640 Metern Höhe. Erstmals erwähnt wurde der Wallfahrtsort im Bezirk Lienz anno 788 als „Alpe Valgrata", der bis heute kaum etwas von seiner Ursprünglichkeit verloren hat. Wege und Pfade durchziehen die unberührte Natur, führen auf Almen und hohe Gipfel mit Ausblick auf die Berge Ost- und Südtirols oder passieren die Grenze, wie beispielsweise ins Gsiesertal, einst eine Route der Händler und Schmuggler. Die Wallfahrtskirche Maria Schnee in Kalkstein, geweiht 1875, wurde im neugotischen Stil errichtet. Zu den weiteren Sehenswürdigkeiten zählen die Kapellen Unterstaller- und Oberstalleralm, die Fatima-, Bachlet- und die Grafer Kapelle, das Maxer-Kirchl und das alte wasserbetriebene Sägewerk. 2010 ist das „Sternsingen im Villgratental" von der UNESCO zum Immateriellen Welterbe im Verbund zum österreichischen Kulturgut erhoben worden. Innervillgraten befindet sich in der unmittelbaren Nachbarschaft von Sillian (1103 m) am Fuß des Thurntalers (2407 m) mit dem Skizentrum Hochpustertal an der Grenze zu Südtirol.

Ein räuberisches Kaleidoskop

Kriminelle Energie

Der Todesschwur. Die Spessart-Partisanen. Besondere Begriffe. Moderne Kriminelle. Redewendungen. Die Literatur.

Der Dieb wird zum Räuber, juristisch gesehen, wenn er Gewalt androht oder anwendet. Bis ins 18. Jahrhundert, zuvor auch bis ins Spätmittelalter, fand er in autoritär geführten Banden eine Heimat. Der auf den Tod geleistete Schwur hielt sie zusammen, auch der Respekt vor den Hauptmännern, die mit besonderen Taten zu glänzen wussten, auch mit gnadenloser Brutalität und gleichsam angeborener krimineller Energie. Vogelfreie, Deserteure, Ausgestoßene und Aussätzige waren sie zumeist. Oft auch nur Verzweifelte, die nicht wussten, wie sie sonst überleben sollten.

Wegelagerer oder Widerständler

Wer Widerstand gegen fremde Mächte übte, wurde von diesen als Wegelagerer, Gesetzloser, als gnadenlos zu Verfolgender und auch als Räuber abgestempelt. Das traf der Legende nach auf den im Spessart beheimateten Forstmann Philipp Witt zu. Um sein Hab und Gut gebracht von marodierenden Soldaten der französischen Revolutionstruppen, setzte er ihnen mit seinen Jägerburschen nach und nahm ihnen die Beute wieder ab. Seitdem sammelte er Gleichgesinnte im Partisanenkampf gegen die Invasoren auf. Ein Dorf

Als 1796 Würzburg mit der Festung Marienberg von französischen Revolutionstruppen besetzt wurde, machte ihnen der Forstmann Philipp Witt schwer zu schaffen.

nach dem anderen soll sich unterstützend auf Witts Seite gestellt haben. Als 1796 Würzburg besetzt wurde, schnitten die Aufständischen die rückwärtigen Verbindungen der Armee des Generals Jean-Baptiste Jourdan (1762–1833) ab. Als er sich zurückzog, kam es nördlich von Würzburg in der Nähe von Neustadt zum großen Scharmützel. Über 100 Rebellen aus dem Spessart waren daran beteiligt. Damit endet die Legende. Ob es Philipp Witt wirklich gegeben hat, ist umstritten, zumal über eine Festnahme nichts bekannt wurde. Eine Symbolfigur für den Widerstand war er allemal.

Drake und Störtebeker

Geraubt wurde zu allen Zeiten, nicht nur zu Land, auch zur See. Die erste dokumentierte Piraterie stammt aus dem Ägypten des 14. Jahrhunderts vor Christus. Höhepunkte der Seeräuberei erlebten die Karibik und die Küstengebiete Südamerikas zu Zeiten der spanischen und portugiesischen Kolonialisierung vom 16. bis ins 18. Jahrhundert. Berühmt geworden sind die Überfälle der französischen und englischen Freibeuter, unter ihnen der legendäre Francis Drake, der im Auftrag seiner Königin Elizabeth I. (1533–1603) um 1560 Kaperfahrten zur Aufbesserung der Staatsfinanzen unternahm. Nebenbei umsegelte der Volksheld in drei Jahren die Welt. Sehr viel früher trat ein gewisser Klaus Störtebeker (um 1360–1401) ins Licht der sensationshungrigen Öffentlichkeit. Er war der berühmteste unter den deutschen Seeräubern. Auf dem Grasbrook, einer sumpfigen Insellandschaft in der Unterelbe vor Hamburg, sind von ihnen mehr als 400 hingerichtet worden, unter ihnen auch Störtebeker. Siehe hierzu auch „Gottes Freund, aller Welt Feind“ (Seite 139).

Besondere Begriffe

Spezialbegriffe umrissen im deutschsprachigen Raum bis ins 19. Jahrhundert den Wirkungskreis der Diebe und Räuber. Wurden Dörfer zur Erntezeit überfallen, war die Rede von den „Jomakener Räubern“. Die im Schutz der Nacht lautlos in Häuser eindrangen und sie in aller Stille plünderten, das waren die „Schränker“. Gelegenheitsdiebe, die in Wohngebieten ihr Unwesen trieben, wurden „Stänkerer“ genannt. Straßenräuber waren als „Stratekehrer“ oder „Strählekehrer“ ein Begriff. Als „Serfer“ wurden Diebe und Räuber bezeichnet, die ihre Beutezüge mit dem Feuerlegen verbanden. Die „Schächer“ benannten Räuber oder Verbrecher sind in der Bibel zu finden. Es handelt sich um die mit Jesus von Nazareth gekreuzigten Männer.

Unbekannte Ausmaße

Ende des 19. und weit hinein ins 20. Jahrhundert nahmen die Räubereien bislang unbekannte Ausmaße an. Im Wilden Westen waren es beispielsweise um 1890 die in Eisenbahn- und Banküberfälle verwickelten Dalton-Brüder. Der 1903 in Chicago geborene John Dillinger, verraten und erschossen 1934, hatte es als Bandenführer und Bankräuber geschafft vom FBI zum Staatsfeind Nummer eins erklärt zu werden. Bonnie und Clyde, bürgerlich Bonnie Elizabeth Parker und Clyde Chestnut Barrow, raubten und mordeten bis 1934 quer durch den Mittleren Westen der USA. Die Bande des Bruce Reynolds, an seiner Seite der legendäre Ronald Biggs, ging 1963 mit dem „Großen Postzugraub“ (The Great Train Robbery) mit einer Beute von rund 40 Millionen Pfund, heute etwa 55 Millionen Euro, in Englands Kriminalhistorie ein. In Deutschland nahm die Zahl der Kassenbotenräuber zu. Im süddeutschen Pfälzerwald, auch Haardtgebirge, machte die Bande des „Al Capone von der Pfalz“ genannten Bernhard Kimmel seit 1957 mit aufsehenerregenden Straftaten von sich reden. Auch nach mehreren Gefängnisaufenthalten, insgesamt waren es 31 Jahre, verstand er sich noch immer als „edler Räuber“ von der Art eines „Schinderhannes“, des 1803 in Mainz hingerichteten Johannes Bückler.

Wendungen der Rede

Der Volksmund kennt einige „räuberische“ Redewendungen. Wo es „wie in einer Räuberhöhle aussieht“, dort ist es sehr unordentlich. „Erzähle keine

Räuberpistolen!", das ist die Aufforderung, keine unwahren Geschichten zum Besten zu geben. Wer „Räuberzivil trägt", der ist sehr nachlässig oder dem jeweiligen Anlass entsprechend unangemessen gekleidet. Augustinus von Hippo (354–430), einer der Kirchenlehrer der Spätantike, wird noch heute mit diesem, das politische Leben betreffenden Ausspruch aus „De civitate Dei, Liber IV,4" zitiert: „Nimm die Rechtsstaatlichkeit weg, was sind Staaten, wenn nicht große Räuberbanden? Denn was sind Räuberbanden anderes als Staatswesen im Kleinen?" Lateinisch: Remota itaque iustitia quid sunt regna nisi magna latrocinia? Quia et Latrocinia quid sunt nisi parva regna?

Literarische Hinweise

In England hatte das Genre der Räuberromane bereits 1678 mit der Figur des Robin Hood, fußend auf den Balladen des 13. Jahrhunderts, seinen Anfang genommen. Im fernen China war es das wenig später bekannt gewordene Volksbuch „Die Räuber vom Liang-Schan-Moor", das die Verfolgung der Geächteten schilderte, nachdem sie das den Reichen Genommene den Armen geschenkt hatten.

1774 kam das Schauspiel vom aus Gerechtigkeit räubernden „Götz von Berlichingen mit der eisernen Hand" von Johann Wolfgang von Goethe in Berlin zur Aufführung. 1782 erregte das Sturm-und-Drang-Drama „Die Räuber" von Friedrich Schiller höchstes Aufsehen, ausgelöst durch die seinerzeit Vieles in Frage stellenden Umbrüche.

1793 erschien „Abällino, der große Bandit" von Heinrich Zschokke, einst viel gelesen ob seiner thematischen Räuber- und Schauer-Romantik. 1799 feierte der Goethe-Schwager Christian August Vulpius mit „Rinaldo Rinaldini, der Räuberhauptmann" seinen größten Erfolg. Dem „Schwarzen Jonas, Kapuziner, Räuber und Mordbrenner" (1805) nahm sich Ignaz Ferdinand Arnold an. Heinrich von Kleist setzte 1810 mit der Novelle „Michael Kohlhaas" einem Pferdehändler, dem Unrecht widerfahren war, ein Denkmal.

Wilhelm Hauffs mehrfach in Abwandlungen verfilmtes „Wirtshaus im Spessart" wiederum, verfasst 1826, versieht die Räuber-Thematik mit heiteren Aspekten bis zu einem versöhnlichen Schluss. Hauffs Spessart-Räuber sind historisch belegt. Auf dem „Eselsweg" und der Straße nach Birkenhain zwischen Hanau und Gmünden am Main überfielen sie Salz und andere Güter mit sich führende Handelsleute, raubten sie aus und hielten sie bis zur Zahlung eines Lösegeldes gefangen.

Aus der Zeitschrift „Altdeutsche Blätter" des Philologen Moriz Haupt von 1836 entlehnten die Brüder Grimm die Geschichte „Der Räuber und seine Söhne" und veröffentlichten sie in ihren „Kinder- und Hausmärchen". „Ali Baba und die vierzig Räuber", die Geschichte aus „Tausendundeiner Nacht", ist dem Orientalisten Antoine Galland zu verdanken, der von diesem Märchen 1709 von einem arabischen Erzähler erfuhr und es ins Französische übersetzte. 1914 erschien „Die Räuberbande" von Leonhard Frank, die das Schicksal eines 1899 aufbegehrenden 14-jährigen Würzburger Jungen beinhaltet.

In der zweiten Hälfte des 20. Jahrhunderts lebte die Räuber-Romantik mit Blick auf die Kinder- und Jugendliteratur zunehmend auf. Aus der Vielzahl der Erscheinungen ragt Astrid Lindgrens „Ronja Räubertochter" heraus, auch „Im Wald sind keine Räuber" für Vier- bis Sechsjährige. Durchaus vergleichbar im Erfolg sind nach wie vor „Der Räuber Hotzenplotz", „Neues vom Räuber Hotzenplotz" und „Hotzenplotz 3" von Otfried Preußler, großartig illustriert vom Zeichner Franz Josef Tripp.

Über 80 Kinderbücher verfasste der Straßburger Tomi Ungerer in Wort und (gezeichnetem) Bild, darunter „Die drei Räuber" und sein „Märchenbuch". Werner Schrader, der Bremer Pädagoge und Kinderbuchautor, stellte den „Räuber Knasterbax" in den Mittelpunkt seiner Geschichten.

„Das große Buch vom Räuber Grapsch" von Gudrun Pausewang hat die witzig-skurrilen Taten des Genannten zum Inhalt; auch die „Räuberschule" stammt von ihr. „Vilja und die Räuber" von der finnischen

Autorin Siri Kolu ist ein Buch voller Überraschungen und Situationskomik.
Von den Räubern „Fürchtenix“ und „Spurtefix“ handelt eine tschechische 52-Folgen-Trickfilmserie; zu sehen war sie 1971 im deutschen TV-Programm (ARD).

Die Störtebeker Festspiele auf der Ostseeinsel Rügen
Gottes Freund, aller Welt Feind

Deutschlands erfolgreichstes Open-Air-Theater, die Naturbühne am Ralswieker Ufer des einer Lagune ähnlichen Großen Jasmunder Boddens, begeistert alljährlich von Ende Juni bis Anfang September bis zu 400 000 Besucher aus nah und fern. Gewaltig ist das Aufgebot: 150 Akteure und viele Helfer hinter den Kulissen, 30 Pferde und vier Schiffe. Kanonendonner, spektakuläre Brände auf See und gigantisch die Feuerwerke, atemberaubend die Stunts und spektakulär die Spezialeffekte. Ein einzigartiges Schauspiel voller Seeräuberromantik, das ist das der Historie nachempfundene pittoreske Treiben im jeweiligen Theaterstück, wie beispielsweise in „Gottes Freund, aller Welt Feind“ und in „Auf Leben und Tod“.
Jeweils vormittags stimmen sie ein auf das große Spiel um Leidenschaft, Verrat und Tod, die „Könige der Lüfte“, die Adler, Falken und Bussarde, mit einzigartigen Flugmanövern.
Als vogelfreie Freibeuter, als „Likedeeler“, niederdeutsch für Gleichteiler, als Gleichberechtigte, „Vitalienbrüder“ genannt, lebt im perfekten Spiel das wieder auf, was im 14. Jahrhundert auf den Meeren von Ost- und Nordsee den Handel in den Strudel der Piraterie zog. Ursprünglich als Blockadebrecher zur Versorgung Stockholms im Verlauf der dänischen Belagerung geschätzt, kaperten Störtebeker und seine Getreuen später auf eigene Rechnung im Auftrag von Hansestädten und den nordischen Königreichen bis zum bitteren Ende.
Vorläufer der heutigen Aufführungen waren zu DDR-Zeiten die „Rügenfestspiele“ mit der dramatischen Ballade „Klaus Störtebeker“ von Kurt Barthel (1959–1961/1989–1981). Das Aufgebot an Darstellern belief sich seinerzeit auf rund 2000. Seit 1993 verantwortet das Familienunternehmen Hick die Festspiele ohne staatliche Zuschüsse: Intendant Peter Hick, Ehefrau Ruth und Tochter Anna-Theresa Hick als Geschäftsführerinnen.
Ralswiek, 1311 erstmals urkundlich erwähnt, wurde im 8. Jahrhundert von den westslawischen Ranen als Hafen von Bedeutung erwähnt und den Raub- und Handelsrouten der Wikinger zugeordnet. Anno 1168 eroberten und christianisierten die Dänen die Insel. Das heute mit etwa 240 Einwohnern kleine und nahe der Inselhauptstadt Bergen gelegene Piratendörfchen führt im geteilten Wappen ein rotes Schiff nordischer Bauart und einen silbernen Becher.

Der Blick vom Ralswieker Ufer der Insel Rügen auf die „Kampfhandlungen“ der Störtebeker Festspiele im Großen Jasmunder Bodden.

Mühlhiasl, der legendäre Waldprophet

Kein Räuber, doch der hohen Geistlichkeit ein großes Ärgernis. Eines Tages heimatlos geworden, wandelte sich der Sohn eines Müllers zum bayerischen Seher in die Zukunft

Viele der mündlich überlieferten Voraussagen betrafen die Natur, den Klerus, die Kriege und das Geld

In der Zeit des Unwesens der raubenden und mordenden Banden zwischen den Alpen und den Küsten von Nord- und Ostsee machte der Sohn eines Müllers namens Matthäus Lang (1753–1805) von sich reden. Der im niederbayerischen Apoig nahe Hunderdorf bei Straubing Geborene konnte durchaus ein Raubein mit handfesten Argumenten sein und das im doppelten Sinne, wenn etwas durchzusetzen war. Als es zum Bruch mit dem Bruder kam, hatte er ihn sogar umbringen wollen. Umso erstaunlicher war die spätere Wandlung zum Eigenbrötler, zum bisweilen die Menschen scheuenden Einzelgänger, der sich in die noch urwüchsigen Wälder zwischen Rabenstein und Zwiesel zurückzog, wo er zum Propheten Mühlhiasl aufstieg. Zuvor hatte er die vom Vater übernommene Mühle aufgeben müssen, da er ein Darlehen des niederbayerischen Klosters Windberg in der Diözese Regensburg nicht zurückzahlen konnte. Damit fiel das Anwesen dem Klerus zu. Diesem bescheinigte er voraussehend, dass jener eines Tages selbst des Klosters ledig würde, was 1803 zur Säkularisation auch geschah. Der nunmehr Heimatlose zog nach Erkenntnissen von Kornel Klar, dem Ortschronisten von Apoig, als schadhafte Anlagen instand setzender „Mühlenrichter" durch die Region, auch als Viehhüter und Kohlenbrenner sei er sich nicht zu schade gewesen sein.

Der Zwischenfall auf einer Zwieseler Brücke über den Regen ließ neue Legenden ranken. Im Bild die Rialtobrücke im Park mit der Pfarrkirche St. Nikolaus.

Der Zwischenfall in Zwiesel

In allen mündlichen Überlieferungen wird der als „Waldprophet", als der Seher vom Bayerischen Wald Gerühmte, wegen seiner ungewöhnlich wasserhellen und klaren Augen erwähnt, was als Beweis für seine Fähigkeiten gewertet wurde. Obwohl er die Einsamkeit suchte, offenbarte er sich hin und wieder vor Neugierigen mit Prophezeiungen, mit Visionen, die ihn auf den Bergen überkommen hatten. Er geriet dabei nicht selten in Anfälle, einem Delirium gleichend. Der Geistlichkeit waren die Sehereien des Mühlhiasls ein Dorn im Auge, was den Eremiten allerdings kaum focht. Der Zwist mit dem Klerus, der einst mit dem Verlust der Mühle begonnen hatte, blieb für ihn ein dauerhafter. Das führte schließlich dazu, dass ihm das Grab auf dem Gottesacker zu Zwiesel verwehrt wurde und die

Beerdigung außerhalb der Friedhofsmauer erfolgen musste. Erzählt wird noch heute vom Zwischenfall auf der dortigen Brücke über den Regen. Die Deichsel des Leichenwagens war plötzlich gebrochen, der Sarg polterte herunter, der Deckel flog auf und der gen Himmel weisende Arm des toten Mühlhiasls reckte sich empor. Für die seinerzeit auch vom Mystischen und dem Aberglauben beseelten Christenmenschen war das durchaus ein Zeichen, das neue Legenden ranken ließ.

Auch als Viehhüter war sich der Waldprophet nicht zu schade. Ein Motiv aus der „Gläsernen Scheune" in Viechtach an der Glasstraße.

Der eiserne Hund im Vorderwald

Nach Kornel Klars Erkenntnissen soll der so eng mit der Natur Verbundene die Voraussagen mit symbolischen Andeutungen versehen haben. So sprach er von einer kommenden Zeit, in der man den Sommer nicht mehr vom Winter unterscheiden könne. Das passte auf den Klimawandel. Wenn der Wald so licht werde wie des Bettelmanns Rock (der Löcher wegen), war das vielleicht ein Hinweis auf das Waldsterben. Wenn der „eiserne Hund durch den Vorderwald belle", begänne der große Krieg. Das bezöge sich auf die bayerische Nebenstrecke Deggendorf-Kalteneck, genannt „Vorwaldbahn", eingeweiht am 1. August 1914. Das war der Tag, an dem das Deutsche Kaiserreich nach Österreich-Ungarn (28. Juli) in den Ersten Weltkrieg eintrat. Nach diesem werde ein zweiter und dritter folgen. Einerlei Geld käme auf und „davon so viel, dass man es gar nimmer kennen könne". Das ließe sich auf die Inflation in den 1920er-Jahren deuten, wenn nicht auch auf aktuelle Gegebenheiten. Was die Prediger beider Konfessionen in den Gotteshäusern aufbrachte, das war zudem die Prophezeiung, dass die „Religion noch so klein werde, dass man's in ein' Hut hineinbringt".

Die Gemälde in der Gläsernen Scheune

Den Glasmaler Rudolf Schmid senior faszinierte Zeit seines Lebens die von Geheimnissen umwitterte Gestalt des Mühlhiasls, was ihn zu einem besonderen Kunstwerk bewog, zur „Gläsernen Scheune" in Viechtach, dem im Naturpark des Bayerischen Waldes gelegenen Luftkurort an der „Glasstraße", eine der abwechslungsreichsten Ferienrouten in Deutschland. Sie stellt das Wirken und die Weissagungen des Waldpropheten bildlich dar. Des vielfach ausgezeichneten Künstlers Ausdruckskraft des Farbenspiels verschmilzt mit dem Inhalt des Dargestellten zu einer weltweit einzigartigen Komposition in beeindruckenden Maßen bis zu 10 Metern in der Höhe. Auch einem legendären Gesetzlosen widmete er ein Glasgemälde; siehe hierzu auch das Kapitel „Der Räuber Heigl und die ‚Rothe Res'"(Seite 48 f).

Elsbeth, die Judith von Wien

Im 14. Jahrhundert gelang der ebenso schönen wie scharfsinnigen Tochter eines Küfermeisters die ungewöhnliche Festsetzung eines gefürchteten Räubers

Der mit einem geheimnisvollen Mechanismus von einem Waffenschmied versehene Lehnstuhl wurde dem Waldteufel zum Verhängnis

Es ist die Geschichte von einer Maid, die in unsicherer Zeit selbst den Hartgesottenen höchsten Respekt abrang. Die Maid, das war die hübsche, gerade 18 Jahre alt gewordene Tochter eines fleißigen Küfermeisters, der im Wiener Vorort Wieden seinem geachteten Handwerk nachkam. Es war an einem schönen Septembertag des Jahres 1370, als Elsbeth das Gasthaus des mit ihrem Vater befreundeten Sebastian Gundtl eiligen Schrittes betrat. Hans, der Wirtssohn, schon seit Längerem dem Liebreiz des Mädels erlegen, sah erfreut die Gelegenheit für ein unverhofft romantisches Plauderstündchen gekommen. Kaum einander begrüßt, enttäuschte Elsbeth, im Ton kurz angebunden, mit der Forderung nach einem Wagen, zu führen von zwei handfesten Knechten mit dem Ziel Wiener Neustadt, bereit zu stellen in einer Stunde. Zugleich schärfte sie dem Verblüfften ein, dass ihr Vater davon nichts wissen dürfe, es solle eine Überraschung werden. Was diese denn sei, das verriet sie nicht.

Warnung vor der Teufelsmühle

Hans eilte sich, und bald stand das Pferdegespann bereit. Auf dem Bock ein kräftiger Kutscher und die erwünschten Knechte aus den Diensten des Wirtes. Ihm war nicht wohl bei dieser Unternehmung, wusste er doch von der Gefahr der Fahrt über den Wienerberg wegen des Waldteufel genannten Hans Aufschring, da dieser dort mit seiner Bande Untat auf Untat verübte. Also warnte er Elsbeth eindringlich, auch vor der Einkehr in die dortige Schankwirtschaft in der „Teufelsmühle", von einer Übernachtung ganz zu schweigen. Immerhin stehe der Wirt mit dem Raubgesindel in Verbindung. Ganz Wien zitterte seinerzeit vor dem verfemten Aufschring, der selbst vor Mord nicht zurückschreckte und bislang nicht gefasst werden konnte. Doch das beeindruckte Elsbeth nicht, glaubte sie doch zu wissen, dass der Gefürchtete Frauen verschone.

Der geheime Federdruck

Die Fahrt verlief ohne Zwischenfälle. Wohlbehalten zur Dämmerstunde in Wiener Neustadt angekommen, bezog der kleine Tross eine gute Herberge. Am nächsten Morgen klopfte Elsbeth beim Waffenschmied Klingsporner an – mit dem Begehr, dass er ihr zum Geburtstag des Vaters einen kunstvollen Lehnstuhl fertige, der allerdings ein ganz Besonderer sein müsse. Er solle einen doppelten Zweck erfüllen. Zum einen zur Erbauung des schön gestalteten Ruhesitzes, zum anderen aber ausgestattet mit einem geheimen Mechanismus. Der müsse auf einen Federdruck zwei kräftige Arme vorschnellen lassen, den Vater umklammern, und nur sie sei es dann, die ihn wieder daraus befreien könne. Der ob seiner Kunstfertigkeit gerühmte Schmied nahm den Auftrag an, lieferte bald den sorgsam verpackten Überraschungsstuhl, sodass Elsbeth und ihre Begleiter umgehend die Rückreise nach Wien antreten konnten.

Der Silberbecher als Lockmittel

Da erst am späten Nachmittag aufgebrochen, war es bereits finstere Nacht, als sie die Mühle erreichten. Elsbeth beschloss zu übernachten, orderte Zimmer für sich und ihre Männer. Den Kutscher hielt sie an, die Pferde nicht auszuspannen und das Fuhrwerk direkt unter

Das Wappen von Wieden, einer der frühesten genannten Vorstädte von Wien um 1137, heute Bestandteil der UNESCO-Welterbestätte Historisches Zentrum Wien.

ihrem Fenster abzustellen. Den Lehnstuhl trugen ihr die Knechte aufs Zimmer. Während sie darauf im Schankraum ein Nachtmahl zu sich nahm, flog die Tür auf, grußlos trat ein grobschlächtiger Mann ein – und setzte sich ungefragt zu ihr. Es war der Aufschring! Das Herz klopfte ihr bis zum Hals, doch äußerlich schien Elsbeth völlig unbefangen. Dem vermeintlich Fremden erwies sie sich als freundlich-unbedarft und verstand sich liebreizend in Szene zu setzen. Der von ihr zusehends hingerissene Räuber rückte näher und versuchte mit kleinen, zärtlich gemeinten Zudringlichkeiten ans Ziel zu kommen. Elsbeth wehrte charmant die Ambitionen zu einem Schäferstündchen ab und brachte zur Gegenwehr das Gespräch auf einen wertvollen, einen in der Wiener Neustadt erworbenen silbernen Becher, gedacht als Geschenk zu Vaters Geburtstag. Dieses vermeintlich kostbare Gefäß wollte der längst in Liebe entflammte Schurke unbedingt auf ihrem Zimmer begutachten. Scheinbar widerstrebend willigte Elsbeth ein.

Der umgitterte Schurke

Kaum gemeinsam den Lehnstuhl ausgepackt, bat sie ihn, auf ihm Platz zu nehmen. Gesagt, getan. Ein Federdruck, der Mechanismus erwachte, eiserne Bänder sprangen vor, umgitterten den von der Körperfülle Gedrungenen, sodass er sich nicht mehr rühren konnte. Er war in die Falle gegangen. Den Rest besorgten die Knechte. Sie schleppten den Tobenden samt Stuhl vors Haus und verluden ihn wie auch den gefesselten Schankwirt, den Spießgesellen und Hehler, aufs bereitstehende Gefährt, um noch zu mitternächtlicher Stunde gen Wien aufzubrechen.

Hinrichtung auf dem Hohen Markt

Die Stadt stand bald kopf, als die Kunde von der sensationellen Gefangennahme des steckbrieflich Gesuchten die Runde machte. Das Verwundern über die Tat der tapferen Tochter mit Nerven wie aus Drahtseilen wollte kein Ende nehmen. Hatte sie, die inzwischen „Judith von Wien" Genannte, doch alle beamteten Häscher, denen es nicht gelungen war, dem Räuber auf die Spur zu kommen, mehr als nur beschämt. Hans Aufschring und der als Wirt getarnte Kumpan wurden am 24. Jänner 1371 auf dem Wiener Hohen Markt hingerichtet. Bald darauf führte der Hans Gundtl seine Elsbeth zum Traualtar. Deren Nachkommen führten noch viele Jahre das Gasthaus „Zum Waldteufel" in der Kärntner Straße, das später in Währing, heute ein Stadtteil Wiens (18. Bezirk), als Wirtshaus „Zum wilden Mann" einen neuen Anfang nahm. Eine Einkehradresse unter diesem Namen gibt es dort nach wie vor.

Quelle: Die schönsten Sagen aus Wien. SAGEN.at Buchedition, Wien.

Die Judith von Betulia

Ob Elsbeths rühmender Ehrenname „Judith von Wien" in der Judith im christlichen Alten Testament seinen Ursprung findet, ist nicht bekannt. Immerhin hatte die atemberaubende schöne und gottesfürchtige Israelitin die Bevölkerung der Stadt Betulia im judäischen Bergland vor der Vernichtung bewahrt, als sie den Assyrer Holofernes mit des Feldherrn eigenem Schwert enthauptete. Diese Überlieferung war in der abendländischen Kunst ein beliebtes Thema, beispielsweise in Gemälden von Sandro Botticelli, Lucas Cranach, Peter Paul Rubens und dem Wiener Gustav Klimt.

Quelle: Die schönsten Sagen aus Wien. SAGEN.at Buchedition, Wien.

Österreichs Raubgesellen

Kurz und bündig, bewegend und erschreckend – eine Auswahl

Die List des Loisl

In der Nähe der oberösterreichischen Burg Alt-Aist bei Perg war er in einer Höhle untergekommen, der Wagner Loisl. Mit List und Tücke gelang es ihm immer wieder, den Begüterten zu nehmen und den Armen zu geben. Als er in der Ortschaft Tal von einer Bäuerin erfuhr, dass ihr verzweifelter Mann unterwegs sei, um den Pachtschilling aufzutreiben und damit dem Schuldturm entgehen zu können, nickte der Loisl nur und verschwand. Am nächsten Morgen stand er in der Tür, gab sich namentlich zu erkennen, drückte der Bauersfrau das benötigte Geld als Geschenk in die Hand und wies sie an: „Wenn der Eintreiber nachfragt, sage ihm, von wem es stammt, und sage ihm auch, dass er mich im Brandstatterholz finden könne.“ Umgehend lieferte sie den Betrag im Schloss ab und tat kund, wie ihr aufgetragen. Sogleich brach der Landpfleger mit seinen Leuten auf, um den Loisl zu fassen, wenn auch ergebnislos. Der hatte sich inzwischen in die leere Amtsstube geschlichen und das Geld wieder eingesammelt, das in der Eile des Aufbruchs auf dem Tisch liegen geblieben war.

Der getäuschte Graf

Er kam wie aus dem Nichts, brach ein, griff das Wertvollste und verschwand ebenso schnell wieder – der starke Hafner Tonerl mit seinen Spießgesellen. Als ihm an einem schönen Sommertag ein Weiblein auf einer Waldlichtung begegnete, behelligte er sie nicht, sondern befahl ihr, sich zum Grafen nach Wolfsegg bei Vöcklabruck im Hausruckviertel mit der Botschaft zu begeben, dass er sich sonne und ansonsten zu allem zu faul sei. Wenn man ihn fangen wolle, dann möge man sehr feste Stricke mit sich führen, denn bislang habe er alle zerreißen können. Das Weiblein, froh davonzukommen, tat wie befohlen. Sofort schwärmte der Graf mit großem Aufgebot aus. Doch die Suche lief ins Leere. Am Abend wieder heimgekehrt, fand er ein ausgeraubtes Schloss vor.

Die Warnung des Kaplans

Auf der verlassenen Burg Lichtenhag im Mühlviertel hauste einst der Räuberhauptmann Tiege mit seinen Kumpanen. Als das adlige Fräulein von Eidenberg Verwandte auf der Burg Rottenegg aufzusuchen beabsichtigte, wählte sie einen an Lichtenhag vorbeiführenden Weg, obwohl der sie begleitende Kaplan vor dem Tiege gewarnt hatte. Nahe der Klammleiten kam es zum von ihm befürchteten Überfall, er wurde erschlagen, das Fräulein auf die Burg verschleppt, sie sollte mit Tiege zwangsweise verheiratet werden. Als sie sich weigerte, stieß er sie wutentbrannt von einem vorspringenden Felsen in die Tiefe, wo sie den Tod fand. Wenige Stunden darauf brach ein gewaltiges Gewitter los, ein Blitz traf Tiege. Er war auf der Stelle tot. Die Burg brannte bis auf die Grundmauern nieder.

Kopfunter über dem Ameisenhaufen

Stern hieß der Räuber, der zwischen Weyer und Großraming in der Region Steyr-Land zu zweifelhaftem Ruhm gekommen war. Reisende Handelsleute beraubte er nicht nur, nachdem er sie von seinen Leuten ins schützende Dickicht oder ins Gewirr der Felsen hat schleppen lassen, er marterte sie zudem noch. Am liebsten knüpfte er die Verzweifelten an Bäumen mit dem Kopf nach unten über großen Ameisenhaufen auf. Da er nicht zu fassen war, ging die Vermutung um, dass er sich unsichtbar machen könne. Unvorsichtig geworden, wurde er eines Tages schlafend vor seinem Versteck zwischen den Felsen entdeckt, gestellt, verurteilt und enthauptet.

Hans, der Hund – die Redewendung

Er war ein Bauernbursche von geradezu unbändiger Kraft, der auf einem Hof zwischen Leonfelden und Lobenstein in Urfahr-Umgebung lebende Hans Hund. Er und seine vor nichts zurückschreckende Gefolgschaft – seien es Entführungen, Mord oder Totschlag – waren weithin gefürchtet. Doch dann kam der Tag, als er in die Hütte eines Häuslers einbrach, um sich dessen liebreizende Tochter mit Gewalt zu nehmen. Diesmal war Hans an die Falsche geraten. Mit einem Axthieb auf den Kopf brachte sie ihn vom Leben zum schnellen Tod, er wurde schon tags darauf außerhalb der Kirchenmauer von St. Veit im Mühlkreis beerdigt. Auf dem Grabstein stand unter der Abbildung eines gespaltenen Totenkopfs geschrieben: „Hier ruht der Hans Hund begraben."

Im Lauf der Zeit verwitterte der Stein nebst der Inschrift, was irgendwann zur Annahme von einem begrabenen Hund führte, der einst die St. Veiter vor einer großen Gefahr bewahrte. Das soll letztlich die Entstehung der Redewendung „Hier liegt der Hund begraben" bewirkt haben.

Anmerkung: Dieser Ursprung der gängigen Aussage liegt im Bereich des Möglichen, da bis heute keine schlüssige Deutung bekannt ist. Die Ausgabe „Redewendungen" vom Duden-Verlag (Mannheim, Leipzig, Zürich, Wien, 2002) liefert einen Hinweis auf den in der Erde verborgenen schwarzen Schatzhüterhund der Volkssage, der oft anstelle des Teufels auftritt und Schatzgräber abschreckt. Eine weitere Mutmaßung: Der Hund als Synonym für den Teufel, dessen Name einem nicht über die Lippen kommen soll. Das bedeutete wiederum: Der „Hund" stünde als Stellvertreter für das Böse, was geradewegs zu Johann Wolfgang von Goethe führen würde. In seinem „Faust" entpuppte sich der *Mephisto* immerhin als „des Pudels Kern".

St. Veit führt übrigens einen stehenden Rüden im Wappen. Er verweist allerdings auf einen gewissen Siegmund Hager, der 1612 seinem „Delfin" genannten Hund ein Denkmal setzte.

Das eingemauerte Mädchen

Im 15. Jahrhundert trieb sich in der Umgebung von Linz eine für ihre Gewalttätigkeiten gefürchtete Räuberbande herum. Als es gelang, einen der Schurken zu stellen, endete er bald am Galgen. Die Rache der Kumpane folgte auf dem Fuß. Sie raubten die Tochter eines Linzer Ratsherrn, mauerten sie in einer Höhle an der Steilwand des zur Donau gelegenen Freinberges ein, was den baldigen Tod des Mädchens bedeutete. Doch ein weiterer Gefasster, in der Hoffnung auf eine milde Bestrafung, verriet das Versteck. Das stark geschwächte Mädchen konnte befreit werden. Am Leben erhalten hatte es glücklicherweise eine durch die Höhle rinnende Quelle.

Salz in den Wunden

Eine ganz ausgefallene Methode, die gelichteten Reihen seiner Gesellen zu füllen, pflegte ein gewisser Michl Landl in der oberösterreichischen Gegend von Oberneukirchen, Zwettl, Gramastetten und Pöstlingberg. So warb der Räuberer mit auf Straßen und Plätzen verstreuten Zetteln, auf denen zu lesen war: „Wen d' Arbeit net gfreut, und wer in Galgen net scheicht, soll za mir kemma, denn i brau[ch] a Leit!" Das zeigte Wirkung, zumal der Landl als überaus erfolgreich, aber auch grausam galt. Überliefert ist, dass er Gefangenen die Fußsohlen aufschnitt und Salz in die Wunden streute. Einer mit dem Krapfenbacken beschäftigte Bäuerin tauchte er die Hände ins siedende Schmalz, und bei anderer Gelegenheit schoss er aus Übermut ein altes, Kirschen pflückendes Weiblein vom Baum. Doch auch ihn holte die ausgleichende Gerechtigkeit ein. Seine letzte Stunde schlug am Galgenbichl in Oberneukirchen.

Quellen: Oberösterreich SAGENat. Buch-Edition, Wien.

Aggstein, Hadmar, Heinrich und der Scheck vom Wald

Die Burg auf dem Felssporn hoch über der Donau in der Wachau war Jahrhunderte lang ein gefürchteter Hort räuberischen Unwesens

Erst spannten die Kuenringer Ketten über den Strom. Danach wurde ein Kammerherr des Wiener Herzogs zum fürchterlichen Schreckenwalder

Es war zu Beginn des 13. Jahrhunderts, als die auf der Wachauer Burg Aggstein hausenden Herren von Kuenring, Hadmar und Heinrich, Angst und Schrecken verbreiteten. Die im jungen Herzogtum Österreich gepriesene Ritterlichkeit war ihnen ein Gräuel. Sie, die sich den Namen „Hunde von Kuenring", selbst zulegten, räuberten, getrieben von Habgier, und brandschatzten ohne jede Rücksichtnahme. Die Städte Stein und Krems legten sie 1231 in Schutt und Asche.

Wegelagerer und Flusspiraten

Seinerzeit bot die Donau den schnellsten Weg vom Westen nach Wien, was den beiden Kuenringern mithilfe einer über den Strom gespannten Kette fette Beute bot. Kaum darin verfangen, plünderten sie die Schiffe aus. Die Kaufleute ließen sie davonkommen. Sodann auf anderen Wegen in Wien angekommen, berichteten sie an höchster Stelle von der Flusspiraterie der adligen Wegelagerer. Um dem Treiben der beiden Burgherren ein Ende zu setzen, versuchte Herzog Friedrich der Streitbare Aggstein zu erstürmen, was nicht gelang.

Verlockende reiche Beute

Einer der Wiener Handelsleute, Rüdiger mit Namen, empfahl eine List, die dem Herzog gefiel. Also begab sich der Mann nach Regensburg, ließ dort ein stattliches Schiff mit wertvoller Fracht beladen und nahm schwer bewaffnete Männer mit an Bord, die sich im Laderaum verbargen. Die Kunde von überaus reicher Beute ließ Hadmar von der Burg herabsteigen, was nicht immer der Fall war, und er ging mit aufs Schiff, wo ihn die angeheuerten Kriegsknechte umgehend überwältigten. Die zu seiner Befreiung nachdrängenden Knappen waren den Bogenschützen und Steinschleudernden nicht gewachsen und suchten ihr Heil in der Flucht.

Der frömmelnde Hadmar

Herzog Friedrich, der inzwischen Aggstein einnehmen konnte, verfuhr überraschend gnädig mit den Kuenringer Brüdern. Er ließ ihnen Leben und Freiheit nach der Herausgabe aller bislang geraubten Güter und zog deren noch verbliebenes Vermögen zur Wiedergutmachung ein. Alledem folgte die Anordnung zur Zerstörung der Burg. Hadmar frömmelte fortan und soll nach wenigen Jahren auf einer Wallfahrt zu einem Dorf in der Nähe von Passau verstorben sein. Die Spur des Bruders Heinrich verlor sich im Dunkel der Geschichte(n).

Das makabre Rosengärtlein

Somit schien das Kapitel der Räubereien für immer abgeschlossen. Doch 1429, gut 200 Jahre später, begab es sich, dass Herzog Albrecht V. seinen Kammerherrn Georg Scheck von Wald mit dem Gebiet um Aggstein belehnte, verbunden mit der Verpflichtung zum Wiederaufbau der Burg. Scheck, der sich die Gunst des Herzogs erschlichen hatte, zeigte bald als Burgherr sein wahres Gesicht und hielt es nicht minder schrecklich wie einst die *Hunde von Kuenring*. Er drangsalierte und presste die Untertanen gnadenlos aus. Mit der Mautpflicht auf dem Fluss beließ er es nicht, auch plünderte er zunehmend die Schiffe. Ließ einst noch Hadmar die Kaufleute laufen, der Scheck, längst im Donautal der

Hoch über der Donau: Burgruine Aggstein.

Schreckenwalder genannt, nahm sie zur Erpressung von Lösegeld gefangen. Um dem Ganzen Nachdruck zu verleihen, ließ er sie an Stricken vom „Rosengärtlein" genannten Felsvorsprung hängend über dem Abgrund baumeln. Wer nicht ausgelöst wurde, dem stand das Verhungern oder der zerschmetternde Sprung in die Tiefe zur Wahl.

Der todesmutige Jüngling

Ein ähnliches Schicksal schien einem edlen Jüngling, der sich nicht zu erkennen geben wollte, gnadenlos beschieden. Er zog den Sprung vor, nachdem er die Bäume in der Tiefe als einzige Möglichkeit des Entkommens und Überlebens erkannt hatte. Der Sturz in eine der Baumkronen gelang, fast unversehrt glitt er zu Boden und eilte ins Tal, um den Leuten von den Schrecken auf der Burg zu berichten. Vereint mit den Rittern der nahen Burgen gelang es bald darauf, den Scheck festzusetzen, zu verurteilen und mit einem Schwertstreich zu enthaupten. Noch heute heißt es Volksmund der Wachau: „Er sitzt in Schreckenwalds Rosengärtlein." Dann ist von einem die Rede, der sich in höchster Leibes- und Lebensgefahr befindet.

Quelle: Die schönsten Sagen aus Österreich. SAGENat Buch-Edition, Wien.

Schönbühel-Aggsbach

Die Ruine der ehemaligen Spornburg, entstanden um 1100, ragt rund 300 Meter über dem rechten Ufer der Donau empor. Sie gehört zum Gebiet der kleinen Marktgemeinde Schönbühel-Aggsbach in der Wachau nahe Melk. Zu weiteren Sehenswürdigkeiten des Ortes gehören das ehemalige Servitenkloster Schönbühel, anno 1666 in 500 Meter Höhe auf einem Fels erbaut, die Kartause Aggsbach, die Hammerschmiede und das Mineralienzentrum Steinstadel, beheimatet in einem Jahrhunderte alten Natursteinbau.

Der Haichenbacher, der Bischof und das Teuflische

Immer wieder verstand es der listenreiche Burgherr, falsche Spuren zu legen, um dann erfolgreich aus dem sicheren Hinterhalt zuzuschlagen

Ein Traum des Passauer Bischofs Albrecht von Bayern bewirkte auf dem Strom ein fürchterliches Ereignis und doch mit gutem Ausgang

Wie schon der Kuenringer Hadmar von der Burg Aggstein in der Wachau, verstand sich der wilde Ritter auf der dem Bistum Passau gehörenden Burg Haichenbach auf die Flusspiraterie mittels einer ebenfalls über die Donau gezogenen Kette und zugleich bestens auf die Straßenräuberei. Ihn mit seiner Bande zu stellen, lief regelmäßig ins Leere. Die den Pferden verkehrt aufgenagelten Hufeisen führten in die Irre. Das war nur eine der Täuschungen des Listenreichen. Nicht selten folgte dann der Überfall aus dem Hinterhalt auf die Häscher. Dem für die Region zuständigen Passauer Bischof Albrecht von Bayern blieb nichts anderes übrig, als dem Haichenbacher höchstpersönlich ins Gewissen zu reden, dem bestenfalls, wenn überhaupt, mit Hohn und Spott begegnet wurde. Der Recke räuberte unverdrossen weiter und vermehrte seinen Reichtum tagtäglich aufs Neue.

Genickbruch und Feuersbrunst

Doch dann ereilte ihn eines Tages ein unverhofftes Schicksal, das zum Tod führte. Während eines wagemutigen Gewaltritts stürzte er zu Boden und brach sich das Genick. Kaum in der Burghalle aufgebahrt, brach eine 1273 beurkundete Feuersbrunst aus. Was blieb, das waren die trostlos zum Himmel aufragenden hohen Mauern. Was fehlte, so weiß es die Sage, waren die sterblichen Überreste des Raubritters. Das genügte den Leuten in der Umgebung als Erklärung, dass der Satan zuerst die Seele und danach den Leichnam in die Hölle geholt habe.

Die flehende Stimme

Was dann geschah, das begann im Schlaf des Bischofs, als ihm träumte, er stehe am Rand eines feurigen Abgrunds, aus dem eine verzweifelte Stimme flehte: „Herr Bischof, erbarmt Euch meiner! In meiner Burg liegt noch das geraubte Gut, deswegen ich hier in glühendem Gold rösten muss. Ich bitte Euch, schickt einen Brief mit geweihtem Siegel nach Haichenbach und lasst das Raubgut von dort holen." Der Bischof folgte dem

Die Burgruine Haichenbach bei Hofkirchen, der Marktgemeinde des Naturwunders Donauschlinge Schlögen.

Traum, da er ihn ganz zweifellos als Mahnung einer höheren Macht erachtete.

Plötzlich bebte die Erde

Schon zur nächsten Mitternacht machten die von ihm beauftragten Schiffer am Ufer unterhalb der Ruine fest, schickten den bischöflichen Boten hinauf, um das genannte Gut zu bergen. Doch plötzlich bebte die Erde, feuerrot glühte die Ruine auf und blitzschnell fuhren zwei gewaltige Truhen, auf denen zwei riesige Wächter saßen, den Berg hinab zum Ufer. Die Teufelartigen fassten die Truhen, verluden sie, um sich dann wieder auf sie zu setzen. „In Gottes Namen, fahren wir!" rief noch einer der Fährmänner. Doch das war den Dämonischen zu viel des Göttlichen: Sie stürzten sich kopfüber in den Strom, dessen Wellen zischend und brausend über ihnen zusammenschlugen. Das teuflische Geschehen fand dennoch, einem Wunder gleich, ein gutes Ende. Die kostbare Fracht kam unbeschadet am Sitz des Bischofs an.

Quelle: Die schönsten Sagen aus Österreich. SAGENat Buch-Edition, Wien.

Hofkirchen im Mühlviertel

Die Burgruine Haichenbach, einst auch „Kerschbaumer Schlößl" im Hinblick auf das nahe Kerschbaumer-Gut genannt, gehört zur Gemeinde Hofkirchen in Oberösterreichs Mühlviertel. Erhalten geblieben sind das inzwischen wieder überdachte Burgtor und Teile der Ringmauer. Vom frei zugänglichen Wohnturm der Höhenburg (450 m) bietet sich eine einzigartige Aussicht auf das romantische Tal der Donau. Urbar gemacht worden war die als Nordwald bekannte Gegend um Hofkirchen von Siedlern aus Bayern zwischen dem 9. und 12. Jahrhundert.

Das Räubermädchen von Baden

Sie scheute weder Tod noch Teufel, hauste in einer nur ihr bekannten Höhle am Kalvarienberg und konnte mit dem Schwert umgehen

Selbst als ein Entkommen unmöglich geworden war, zog sie den Tod dem Leben vor und erstickte in ihrem Versteck am schwarzen Rauch des Feuers

Die Sage von einer streitbaren Jungfrau mit dem Hang zum Ungesetzlichen, bekannt geworden als das „Räubermädchen von Baden", führt zurück in eine Zeit, als große Not und Unsicherheit herrschten. Zu Beginn des 15. Jahrhunderts zogen Banden durchs Land, plünderten und raubten vorgeblich im Namen dreier zerstrittener Herzöge im Zusammenhang mit dem noch minderjährigen Albrecht IV., den sie im Amt verhindern wollten.

Reiterin in voller Rüstung

Um 1410 machte in Baden bei Wien eine junge Frau von sich reden, die es mit verwegener Bravour den Gesetzlosen nachtat. Sie hauste in einer Höhle am Kalvarienberg der Stadt, wo sie das stattliche Raubgut auch verwahrte. Die vermutete Tochter des Ritters Friedrich von Rauheneck scheute weder Tod und Teufel, schlug zu, raffte, was ihr von Wert erschien, und verschwand. Übereinstimmend wurde sie als gewandte Reiterin geschildert, die auch das Schwert gekonnt zu führen wusste, worum sie mancher Jungherr beneidet haben soll. Doch dem Treiben der stets in der Rüstung erscheinenden Draufgängerin sollte bald ein Ende gesetzt werden.

Der unüberwindbare Spalt

Herzogliche Krieger blieben ihr nach einem eben vollzogenen Raubzug auf den Fersen und sahen sie in der bis dahin unbekannten Höhle verschwinden. Wegen des überaus schmalen, des einem Spalt gleichenden Eingangs war es ihnen nicht möglich, ihrer sofort habhaft zu werden, da immer nur einer sich hineinzuzwängen imstande war. So blieb ihnen nichts anderes übrig, als sie lauthals zur Herausgabe ihres Schwertes und aller erbeuteten Güter aufzufordern. Die Antwort war eine unerwartete: Sie trat in den Spalt und schlug einen der Belagerer blitzschnell mit einem Schwerthieb zu Boden. Einem Nachdrängenden erging es ebenso, dem Nächsten auch. Dann zog sich die Wehrhafte wieder in die Höhle zurück.

Der Wind, das Feuer, das Warten

Die verbliebenen Krieger beratschlagten lange, wie sie der fast schmeichelhaft „Räubermädchen" Genannten beikommen könnten. Was letztlich als Lösung blieb, das war das Ausräuchern. Also entzündeten sie ein riesiges Feuer. Der Wind stand günstig. Der von feuchtem Holz bewirkte schwarze Rauch wurde gleichsam von der Höhle aufgesogen. Nach Stunden, inzwischen war es Abend geworden, war noch immer nichts von ihr zu sehen, geschweige denn zu hören. Als das Feuer erloschen war, wagten sich die Männer, einer nach dem anderen mit aller Vorsicht, in die verqualmte Höhle und fanden sie in voller Rüstung auf dem Boden liegen. Sie war lieber am Rauch erstickt, als sich zu ergeben. Nachdem sie das unter einer Falltür lagernde Raubgut geborgen hatten, ließen sie tags darauf den Spalt zumauern.

Irgendwann um 1700 wollten Neugierige dem Wahrheitsgehalt der Sage auf den Grund gehen und brachen den Höhleneingang auf. Es soll sie das kalte Grausen gepackt haben, als sie das Gerippe in der verrosteten

Der Hauptplatz von Baden mit dem Rathaus und der Dreifaltigkeits- oder auch Pestsäule des Bildhauers Giovanni Stanetti, errichtet 1713 aus Dankbarkeit für die Verschonung vor der Seuche.

Rüstung und das Schwert neben der Falltür entdeckten. Nachdem sie wieder den Eingang mit Stein und Mörtel verschlossen hatten, wandten sie sich schnell ab und wurden nie wieder gesehen. Seitdem geht die Sage, dass vielleicht doch noch einiges vom Beutegut des Räubermädchens im kalten Grund der Höhle ruht.

Quelle: Carl Calliano, Niederösterreichischer Sagenschatz, Wien, 1924.

Luft- und Kurort Baden

Baden, die Biedermeier- und Kaiserstadt mit heute und rund 26000 Einwohnern, der Luft- und Kurort an der Thermenlinie südlich von Wien, war schon in einem Ortsverzeichnis zu Zeiten des römischen Kaisers Claudius um 50 nach Christus angegeben. Die vierzehn Quellen im Stadtgebiet gehören zu Österreichs schwefelhaltigsten. Aufführungen von Operetten zählen zum erlebenswerten Pflichtprogramm, Museen, prachtvolle Bauwerke, Parks, Schlösser und Burgen gleichermaßen. Die beliebte Schauspielerin Christiane Hörbiger verbringt ihre Sommer gerne in Baden. Im *Sauerhof*, einst Residenz und später ein Nobelhotel, waren neben vielen anderen die Komponisten Ludwig van Beethoven, Carl Maria von Weber und Antonio Salieri zu Gast. Und Wien ist nicht weit, gerade einmal 26 Kilometer.

Der Mythos vom Wilden Mann

Er ist ein Wesen von dieser Welt und nicht herabgestiegen aus den Himmeln heidnischer Halbgötter

Einst vom Christentum außerhalb der Schöpfung gesehen, wandelte er sich zum Wappenträger und zum Symbol für Reichtum

Im frühmittelalterlichen Volksglauben der Slawen und Germanen galt er, der Wilde Mann, als ein menschenähnliches Wesen mit ebenso wundersamen wie bedrohlichen Fähigkeiten. Sein ihn vor der Welt schützendes Reich waren die undurchdringlichen, die unbewohnbaren Wälder und die hoch aufragenden Berge, die ihm die Spalten wie von Zauberhand in die geheimnisvollen Tiefen bizarrer Felsenformationen öffneten. Als ein Urmensch von riesenhafter Gestalt und Körperkraft, halb nackt und notdürftig bedeckt von Laub und Moos, wurde er beschrieben und besungen, stets bewehrt mit einem gewaltigen Knüppel oder einem herausgerissenen, noch jungen Baum. Johann Wolfgang von Goethe (1749–1832) vermittelte in seinem „Faust"-Werk („Tragödie zweiter Teil") unter der Überschrift „Riesen" ein eindrucksvolles Bild: „Die wilden Männer sind's genannt, am Harzgebirge wohlbekannt; natürlich nackt in aller Kraft, sie kommen sämtlich riesenhaft, den Fichtenstamm in rechter Hand und um den Leib ein wulstig Band, den derbsten Schutz von Zweig und Blatt, Leibwacht, wie der Papst nicht hat."

Verwundbar und seelisch verletzbar

Der Wilde Mann, das ist ein Wesen von dieser Welt, nicht herabgestiegen aus den Himmeln heidnischer Halbgötter. Er hat nichts mit den Tieren gemein, auch wenn er mit ihnen zu leben versteht. Stets barfuß und gleichsam umhüllt von gewaltigem Haarwuchs, ist er verwundbar, auch seelisch verletzbar, wie seit Menschengedenken überliefert. Zugeschrieben ist ihm manch Unerklärliches wie die Zauberkraft, der Umgang mit der

Wilder Mann und Wappen des Oswolt Krel, 1499, von Albrecht Dürer

Natur und die seherische Fähigkeit. Im Alpenraum, im Besonderen in Tirol, wird in den uralten Sagen selbst Dämonisches hervorgehoben. Das Mittelalter machte ihn in den Bergwelten zum Herrn und Hüter der Schätze von Gold, Silber und edlem Gestein. Damit hatte er die zaubermächtige Schar der listigen Zwerge in den Hintergrund gedrängt. Der Wilde war im Gegensatz zu ihnen gegenwärtig, begegnete er doch schürfenden Bergleuten, selten den Jägern in den Wäldern.

In des Teufels Nähe

Das Christentum sah ihn einst außerhalb der Schöpfung und wertete ihn als unheilvolle Figur der sogenannten niederen Mythologie und damit außerhalb der menschlichen Kultur. So rückte er in der Fastnacht neben den närrischen Gestalten eher in des Teufels Nähe. In der Literatur des Mittelalters diente er der Ritterschaft als zu bekämpfender Nachfolger von Drachen und anderen Ungeheuern. Das änderte sich mit der Erkenntnis, dass der Weg zu den Schätzen der Berge über den Wilden Mann führte, sofern man seinen Spuren zu folgen verstand. Nunmehr zum Symbol für Reichtum geworden, erschien er auf Münzen und Wappen, auf Wandteppichen, Glasmalereien, selbst am Chorgestühl der Kirchen und in den Reliquienschreinen. Zunehmend wurde er zum Namensgeber für Flurstücke und Berge, für Gruben und Stollen des Montanen wie auch für Bergstädte.

Gilgamesch und die Tempeldienerin

Seit Sumer, dem um 3 000 vor Christus zur Hochkultur an Euphrat und Tigris aufgestiegenem Reich, bis hinein in die auf Überlieferungen fußende Märchenwelt der Brüder Grimm des 19. Jahrhunderts sind Begegnungen mit dem Wilden Mann festgehalten. Um das Jahr 1 000 nach der neuen Zeitrechnung häuften sich die Berichte von denen, die sich aus der Not in die Wildnis gewagt hatten, um ein neues Leben zu beginnen: Bergleute, Jäger, Holzfäller, Köhler. Ein jeder hatte es gesehen, das menschliche Wesen mit dem sonderbaren Aussehen. Im sumerischen Gilgamesch-Epos, einem der ältesten Literaturwerke der Welt, ist der Wilde ein von Göttern erschaffenes, von Fellen und langem Haar bedecktes Geschöpf, das sich nach der kultisch-körperlichen Liebe mit einer Tempeldienerin zum Menschen wandelte.

von links oben nach rechts unten:
Bad Harzburg, Niedersachsen/Harz: Steinern die Burg mit zwei Wehrtürmen und geöffnetem Tor. Darüber der Wilde Mann mit Laubkranz und -schurz. Eine Hand umschließt den Tannenstamm. Im Durchgang das Wappenschild mit halbem Adler und schreitendem Löwen.
Wildon, Österreich/Steiermark: Schild mit einem Turm, gemauert aus weißen Quadern, auf einer Wiese. Aus den drei Zinnen erhebt sich der Wilde Mann, mit einem Streitkolben einen Streich führend. An ihn knüpft sich die Sage vom Wilden Mann in der Höhle am Schlossberg.
Bad Muskau, Sachsen/Oberlausitz: Wilder Mann mit Blätterkranz um Haupt und Hüfte. In der rechten Hand hält er ein gesenktes Schwert, in der linken eine Hirschstange. Entlehnt ist sie dem Wappen der Familie Rogalla von Bieberstein, die Muskau 1452 das Stadtrecht verlieh.
Deutsches Reich, von 1871 bis 1918: Großes Wappen der Deutschen Kaiser: Wilhelm I., Friedrich III. und Wilhelm II. Es zeigt den Reichsadler (preußisches Wappenschild/Hohenzollern) mit von Eichenlaub umgürteten Wilden Männern als Schildhalter und Lanzenträger mit Standarten.
Wildemann, Niedersachsen/Harz: Das Stadtwappen zeigt den Wilden Mann mit einem Sachsenross. Es steht für das alte Stammesherzogtum Sachsen, vor allem für die Herrschaftsgebiete der Welfen. Einer der berühmtesten Herzöge der Sachsen war Heinrich der Löwe (Regierungszeit 1142–1180), auch Herzog von Bayern.
Klosters-Serneus, Schweiz/Kanton Graubünden: Ein in Gold stehender Wilder Mann. In der rechten Hand führt er eine blaue Fahne mit silbernem Kreuz. Verwandt wird das Wappen der obersten Prättigauer Gemeinde seit dem 16. Jahrhundert als Siegelbild des Gerichts Klosters.

Der Held, der Wilde und der Zwerg

Von der Sage rund um Dietrich von Bern, dem Königssohn aus Welschbern (Bern), der deutsche Name für Verona, ist aus der Zeit um 500 der Kampf des frühmittelalterlichen Helden mit einem Wilden Mann überliefert, um einen Zwerg aus dessen Pranken zu befreien. Das wie eine Rüstung wirkende Fell widerstand dem Schwert, auch die versuchte Erdrosselung schlug fehl. Erst als der Zwerg dem Helden mittels eines Zaubers aus der abzusehenden Niederlage verhalf, konnte er sich behaupten. Zu Dietrichs Überraschung begann der Unterlegene klar und verständlich zu sprechen und bot ihm seine Hilfe an, wenn es Riesen zu überwinden und Drachen zu töten galt. Im historischen Böhmen, in Arnau, heute Hostinné, zieren zwei Riesen das Wappen und den Rathausturm der Stadt (siehe „Naturjuwel Riesengebirge", Verlag Anton Pustet, Salzburg) in römischer Legionärsrüstung, jeweils bewehrt mit einem Schwert in der einen Hand und Wappenschilden in der anderen, geziert mit dem Löwen Böhmens und dem Adler Mährens. Der Sage nach waren es zwei riesenhafte wilde Männer, die in grauer Vorzeit die Menschen beschützten, aber auch in den verstreuten und von den Gefahren der Wildnis umgebenen Ansiedlungen für Ruhe und Ordnung sorgten.

Das wilde Paar im Innerstetal

Die 1529 von Bergleuten aus dem Erzgebirge gegründete Ortschaft Wildemann, heute zu Clausthal-Zellerfeld im niedersächsischen Oberharz gehörend, ist von der Namensgebung her auf eine Sage zurückzuführen. Im Verlauf des vom Welfenfürsten Heinrich II. (1489–1568) von Braunschweig-Wolfenbüttel erteilten Auftrags zur Wiederaufnahme des Bergbaus trafen sie im bislang undurchdringlich geltenden Innerstetal auf einen Wilden, begleitet von einem weiblichen Wesen. Das Paar hielt sich bevorzugt in der Nähe von vermuteten Erzvorkommen auf. Auf Zurufe reagierte es nicht. Eine gewaltfreie Gefangennahme kam erst dann zustande, als er, von einem Pfeil getroffen, schwer verletzt wurde und bald darauf verstarb. An der Stelle, wo er niedergestreckt wurde, stießen die Bergmänner auf unerwartet reiche Vorkommen von Silbererzen. Wo sein „Moosweiblein" verblieb, ist nicht bekannt geworden. Nur so viel, dass es manchen Wanderer auf wundersame Weise aus der Verirrung auf den rechten Weg geführt haben soll. Das Wappen des einstigen Bergstädtchens zeigt den Wilden Mann mit dem aufsteigenden Sachsenross der Welfen. Wildermann zählt zur „Oberharzer Wasserwirtschaft", 2010 ins Weltkulturerbe der UNSECO aufgenommen. Berücksichtigt wurden dabei die im 16. Jahrhundert zur Energiegewinnung angelegten Teiche, Gräben, Stollen, Radstuben und Zechenhäuser.

Der Riese von Wildon

Seit der frühen Neuzeit zieren Wilde Männer als sogenannte „Gemeine Figuren" (aus der wirklichen Welt) die Wappen oder dienen als Schildhalter. In deutschen Mittelgebirgen stehen sie als Hinweis auf den Bergbau, so in Bad Harzburg und in Naila im Frankenwald; im Alpenländischen eher für eine auf den Ort bezogene Sagengestalt. Ein Beispiel hierfür ist das österreichische Wildon in der südlichen Steiermark. Das Wappen zeigt einen Turm mit Fallgitter. Aus den drei Zinnen erhebt sich die Gestalt eines bärtigen wilden Mannes, der über die rechte Schulter mit beiden Händen einen Streitkolben zum Streich erhebt. Der Sage nach soll der Riese einst in einer Höhle am Schlossberg gehaust, die Bevölkerung drangsaliert und bedroht haben. Erst der Mut einer von ihm gefangenen Jungfrau setzte seinem Treiben ein Ende. Sie hatte ihn mit einer Stricknadel geblendet. Die erstmals 1219 erwähnte Marktgemeinde erlangte Bekanntheit durch Herrand von Wildonie (1245–1278), der es seinem berühmten Schwiegervater Ulrich von Liechtenstein (um 1200–1275) als Minnesänger nachtat.

Im Wappen der Königshäuser

Die Wappen der zwölf preußischen Provinzen führten nach einem Erlass des Staatsministeriums ab dem 28. Februar 1881 einheitlich einen Wilden Mann und einen Ritter als Schildhalter. Bei den Fürstentümern

In der Ortsmitte von Wildemann im Harz steht diese Bronzestatue, gestiftet von einem Sohn der Gemeinde.

Schwarzburg-Sondershausen und Schwarzburg-Rudolstadt waren die Schildhalter je ein Mann und eine wilde Frau. Doppelt bemannt sind die Wappen der Königreiche Preußen, Griechenland und Dänemark und des Herzogtums Braunschweig neben dem des deutschen Kaisers Wilhelm II. (1859–1941). Eine finnische Provinz wie auch eine schwedische Landschaft, beide Lappland genannt, sind dem Wilden (Vildmann) ebenso verbunden wie das sächsische Bad Muskau in der Oberlausitz; weiterhin Großbreitenbach und Gehren in Thüringen, im Bündnerland der Schweiz Saas (Prättigau) und Klosters-Serneus. Über der Inschrift „God is my help" reckt sich der wilde Keulenträger mit Blick auf den aufsteigenden Löwen im Wappen des Duke of Edinburgh. Der jetzige Träger des Herzogtitels ist Prinz Philip, Gemahl der Queen Elizabeth II.

Kraft und Kühnheit

Im Mittelhochdeutschen war der Begriff vom Wappen noch als Waffe und Schutzschild zu verstehen, ehe er sich im 16. Jahrhundert zur heutigen Bedeutung mit symbolhaftem Charakter wandelte. Wilde Männer standen in den Familienwappen für Allegorisches, für die Verherrlichung von Kraft und Kühnheit, auch für Naturverbundenheit. Gleichermaßen sind sie als Hinweise auf Familiennamen zu werten, so auf Wildermann, Wildmann und Waldmann. Die reiche Gewinnung von Silber beflügelte die Münzprägung mit Motiven des Wilden auf den sogenannten „Lösern", den Schaumünzen vom vielfachen Wert eines Talers. Sie dienten den Fürstenhäusern Braunschweig-Lüneburg und Braunschweig-Wolfenbüttel als Hinweis auf den Harz.

Der Wild Maa in Basel

Im Brauchtum von Basel tritt der Wilde Mann, der „Wild Maa", alljährlich im Januar als einer der drei heraldischen Figuren der Stadt am Schweizer Rhein auf; mit ihnen in Verkleidungen der Greif namens „Vogel Gryff" und ein als „Leu" benannter Löwe. Im Allgäuer Oberstdorf hat sich der ehemals im Alpenraum verbreitete „Wilde-Mändle-Tanz" gehalten, aufgeführt alle fünf Jahre, zuletzt 2015. Dieser Rhythmus wird auch beim österreichischen „Schleicherlaufen" in Telfs nahe Innsbruck eingehalten. Im Fasnachtsumzug tummeln sich die Wilden Männer mit dicken Ästen um die Figur des „Panzenaffs", ein Tschinellen (Handzimbeln, Paarbecken) schlagender „Affe" auf einem großen Fass. Sie sind mit Baumbart, einer Flechtenart, behangen, tragen schwarze Handschuhe und abstoßende Masken mit langen Nasen, Warzen und buschigen Augenbrauen. Der Brauch lebt seit dem 16. Jahrhundert.

Wildfräuleinstein im Allgäu

Vielerorts erinnern Namen an die Existenz der einst von den Römern genannten „silvani", den Waldmenschen oder Wildleuten. In den Allgäuer Alpen nahe Oberstdorf ist es der 2577 Meter hohe Wilde Mann. Nahe Hinterstein bei Bad Hindelang gibt es den „Wildfräuleinstein", ein beliebtes Ausflugsziel. In den Nischen der Berghöhle hausten, so die Sage, drei jungfräuliche Wesen mit Namen Rezabell, Stuzzemuzz und Hurlahuzz. Der 643 Meter hohe Wilder-Mann-Bühel wiederum erhebt sich über dem Etschtal bei Eppan. Im Bergbau ist der Name häufig feststellbar. Historiker gehen davon aus, dass Bergleute aus dem Erzgebirge denen im Harz das Wissen um die

Wilden Männer nahebrachten. Immerhin gab es bereits 1481 entsprechend benannte Gruben, so in Freiberg und in Schneeberg, darunter auch die der „Wilden Frau". Siehe hierzu auch das Buch „Silberland Erzgebirge", Verlag Anton Pustet, Salzburg.

Der Riese von Marbach

Das nördlich von Stuttgart gelegene Marbach, die Geburtsstadt von Friedrich Schiller (1759–1805), Dichter des Dramas „Die Räuber", verwandte gelegentlich als Schildhalter des Wappens einen Wilden Mann, belegt auf einer Zeichnung von Simon Studions aus dem Jahr 1597; ebenso auf dem Wilde-Mann-Brunnen in der Altstadt und in einem Amtssiegel aus dem 19. Jahrhundert. Die Gründungssage der Stadt geht auf einen Riesen zurück, der in einer vom Wein umrankten Behausung lebte und zum Zeitvertreib Reisende ausraubte.

In Gebirgen und in unzugänglichen Wäldern entstanden in der Vergangenheit „Wilder Mann" genannte Wirtshäuser, die manche Räuberbande zu Einkehr und Versteck vor der Verfolgung nutzte. In Dresden, am Ende der sächsischen Silberstraße, heißt ein Stadtteil Wilder Mann, namentlich entsprechend ausgeschildert am Anschluss der Autobahn A4.

Im Vergleich: Der Rübezahl

In der Machtfülle sind dem Wilden Mann in Europas Sagen und Märchen die Wald- und Berggeister übergeordnet. Wenn auch ihm in vielem sehr ähnlich, vor allem in der äußerlichen, der zottigen Erscheinung, haben sie doch den Vorzug der Unverletzbarkeit. Sie scheuen die Begegnung mit dem Menschen nicht, sie sind in Grenzen beeinflussbar, aber sie bleiben die Herrscher der Natur der vom Volk empfundenen himmlischen Gewalten von Blitz und Donner, Schnee und Eis, Sturm und bebenden Gebirgen. Sie können sich verwandeln und im Nichts verschwinden. Sie wirken Wunder und strafen bei Missachtung und übler Nachrede. All das vereint der Rübezahl, der Riese mit der Holzkeule, seit Jahrhunderten der Herr des Grenzgebirges zwischen Polen und Tschechien, historisch zwischen Schlesien und Böhmen, zwischen Preußen und Österreich. Diesem Schrat wollen schon vor über 700 Jahren viele begegnet sein, Reisende und Handelsleute, Schatzsucher und Bergmänner. Schier unerschöpflich ist das Füllhorn der um die Erscheinung(en) des Rübezahls rankenden Erzählungen. Zwei große Kapitel um den Berggeist von sagenhafter, kultureller und politischer Dimension, europäisch gesehen, beinhaltet das Buch „Naturjuwel Riesengebirge", Verlag Anton Pustet, Salzburg.
Zu guter Letzt, wenn auch ganz nebenbei: Der Glaube an tatsächlich existierende, den Wilden Männern vielleicht auch gleichende Naturgeister soll heutzutage zugenommen haben. Im Rahmen der Esoterik sind mythologische Ansätze zu erkennen, verwoben mit Aspekten des Fantastischen, in Literatur und Film, in der Musik und der bildenden Kunst, alles in allem als Fantasy benannt.

Rübezahl, der Herr des Riesengebirges, steht über den Wilden Männern. Das allein schon durch den Vorzug der Unverletzbarkeit.

Ulrich Metzner
Silberland Erzgebirge
Weihnachtsland im Silberglanz

Ulrich Metzner setzt mit seinem Buch den Landschaften zwischen Zwickau und Dresden ein liebevolles Denkmal, er führt uns an die Silberstraße, bietet Einblicke in die Welt der Bergleute, lässt uns an den Bräuchen dieser Region teilhaben und Karl May mit seinem Frühwerk, den „Erzgebirgischen Dorfgeschichten", zu Wort kommen.

160 Seiten, 21 x 24 cm, Hardcover
durchgehend farbig bebildert
ISBN 978-3-7025-0813-5, EUR 25,–

Ulrich Metzner
Naturjuwel Riesengebirge
Geschichte und Geschichten eines sagenumwobenen Höhenzugs

Von Bergen, Tälern und der Sagenfigur Rübezahl! Grandios das Riesengebirge und die Schneekoppe als Quellberg der Elbe, die Tschechien und Deutschland auf 1094 km durchströmt. Sie bedeuten die Entdeckung romantischer Täler, wild rauschender Wasserfälle und verwunschener Seen, einer unvergleichlichen Bergwelt und das zu allen Jahreszeiten. Und über allem steht das geflügelte Wort von der zaubermächtigen Sagengestalt, verborgen inmitten bizarrer Felsformationen: „Es grüßt euch viel Tausend Mal, der Herr der Berge – Rübezahl!"

144 Seiten, 21 x 24 cm, Hardcover
durchgehend farbig bebildert
ISBN 978-3-7025-0747-3, EUR 25,–

Ulrich Metzner
Mythos Berchtesgadener Land
Von Menschen, Ereignissen und der Majestät der Natur

Das ins Salzburgische ragende Berchtesgadener Land mit Deutschlands einzigem alpinen Nationalpark in Bayerns südöstlichster Ecke – das ist vor allem die umgebende atemberaubende Natur von voralpin bis hochalpin, vom lieblichen Rupertiwinkel bis zum Königssee, überragt von der alles beherrschenden Majestät des Watzmann-Massivs, des Berchtesgadener Schicksalsberges mit der berüchtigten Ostwand und ihren Helden von einst und heute.
Das Berchtesgadener Land, „Oberbayerns touristisches Highlight", beeindruckt nicht nur mit seinen Sehenswürdigkeiten, sondern auch mit seiner Landschaft und den Menschen, die es geprägt haben. Das Königliche Schloss, die Schicksalsberge, Romy Schneider. Eine mystische, majestätische Vergangenheit, die es wert ist, erzählt zu werden.

144 Seiten, 21 x 24 cm, Hardcover
durchgehend farbig bebildert
ISBN 978-3-7025-0758-9, EUR 25,–

Walter Mooslechner
Naturnah
Von Gamsbärten, Kasermandln und Baumheiligtümern

Ein Lobgesang!
Von Adler, Hirsch und Steinbock, über die Falknerei und Tiere als Wetterbarometer bis hin zu den Bauernregeln spannt sich der thematische Bogen in diesem Buch.
Kurz, informativ und lehrreich, ohne belehrend zu wirken, lässt uns Walter Mooslechner an seinem Wissen teilhaben. Getragen von tiefem Respekt vor der Natur führt er uns ihren Reichtum vor Augen. „Der Wald bedarf des Menschen nicht, ein Leben ohne ihn ist aber für die Menschheit undenkbar."

176 Seiten, 17 x 24 cm, Hardcover
durchgehend farbig bebildert
ISBN 978-3-7025-0754-1, EUR 25,–

Dank allen, die zum Gelingen dieses Buches beigetragen haben:
Ferdinand Ziese, Dortmund. Kornel Klar, Hunderdorf-Apoig. Betty Püntzner, Burgthann. Helmut Buchner, Burgthann. Christine Dierenberg, Nürnberg. André Kaiser, Kurort Hartha. Pawel Sosnowski, Görlitz. Sophie Brückner, Görlitz. Sonja Heuer, Lüneburg. Richard Großer, Augustusburg. Reinhard Schmid, Viechtach. Barbara und Franz Thöner, Viechtach. Monika Mirosavljevic, Regensburg. Sepp Barth, Kötzting. Ludwig Jilek, Kötzting. Mark Philipp, Kötzting. Daniel Knorr, Hayingen. Axel Jäckle, Augsburg. Gerd Schuller, A-Graz. Ulrike Fuhrmann, Markt Mantel. Iris Bolender, Bad Soden-Salmünster. Kordula Deubert, Maisach. Georg und Raphela Maier, München. Cornelia Jägle, Heidelberg. Dr. Alexander Jordan, Rastatt. Ina Köhler, Seifhennersdorf. Michl Mohn, Ravensburg. Carsten Morgenthal, Schwerte. Uwe Fuhrmann, Schwerte. Raik-Uwe Radtke, Stollberg-Raum. Martina Stecher, A-Pinkafeld. Dr. Oliver Kaiser, Schwerte. Ina Plöttner, München. Marco Gosewinkel, Schwerte. Karl-Heinz Klameth, Heimbuchenthal. Marion Sangier, Heimbuchenthal. Elisabeth Götz, Neusath-Perschen. Peter Joemann, Rothenbuch. Sebastian Worch, Maßbach. Sandra Claes, Lichtenau. Sylke Karlstedt, Halle/Saale. Maria-Luise Kinar, Stollberg. Käte Hössel, Dermbach. Richard Windsor, Zwiesel. Dr. Oliver Kaiser, Gemünden am Main. Gerd Aulenbach, Rothenbuch. Ina Goschnick, Helmstedt. Viola Stöver, Rosengarten-Neundorf. Johanna Ullmann-Süß, Nabburg. Sven Weise, Parchim. Hans-Dieter Wibbeln, Detmold. Eveline Friedrich, Huy. Ute Huch, Halberstadt. Rolf Heydecke, Halberstadt. Gunther Hirschligau, Ummendorf. Bernhard Weigl, Mantel. Sabine Sautter, Reutlingen. Regina Filler, Geisa. André Detter, Alfeld-Brunkensen. Cathleen Walther, Köln. Thomas Werz, Neuss. Heidemarie Hotwagner, A-Oberwart. Dr. Fritz Schellack, Simmern. Ute Mägde, Alfeld. Helmut Knust, Geesthacht. Martina Mertens, Herzogenrath. Gerold Spille, Dörlingen-Klattenhof. Götz Neuber, Dörlingen-Klattenhof. Bettina Müller, Lonsheim. Thomas Ebelt, Mölln. Daniela Schum, Jossgrund. Mele Brink und Bernd Held, Aachen. Landkreis Helmstedt, Geschäftsbereich Schule, Kultur und Sport. Melsene Bittó, Helmstedt. Claus Morhart, Aschaffenburg. Toni Kurz und Wolfgang Andraschek. A-Horn. Andrea Beyes, Alfeld. Hans Fegert, Ingolstadt. Manfred Simonis, Mainz. Renate Eitz und Gabriel Schmidt, Ilsenburg-Drübeck. Frank Löding, Brettorf. Daniel Wagner, Schliersee. Dieter Schnöpf, Puchheim. Andrea Wagner, Wolnzach. Michaela Eisenmann, Wolnzach. Rudolf Pfab (Senior), Wolnzach. Torsten Pasler, Mainhardt. Stephanie Müller, Bad Harzburg. Ewgenia Boger, Holzkirchen. Michael Henninger, Bad Harzburg. Dirk Eidtner und Dieter Damzog, Bad Muskau. Astrid Roscher, Bad Muskau. Corinna Schmottlach, Wildemann. Dr. Robert Meier, Wertheim-Braunbach. Hermann Ofner, A-Wildon. Jana Hartwig, Ralswiek. Susann Hofmann, Marienberg. Kurt Hinz, Mainhardt. Wolfgang Truckenmüller, Mainhardt. Dr. Heike Krause, Mainhardt. Thomas Neuner, Manching. Michal Fischer, CH-Klosters-Serneus. Rafaela Barth, A-Baden bei Wien. Christian Schlagnitweit, A-Hofkirchen im Mühlviertel. Christine Jäger, A-Schönbühel-Aggstein. Dr. Johanna Brade, Görlitz.
Hervorzuheben ist zudem die angenehme Zusammenarbeit mit Anja Zachhuber, Lektorat, und Nadine Löbel, Grafik und Produktion. Nicht zu vergessen Verleger Gerald Klonner, der diesen Band ermöglichte.

Ulrich Metzner

Bildnachweis:
Altenburg Tourismus GmbH: 30, 31; Amberg-Christ Doris: 65; Andraschek Wolfgang: 34 (links), 35; Andraschek Wolfgang, Museen der Stadt Horn: 33; Archiv Kloster Drübeck: 104, 105; bpk – Bildagentur für Kunst, Kultur und Geschichte: 28, 153; Brauerei Maisach: 59, 60; Brüning Peter: 108; Buchner Helmut: 18, 20; Dehelean/GG Tourismus: 152; Döring Rainer: 23, 24 (links), 26; Ebelt Thomas: 47; Eggert Gerald: 100, 103; Emde Thomas: 113; Familie Mlakar: 44; Gemeindeverwaltung Jossgrund: 64, 66; Gläserne Scheune Viechtach: 49 (oben); Haack H.-P., Wikipedia: 15; Haller Maria, Stadt Zwiesel: 140; Herzog August Bibliothek Wolfenbüttel: 93; Hibbeln Hans-Dieter: 90; Hofmann Armin: 4, 6–7, 9 (unten),12–13, 75, 91, 98–99, 107, 111, 133, 150; Hotel Lippoldskrug: 110 (oben); Hotwagner Heidemarie: 41 (oben); Hunsrück Museum Simmern: 76, 80; Jilek Ludwig, Kötzting: 48, 49 (unten); Jungnickel René : 29; Kaiser André: 27; Kampert Wolfgang, Theaterbühne Manching e.V.: 123; Karelji/Wikipedia: 37; Kasduptke M., Stadt Information Halberstadt: 8, 101; Kassens Diedrich, Delmenhorst 1893, Archiv Spille: 114; Kassens Diedrich, Postkartenverlag Joh. Weizäcker, Bremen 1910. Reporduktion. G. Müller, 1989: 115; Kerpf Siegfried: 53, 54 (oben); Knust Helmut, Geschichtsverein Geesthacht: 95; Kranewitter Michael, Wikimedia/CC BY-SA 3.0 at: 134; Kurpfälzisches Museum der Stadt Heidelberg, Inv.Nr. S 3002: 62; Laienschauspiel Mainhardter Wald e.V.: 127; Lehner Manfred: 131 (links); Lüneburg Marketing GmbH: 22 (oben); Majewski Josip:45, 46; Marktgemeinde Hofkirchen: 149; Markt Holzkirchen: 130; Markt Mantel: 51; Mirwald Anton: 124; Mocha Frank, Alfeld: 109; Mohn Michl, Ravensburger Schwarze Veri Zunft: 56, 57; Mollenkopf Sabine: 68 (unten); Müller Bettina: 81 (unten); Museum Dermbach: 83 (oben); Museum der Stadt Horn: 34 (rechts); Museum sächsisch-böhmisches Erzgebirge im Bergmagazin Marienberg: 38; Muth-Graeff P., Narrenzunft Sulz e.V.: 68 (oben), 70; Muzeum v Roztokách u Prahy, 1996, pg. 15. Wikipedia: 36; Naturpark Spessart, Gmünden: 71; Neusser Stadtmarketing: 117, 119; Oberpfälzer Freilandmuseum Neusath-Perschen: 50; Peinzke H.: 81 (oben); Presse- und Informationsamt Nürnberg: 19; Quintel Mathias: 110 (unten); Radtke Raik-Uwe: 21, 22 (unten); Regio Augsburg Tourismus GmbH: 54 (unten); Rheinisches Bildarchiv Köln: 118; Rhönforum Geisa: 82; Richterswil/Wikipedia: 129 (unten); Sammlung Fegert: 122; Schlesisches Museum zu Görlitz [Rübezahl, Aquarell und Kreidezeichnung, um 1941. Objektdaten: Alexander Phohl (1894-1953)]: 157; Schlossgut Schönbühel Aggstein AG: 147; Schnöpf Dieter: 131 (rechts), 132; Schrader Ulrich, Archiv Stadt Information Halberstadt: 102; Schweizerisches Bundesarchiv/Wikimedia CH: 128; Sosnowski Pawel: 24–25; Stadtarchiv Halle/Saale: 87; Stadt Helmstedt: 94; Stadt Herzogenrath: 120, 121; Stadt Lichtenau: 89; Stadtarchiv Mainz: 77, 79; Stadtgemeinde Pinkafeld: 41 (unten), 42; Stadt Helmstedt: 94; Stadtmarketing Halle: 86; Stadt Parchim: 85, Stadt Schwerte: 9 (oben), 112; Stadt- und Tuchmachermuseum Pinkafeld: 13, Stadt Würzburg: 136; Störtebeker Festspiele: 10–11, 139; Stöver Viola: 96, 97; Thöner Franz: 141; Tourismusverband Räuberland, Heimbuchenthal: 72; Tuschzeichnung von V. Heideloff, 1780. Wikipedia: 15; Urheber unbekannt/Wikipedia: 130 (oben); Verlagsgenossenschaft Zürich 1944: „Zürich in 500 Bildern" von Franz A. Roedelberger: 129 (oben); Wappen der Deutschen Kaiser, Attribution David Liuzzo, Wikimedia Commons: 154; Wappen freundlicherweise zur Verfügung gestellt von den genannten Städten und Gemeinden: 154; Wehrgeschichtliches Museum Rastatt: 67; Weigl Bernhard: 50; Weiss Peter: 156; Worch Sebastian: 83 (unten); WSt-LA: 143; www.shutterstock.com: 17, 135; Zimmermann Lutz, ASL Schlossbetriebe GmbH: 39, 40;

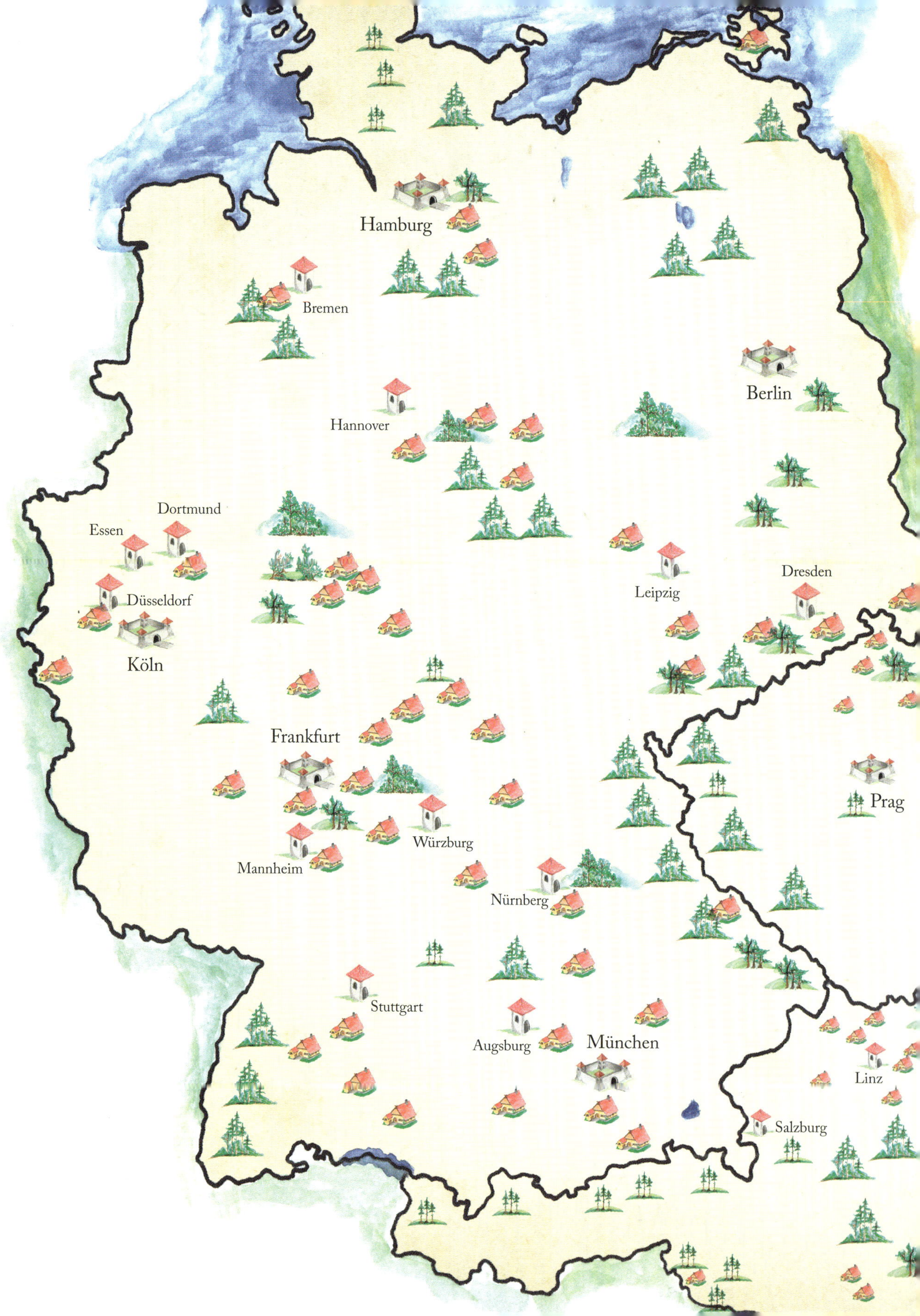

Hamburg
Bremen
Berlin
Hannover
Dortmund
Essen
Düsseldorf
Köln
Leipzig
Dresden
Frankfurt
Prag
Würzburg
Mannheim
Nürnberg
Stuttgart
Augsburg
München
Linz
Salzburg